COLLECTION FOLIO

Pierre Mac Orlan
de l'Académie Goncourt

La bandera

Gallimard

© Éditions Gallimard, 1931, renouvelé en 1959.

A MONSIEUR ANATOLE DE MONZIE

*en témoignage d'affection et en souvenir
des beaux soirs de Saint-Céré et de Figeac
de tout cœur,*
P. Mc O.

CHAPITRE PREMIER

Pierre Gilieth se réveilla doucement. Il n'ouvrit pas les yeux tout de suite. Il goûtait cette période d'engourdissement agréable qui allait précéder il ne savait encore quoi; mais il craignait toutes les précisions. Il entendit vaguement dans le brouillard de sa pensée un gémissement lointain de sirène. Il se crut encore à Rouen et chercha machinalement au-dessus de sa tête les barreaux de cuivre de son ancien lit. Ses mains errèrent maladroitement pendant quelques secondes, puis elles rencontrèrent un bois humide, gras, nettement inconnu. Gilieth ouvrit alors les yeux. La pièce où il dormait cachait dans l'ombre de la nuit tous ses détails. Gilieth chercha la poire qui commandait à l'électricité, il ne la trouva pas. D'un bond il fut à bas du lit et rencontra sous ses pieds nus un tapis désagréable dont il ne soupçonnait pas la présence. Il fit un pas et se perdit. Il ne reconnaissait plus l'emplacement des meubles. Il trouva enfin son veston et craqua une allumette.

« Bon sang, c'est vrai, je ne suis plus à Rouen... »

L'allumette s'éteignit en lui brûlant le bout des

doigts et Gilieth sentit sa mémoire qui se dégourdissait petit à petit comme dans un feu. La chambre était humide et froide. Gilieth s'avança vers la fenêtre. Il tira les rideaux. Et la rue, une rue étroite, sinistre, apparut dans la lumière affreuse du petit jour.

Gilieth ricana. Il dit tout haut : « Gourde que je suis, c'est ici Barcelone. » Il revint vers le lit et se glissa dans les draps que la chaleur de son corps avait rendus peu à peu confortables.

Maintenant, malgré la position horizontale, le sommeil fuyait comme du sable fin entre les doigts. Les bruits de la rue prenaient de la personnalité. Gilieth entendait bien. Il se sentait tout en oreilles, possesseur de deux oreilles extrêmement habiles à découvrir les sons, à les sélectionner, en quelque sorte, à les amplifier suffisamment pour les rendre compréhensibles.

Il respirait très doucement afin de ne pas brouiller les bruits précis de la rue. Le jour livide détaillait les quatre murs de la chambre. Un rideau se levait lentement et les anciens spectacles du passé de Gilieth cédaient la place à un décor nouveau. C'est justement ce décor nouveau qui excitait tous les instincts de Gilieth vautré dans ce lit dont il appréciait la protection.

Pierre Gilieth se promenait dans les paysages de son passé, en traînant la savate, si l'on peut dire. Il choisissait ses souvenirs. Il projetait sur eux une petite lumière dont la puissance le surprenait. Volontairement, il laissait de larges trous d'ombre qui coupaient cette route à peu près éclairée. Il était évident que Gilieth ne tenait pas à ouvrir toutes les portes derrière lesquelles reposaient et fermentaient les activités dangereuses de sa vie.

Pour la millième fois depuis un mois, il étala sa

main devant ses yeux pour en étudier la paume.
Il aperçut tous les détails de sa ligne de chance
et de sa ligne de vie. Il pensa : « Je ne serai tout de
même pas assez stupide pour demander à une gitane
de me révéler mon avenir. »

La connaissance du passé lui suffisait apparemment,
tout au moins pour cette journée, à son début dans
la froide lumière de l'aube.

Pierre Gilieth prit une cigarette sur la table de
nuit. Il l'alluma et regarda sa chambre. C'était un
cube de plâtre recouvert d'une mauvaise peinture
à la colle de couleur bleue. L'humidité apparaissait
dans tous les coins. Un sinistre lavabo de faïence
fêlée représentait à lui seul le confort moderne dans
cet hôtel qu'il avait choisi sur la recommandation
d'un ami qui avait habité Barcelone à une époque
où Gilieth devait le rejoindre. L'ami avait disparu,
l'adresse de l'hôtel brillait toujours en lettres de feu
dans la mémoire de Gilieth : *Hôtel des Iles*, rue du
Cid-Campeador. A cause du Cid-Campeador l'adresse
devenait inoubliable. Gilieth avait trouvé l'emplacement de ce taudis prétentieux sans aucune difficulté.
Il dormait là, dans cette chambre, depuis quatre
heures, épuisé par un voyage dont son imagination
s'était efforcée de prévoir les embûches. La frontière
passée, l'homme avait pu s'éponger le front en prenant
place dans un compartiment du train espagnol.

Pour la première fois de sa vie, Gilieth pénétrait
dans Barcelone. C'était la nuit et toutes les lumières
de la ville dissimulaient le véritable aspect des rues
et des maisons.

A peine en possession de l'étroite chambre où
il allait dormir, Pierre Gilieth voulut redescendre
afin de gagner la rue, connaître la rue, les gens qui
parlaient à cette heure sous ses fenêtres. Il n'en eut

pas le courage, car la fatigue qui cernait ses yeux le laissait indécis et tourmenté sur l'unique fauteuil de cette chambre qui sentait le linge aigre et la présence des filles pauvres qu'il entendait rire sous ses fenêtres.

Un grand besoin d'agir domina tout d'un coup Pierre Gilieth qui s'assit sur son lit. Il alluma une autre cigarette. Il se pencha sur sa montre et vit qu'elle marquait sept heures. Gilieth se leva tout de même et prit une pauvre trousse de toilette dans l'unique valise qui contenait tout son bagage. Il se rasa avec soin et s'habilla.

Pierre Gilieth était grand et musclé. Vêtu proprement d'un complet gris et coiffé d'une casquette, il offrait une silhouette d'homme robuste parfaitement indéfinissable. Cet homme n'était point vulgaire. Ses yeux cruels ne révélaient rien. Le costume de Gilieth n'était pas neuf. C'était un costume de bonne coupe mais dont Gilieth ne paraissait pas le véritable propriétaire. Ce costume était celui d'un homme dont la taille et la corpulence pouvaient se comparer à celles de Gilieth. Mais les yeux durs de Gilieth ne permettaient point d'imaginer le vrai visage de celui qui avait donné à ce complet des plis anciens assez élégants. Avant de se chausser, Pierre Gilieth inspecta la semelle de ses souliers jaunes. Il grimaça et dit à haute voix : « Dégueulasse! » Quand il fut prêt, il se coiffa d'un feutre gris dont le bord était rabattu par-devant. Pierre Gilieth se regarda machinalement dans la glace maculée au-dessus du lavabo. Il se regarda sans sourire et sans complaisance comme un homme qui pense à son âge. Pierre Gilieth était âgé de trente-huit ans. Le soir, aux lumières, il paraissait un peu plus jeune.

Une servante, les yeux bouffis, la peau jaune et

huileuse, s'effaça pour le laisser passer dans le petit escalier qui sentait le salpêtre. Elle murmura un bonjour rauque et étouffé.

Pierre Gilieth se hâtait vers la rue. Il désirait respirer n'importe quel air qui ne fût pas celui de sa chambre ou des couloirs de l'*Hôtel des Iles*.

La rue fraîche lui jeta au nez toutes les odeurs de la misère.

Gilieth huma l'air comme un chien de chasse. Il cherchait sa voie dans cette rue mal famée qu'animaient quatre ou cinq présences misérables et furtives. Au loin s'éveillaient tous les bruits de l'activité humaine au bord de la mer. La sonnerie aigre d'un petit clairon fit tressaillir Gilieth. Il pensa tout aussitôt au voisinage d'une caserne. Encore une fois le bruit lugubre d'une sirène lointaine domina tous les autres bruits si faibles que Gilieth ne pouvait les identifier.

« Ce n'est qu'un bateau qui se débine, pensa-t-il. Il faudra que je trouve une combinaison dans ce sens-là. » Tout de suite le mot Buenos Ayres vint à ses lèvres. Il connaissait là-bas un type qui pourrait l'aider à la rigueur. Mais retrouver ce personnage dans cette ville immense lui paraissait aussi décevant que de tenter de retrouver une épingle dans une meule de paille.

Gilieth fit quelques pas dans la rue, au hasard. Il se heurta presque à deux hommes qui venaient de tourner au coin de la rue. Ils marchaient vite, le col de leur veston relevé aux oreilles. Ils parlaient français. En passant devant Gilieth, l'un d'eux dit : « Tu parles d'un coup, quand j'ai retrouvé ici la pépée... »

Gilieth tourna la tête. Les deux hommes s'éloignaient. Il courut derrière eux, les appela, sans trop savoir ce qu'il faisait : « Messieurs! hep! Messieurs! Les deux hommes se retournèrent et mirent simul-» tanément la main droite dans leur poche.

Gilieth eut un sourire. Il souleva un peu son chapeau.

— Je sais, je sais, fit-il... Excusez-moi, je suis arrivé ici la nuit dernière et je ne connais personne. Je voulais simplement vous demander de m'indiquer une petite taule, un peu tranquille, pour casser la croûte et boire un café. Je vous offre quelque chose, si vous le permettez.

Les deux hommes se regardèrent. Les mains glissèrent hors des poches. Celui qui paraissait le plus jeune répondit :

— Vous êtes Français, ça s'entend. Nous aussi. Alors, suivez-nous.

Gilieth regarda ses compagnons. Ils appartenaient à un type d'individus fabriqués en série et Gilieth n'éprouva point de surprise quand ils lui tendirent la main. Sous la casquette, les deux visages se ressemblaient : vulgaires et décidés. Une moustache brune taillée très court les rajeunissait. L'un et l'autre pouvaient avoir quarante ans.

— Je m'appelle Gorlier, fit le plus jeune. Mon ami s'appelle Siméon.

— Moi, je m'appelle Pierre le Bordelais... Et après un silence assez adroit, Gilieth ajouta : « Tu as peut-être entendu parler de moi? »

— Je sais, répondit Siméon à tout hasard. Tu as raison d'avoir confiance. Nous sommes des hommes... mais ici, t'entends ce que je te dis, c'est dur et si tu as encore des sous, ne reste pas. Combien de sapements?

Gilieth haussa les épaules et ne répondit pas.

— C'est ton droit, fit Gorlier. Tiens, entrons ici.

14

Il poussa la porte d'un petit café, à cette heure complètement vide de clients. Le patron était Français. On lui présenta celui qui avait jugé bon de se faire connaître sous le nom de Pierre le Bordelais.

Une assiette de jambon d'un rouge foncé, du pain et du vin furent déposés sur la table. Le patron mangea avec ses clients.

— Quelle dèche, fit Siméon. Si je n'avais pas un bon « beefsteak » pour becqueter, je ne sais pas comment je pourrais m'en tirer. Je dis ça à cause de tout et particulièrement de la police. Je dois t'avertir que le « barrio chino », le quartier chinois, quoi, est plein d'indicateurs et de poulets des deux sexes et de toutes les nationalités... C'est pourquoi, tout à l'heure, quand tu nous as interpellés, on a eu un geste de méfiance, qui, vu le peu de témoins, aurait pu tourner au tocquard.

Gilieth, dit provisoirement Pierre le Bordelais, mangeait sans répondre. Il mastiquait les aliments comme une bête. Sa force renaissait avec les aliments qu'il absorbait. Quand il fut repu, il regarda autour de lui. C'était vraiment méprisable. Il prit une cigarette et l'alluma. Puis il tendit le paquet à ses compagnons.

— Du caporal! firent-ils en chœur.

Gilieth remit le paquet dans sa poche. Tout en fumant il se laissait aller au bienfaisant engourdissement de la digestion. Il songeait : autrefois je m'appelais Marcel l'Étudiant, aujourd'hui je m'appelle Pierre le Bordelais, tout cela est égal à Pierre Gilieth, c'est-à-dire à rien. C'est ce qu'il fallait démontrer.

Satisfait, il se tourna vers Gorlier.

— Déserteur? demanda-t-il simplement.

— Oui, dit Gorlier... Mais toi... d'où viens-tu?

Alors Gilieth raconta une histoire. Il connaissait

par expérience la prodigieuse crédulité de ces hommes habiles à ruser, à se défendre et souvent à attaquer. Il les savait bavards et vantards. Mais lui, bon Dieu! n'était pas un bavard. Il parlait quelquefois beaucoup, par crise, mais pour mieux se taire. De s'estimer ainsi, lui redonna de la confiance. Mais comme il fallait abattre son jeu, il raconta ce qui suit.

— Je suis heureux d'avoir rencontré des compatriotes ici, pour plusieurs raisons. Je ne suis pas venu à Barcelone afin de travailler. J'attends un ami qui doit venir me prendre dans un mois. Je partirai avec lui pour Buenos Ayres et nous tenterons la chance dans ce pays où l'on peut vivre, dit-on. Nous chercherons, je crois, une occupation régulière. Je ne vous cache pas mon envie de me ranger sans faire de tort aux copains. Tel que vous me voyez, j'arrive d'Allemagne. Les affaires n'y sont point brillantes. J'ai pu rapporter quelques sous, de quoi vivre tout juste pendant un mois. Il me semble qu'en choisissant l'*Hôtel des Iles* pour y dormir, je suis dans la bonne voie des économies.

— Ce n'est pas cher, fit Gorlier, et c'est correct.

— Correct! répondit Gilieth... correct si l'on veut. Tout dépend de l'idée qu'on se fait de la correction. Pour moi, c'est une sale taule. Autrefois je vivais mieux, voilà tout.

Siméon intervint alors.

— Le patron pourrait te prendre en pension. Je ne sais pourquoi, mais nous avons confiance en toi!

— Cela me rend service, dit Gilieth. Buvons encore un verre.

Le patron, qui était un petit homme obèse au regard inquiétant, servit un vin blanc fort qui sentait l'éther. Les trois hommes trinquèrent et grignotèrent un peu de charcuterie.

— Alors, que dit-on à Paris? demanda Siméon, le nez penché amicalement sur son verre.

— Bon Dieu! Est-ce que je sais, j'arrive de Berlin? Je n'ai pas vu Paris depuis trois ans.

— C'est juste, tu venais de nous prévenir.

— Moi, je regrette Paris, soupira Gorlier, Paris, la rue de Lappe où je suis né..., une rue qui, paraît-il, est devenue célèbre depuis la guerre.

— Je ne sais pas, fit Pierre Gilieth.

— On regrette toujours quelque chose, déclara Gorlier, si ce n'est pas Paris c'est Barcelone. Moi je ne demande qu'une faveur, c'est de ne pas me trouver un jour dans une situation qui m'imposera le regret de Barcelone. Et pourtant on ne peut pas se faire une idée de ce qu'on appelle la mouise quand on ne l'a pas connue dans Barcelone. Comme on ne sait pas non plus ce que c'est que la police quand on ignore, au physique et au moral, ce qu'il est convenu d'appeler un garde-civil.

— Et les mossos de Escuadra? dit Siméon en riant.

— Ah ceux-là, c'est bon pour les pecquenauds.

Gilieth leva son verre et se tourna vers le patron.

— Alors, c'est entendu, je viendrai prendre mes repas ici. Je vous paierai ma pension à la fin de chaque semaine. Quand je ne pourrai plus vous payer, je vous préviendrai en homme. Vous ferez alors ce que vous voudrez... Adieu, messieurs. Il tendit la main à Siméon et à Gorlier. Vous m'avez rendu service. Vous avez agi en bons copains, je ne l'oublierai pas et je souhaite de pouvoir vous le prouver un jour.

Gilieth sortit et traversa la rue pour bien se mettre dans la mémoire la façade infiniment modeste de ce petit restaurant où il allait vivre en attendant... l'ami en question... Il ne put s'empêcher de rire avec amertume. Gilieth était sûr de sa solitude, une solitude d'ailleurs récente, et qui pesait lourdement sur ses gestes les plus quotidiens.

L'odeur de la rue était affreuse. A l'horrible présence de la misère se mêlaient les vapeurs nocturnes des bars enfumés et des dancings pouilleux qui renouvelaient leurs mètres cubes d'air en prévision de la nuit suivante.

Des gitanes en robes à volants couvertes de taches criaient dans des ruelles; des enfants piaillaient; des ouvriers voûtés se rendaient à leur travail.

Des matelots de la marine royale, la large cravate noire nouée autour du col, tenaient toute la largeur de la rue. Ils allaient toujours par bandes en se dandinant, le bonnet en arrière. Une jeune fille, très jeune, en robe excessivement courte les accompagnait en leur réclamant, d'une voix rauque, Gilieth ne savait quoi. « Claro, Claro! » ne cessait de répéter la fille!

« Voici la rue de l'Arche-du-Théâtre, murmura Gilieth en lisant la plaque indicatrice. J'ai connu une copine qui habitait ici, chez madame... madame Lacelle... C'est bien cela... »

Il passa devant la boutique d'un petit pharmacien douteux, et tout d'un coup, entre deux rangées de cartes postales collées sur des panneaux, il se trouva devant les Ramblas.

La gaieté de Barcelone s'épanouissait dans les fleurs et dans les trilles savants des canaris-flûtes. Certains d'entre eux coûtaient plus cher qu'une motocyclette. Gilieth le savait et il s'émerveilla devant les petits chanteurs.

CHAPITRE II

A cette heure matinale, la Rambla des Fleurs sentait l'eau fraîche qui ruisselait le long des éventaires embaumés. L'air était tiède. Quelques promeneurs, déjà pris par les effets puissants d'une paresse quotidienne mais délicate, s'installaient commodément dans des fauteuils d'osier pour lire leur journal ou pour regarder le spectacle des Ramblas qui renaissaient au soleil. De jeunes soldats vêtus de drap moutarde et coiffés d'un béret de même couleur, des ordonnances d'officiers, un filet à provision sous le bras, entouraient les kiosques à journaux pour y lire tout ce qui pouvait concerner le football catalan.

Pierre Gilieth se laissait inconsciemment séduire par la gentillesse incomparable de Barcelone, cette extraordinaire gentillesse populaire qui ne manque ni d'humour ni d'enthousiasme. Plusieurs fois Gilieth sentit qu'il s'amollissait et qu'il rentrait tout naturellement dans cette foule qui l'accueillait avec confiance. Ce n'était pas pour cela qu'il était venu à Barcelone. Il descendit machinalement jusqu'à la place de la Paix et finit par découvrir la mer, une mer peuplée de bateaux, comme un lotissement de la banlieue parisienne est peuplé de maisons provisoires ou définitives. L'horizon était trop loin. Il fallait se tordre les pieds dans les fondrières des quais en construction au pied de Montjuich avant d'apercevoir la bande bleu céleste qui pouvait, à la rigueur, évoquer pour Gilieth une idée d'évasion.

Gilieth regarda sa montre. Il n'était que dix heures. L'accablement de sa solitude le reprit. Il éprouva le besoin de se sentir encore plus seul et il reprit le chemin de son hôtel en contournant la caserne des Atarazanas, une sorte de forteresse bordée de hautes murailles fauves. A la porte du quartier de jeunes soldats rougeauds se chauffaient au soleil. Des chevaux hennissaient et s'ébrouaient. Gilieth passa devant les soldats. Pour la première fois de sa vie, il se prit à regretter un vague passé dans ce décor parfaitement international des casernes. En ce temps-là, il avait sans doute vingt ans et il ne portait pas sur ses épaules le poids de sa propre existence.

Il prit la rue Santa-Madrona, suivit les lignes du tramway et aperçut son hôtel au milieu de la rue du Cid. A cette heure la chaussée appartenait aux enfants et aux femmes d'ouvriers qui s'en allaient aux provisions. Gilieth passa devant son hôtel. La servante jeune et laide, dont les seins lourds étaient moulés dans un pull-over orange, lui sourit. Les beaux yeux étincelaient de courtoisie.

— Bonjour, fit Gilieth en grognant.

Il regagna sa chambre. La fenêtre était ouverte. Une odeur d'huile, d'ail et de safran, chassait l'odeur nocturne et agressive de la table de nuit disloquée. Gilieth jeta son chapeau sur le lit et s'installa dans son fauteuil. Il fuma. Dans la rue des fillettes chantaient une ronde enfantine en se comptant du doigt.

> *papà! mamà!*
> *Pepito me quiere pegar! —*
> *por qué? — Por nà,*
> *Por una cosita*
> *Que no vale*
> *Nada.*

Gilieth se leva et regarda les fillettes d'un œil morne et peu indulgent.

Il ferma la fenêtre et revint s'asseoir dans son fauteuil. Les odeurs de la misère peu à peu reprirent possession de sa chambre et de sa pensée.

En se mordant les lèvres Gilieth ruminait ses inquiétudes. L'idée qu'il s'était lié inutilement, peut-être trop tôt, avec Gorlier et Siméon l'irritait particulièrement. Sa pensée se déroulait comme un monologue dépourvu d'indulgence dont il était bien le seul à profiter. « Je serai toujours le même, pensait Gilieth. J'ai eu tort d'adresser la parole à ces hommes. Je ne les connais pas. Mais je ne peux vivre sans parler en ce moment. Ce qu'il faut éviter c'est d'aller trouver Mme Lacelle pour savoir si Germaine est chez elle. Ce serait une terrible sottise. Je dois même éviter de me trouver avec elle. Il est vrai qu'elle ne me reconnaîtrait pas. Un visage tout rasé, ça change un homme. J'ai vraiment l'air plus jeune... » Gilieth essaya laborieusement de rassembler ses pensées qui se dispersaient. Il était las, la bouche amère d'avoir trop fumé, les pieds froids dans ses mauvaises chaussures. Le soleil d'avril ne chauffait pas encore cette chambre qui ressemblait à une ratière.

Les mains derrière la nuque, Gilieth cherchait

à éviter une méditation autour d'un événement dont il voulait effacer l'évocation précise. Ses pensées s'effaraient autour d'un gouffre sombre. Ce gouffre c'était la propriété secrète de Gilieth, si secrète que lui-même interdisait à sa mémoire l'entrée de ce souvenir surprenant.

Il poussa un long soupir et se leva afin d'inspecter attentivement la serrure de sa porte.

— Ça ferme, si on veut, fit-il en bougonnant.

Un chuchotement dans l'escalier lui fit tendre l'oreille. On parlait à voix basse. Qui? Où? C'était tout à fait irritant. Gilieth ne pouvait pas comprendre les voix, bien qu'il entendît un peu l'espagnol.

— C'est la souillon, fit-il... Hein! quoi? Elle a dit Paris... Que vient foutre Paris dans ces bavardages... Cette garce parle de moi...

Il ouvrit sa porte et fonça directement dans la direction des chuchotements. Il aperçut au bout du couloir, sur le palier, la servante qui causait avec deux gardes-civils en armes.

Leur uniforme verdâtre et leur chapeau en toile cirée arrêtèrent net Gilieth dans son élan. Mais en passant devant eux, il salua. Les deux gardes le regardèrent. L'un d'eux lui dit : « Il faudra faire viser votre passeport. N'oubliez pas que les bureaux de la Sûreté ferment à six heures. »

— Très bien... j'y allais, répondit Gilieth.

Quand il fut dans la rue, il s'arrêta devant une boutique et s'épongea le front. Il guetta les deux gardes qui, à son avis, ne pouvaient le laisser disparaître ainsi. Il demeura là un quart d'heure devant une petite boutique de jouets. Les gardes-civils sortirent enfin, sans se presser. Ils ne virent pas Gilieth et s'éloignèrent en rangeant des papiers dans leur sacoche de cuir jaune.

« Mais qu'est-ce que j'ai ? pensa Gilieth. Il faudrait que je puisse dormir longtemps. »

Il se rendit à la Sûreté afin de présenter son passeport. Il s'attendait à ce qu'on apposât tout de suite un cachet sur ce document précieux, après l'avoir contrôlé. Ce n'était pas l'usage. Il dut y revenir quelques heures plus tard. Un garçon de bureau lui rendit le document au milieu d'un piétinement de gardes-civils en bonne humeur et de portes qui se refermaient sur des citoyens trapus dont Gilieth eut tôt fait d'établir, sans fiches, l'identité.

Néanmoins Gilieth, mis en présence de l'ennemi, sentait sa volonté l'inonder d'un fluide merveilleux. Il tâtait dans sa poche la crosse de son browning, prêt à jouer sa dernière carte avec sa dernière balle. Cet homme ne pouvait être qu'un coquin, mais il n'était point lâche. Une énergie réelle, une grande puissance de lutte calme, inexorable, définitive, se reflétait dans ses yeux bleus d'homme du Nord qui, mieux que le signalement classique détaillé sur son passeport, révélaient son origine.

Ce n'était qu'une formalité. Pierre Gilieth se dirigea vers les Ramblas dont les premières lumières de la nuit indiquaient le parcours fulgurant. Une foule flâneuse et joyeuse se donnait rendez-vous, près de la Place de Catalogne, à l'extrémité de la Rambla de Canaletas. Des jeunes gens en sweaters et coiffés de casquettes anglaises discutaient, autour du « monument au footballeur inconnu », les dernières nouvelles des grands clubs de la région. Des filles court vêtues, un sac balancé à la main, arpentaient au pas accéléré l'allée centrale entre deux haies de spectateurs confortablement assis dans des fauteuils d'osier. A cette heure, les soldats par bandes sortaient de leurs casernes et se mêlaient à l'allégresse d'un beau soir. Barcelone ravie s'épanouissait sur les Ramblas bordées de boutiques étincelantes.

Gilieth se laissait mener par le courant des promeneurs sympathiques et confiants. Il était grand et solide. Une petite modiste leva la tête pour le regarder. Les épaules de Gilieth s'élargirent. Il marchait droit devant lui, sûr de sa force, réchauffé par cette étonnante camaraderie qui rayonnait de cette foule affairée par une sorte de désœuvrement singulièrement alerte.

Il prit l'apéritif à la terrasse d'un petit café non loin du Grand Théâtre, à proximité de son quartier, qui était non seulement celui de la pègre mais encore et plus simplement celui de la misère.

Les maisons, pour être plus hautes que les masures sordides qui peuplaient le bas Montjuich, n'en étaient pas moins poignantes. Entre la fille et le ruffian, vivaient des enfants, des femmes et des hommes à peu près éliminés de la vie normale, par le travail sans but et les privations sans espoir.

Comme il buvait son verre d'anis il remarqua, un peu derrière lui, assis à la même terrasse, un homme correctement vêtu qui semblait l'observer au-dessus de son journal déployé. Cet homme à fortes moustaches brunes et courtes tourna un peu la tête quand Gilieth s'aperçut de sa présence.

« Bon Dieu ! pensa Gilieth, on dirait Bardon. »

Il recula un peu sa chaise, prit un journal dans sa poche et le déploya à son tour. Il en profita pour mieux contempler son voisin. Était-ce Bardon ? N'était-ce pas Bardon ? Il ne savait plus maintenant. La présence de Bardon à Barcelone, c'était la police française. Gilieth craignait la police française. Il se leva, paya sa consommation et se dirigea noncha-

lamment vers la place de la Paix. Plusieurs fois il
s'arrêta devant un kiosque de journaux pour mieux
observer les gens qui marchaient derrière lui. Il
lui sembla apercevoir la haute silhouette de Bardon
entre deux taxis en station. Il marcha dans cette
direction, selon son habitude de provoquer le danger
quand il le craignait. Il ne constata rien d'hostile.
Il repassa devant la terrasse du café. La place occupée
un peu avant par l'homme qui pouvait être Bardon
était maintenant vide. Gilieth redescendit les Ramblas, passa devant le quartier d'artillerie et gagna
le Parallelo et ses enseignes lumineuses qui indiquaient des cafés-concerts. C'était une grande avenue,
enfiévrée, pleine de soldats, de matelots, de filles,
de voyous et de curieux. L'*Apolo*, *Sevilla*, les *Folies
Bergère*, signalaient leur présence dans la nuit bleue
en lettres de feu rouges, vertes et jaunes. On vendait des « fruits de mer » dans des petites boutiques
foraines, au bord du trottoir. Des matelots de la
marine royale mangeaient des crevettes roses. A
côté d'eux des jeunes filles, aux cheveux courts et
raides, sans chapeau, plaisantaient la cigarette aux
lèvres.

Gilieth passa au milieu du groupe.

Une fille dit : « Hé môme, tu es Français. Écoute
un peu... mais écoute ! »

Gilieth ne se retourna pas. Il entra dans la rue du
Cid-Campeador. Un grand dancing étalait un tapis
de lumière sur le trottoir, devant l'*Hôtel des Iles*.

Une fille pleurait et menaçait du poing un homme
qui s'essuyait le visage. Gilieth contemplait cette
scène, assez banale dans ce quartier, tout en tapotant
une cigarette sur le dos de sa main. Il tressaillit
quand Gorlier lui mit une main sur l'épaule. Il
ne l'avait pas entendu venir.

— Ah! c'est vous... c'est toi. Il balbutiait en riant niaisement.

— Viens becqueter, fit Gorlier.

Ils se dirigèrent vers le petit restaurant. Une odeur d'œufs sucrés plongés dans l'huile d'olive écœura Gilieth. Il s'assit, demanda du jambon. Gorlier était devant lui. D'autres tables étaient occupées par des filles qui se crayonnaient rapidement les lèvres et les yeux.

— Il me semble que je te connais, dit Gorlier. Autrefois tu ne t'appelais pas Pierre le Bordelais.

— Non, répondit Gilieth, dont le visage se durcit. On m'appelait le grand Marcel. J'habitais rue Durantin, à Montmartre. A cette époque j'étais gosse, un peu avant la guerre.

— C'est à la Coloniale que je t'ai connu... sans doute... On en voyait tant. Moi, j'étais au 21e Colonial, le régiment de Lourcine... J'ai mis les voiles en permission. Depuis je vis ici avec une femme qui travaille en maison. Ma fille d'amour, tu la verras ce soir à *La Criolla*.

— C'est sans doute à la Coloniale que nous nous sommes connus, dit Gilieth. Moi, j'ai passé du 21 au 41 et j'ai été blessé devant Reims au fort de la Pompelle. Alors on m'a évacué. Depuis la paix j'ai vécu en Allemagne.

— En peinard?

— Oui, je ne suis pas bon pour les coups durs. Quand on a commencé on ne peut plus s'arrêter. Ça finit toujours mal.

— Bien sûr, fit Gorlier en hochant la tête. Puis il ajouta : tu connais la vie...

Il donna à son compagnon quelques renseignements sur les mœurs du quartier. C'était la misère. Il fallait attendre l'arrivée d'une escadre de Malte pour faire rentrer un peu d'argent dans le sac des femmes.

Les deux hommes plièrent leur serviette et se dirigèrent vers *La Criolla*. Ils entrèrent. Gilieth se crut dans une gare peuplée d'émigrants, saturés d'alcool. Un orchestre infernal tantôt mécanique, tantôt humain distribuait automatiquement les blues et les fox-trot. Une toute jeune fille, un verre à la main, dansait toute seule en simulant les tristes images que son ivresse provoquait dans son imagination. Adossés aux piliers de la salle, des matelots à pompons rouges sur le bonnet se groupaient comme pour une bagarre.

Une fille cria. Ce fut comme un appel aigu de train dans la nuit.

L'orchestre fracassait le spectacle en mille morceaux. Le poste de police de marins français débarqués par un croiseur fut alerté. Les fusiliers pénétrèrent dans la salle chaude qui sentait le vin répandu ou vomi et l'orange écrasée, l'odeur fauve des filles brunes dont la sueur mouillait les robes légères entre les épaules. Une bouteille vide décrivit une parabole lourde et grotesque. Elle vint s'écraser sur une table. Un nègre blessé par les éclats se mit à beugler. Le patron et les garçons qui connaissaient la manœuvre firent un barrage solide, cependant que le poste de police emmenait deux ou trois matelots. Les autres suivirent sans se presser, en se dandinant. Alors l'orchestre se déchaîna comme un cataclysme. La petite femme saoule tournait ainsi qu'une démente en brandissant un morceau de pain.

— Ils ne sont pas très méchants, fit Gorlier en saisissant deux chaises qu'il installa devant une table vide.

— Non, fit Gilieth, mais je n'aime pas les bagarres inutiles... Il regarda autour de lui et aperçut l'homme qui pouvait s'appeler Bardon.
— Gaffe !
Il pointa son doigt dans la direction de l'homme qui causait avec un jeune homme fardé insolemment.
— Tu vois, le frère au chapeau beige ?
— Oui, fit Gorlier, celui qui cause avec la...
— C'est cela... Tu connais ça ?
— Oui, c'est... je n'en suis pas sûr un bourre qui fait les trains entre Paris et Port Bou... On ne le voit pas souvent ici...
— J'aime mieux le savoir, dit Gilieth... Mais dis-moi, le quartier est-il franc ? On peut se débiner s'il y a du pétard ?
— Tu peux, répondit Gorlier... mais il faudrait se renseigner.
Il inspecta soigneusement la salle et se dirigea vers un groupe de filles en attente devant des verres vides.
Gilieth recula un peu sa chaise. Une des colonnes qui soutenaient la galerie le dissimulait assez bien aux regards de celui qui pouvait s'appeler Bardon. Une femme se détacha du groupe où Gorlier distribuait des poignées de mains protectrices. Gilieth vit qu'elle se dirigeait vers l'homme au chapeau beige. Elle lui parla et le fit rire. Ils s'éloignèrent vers l'orchestre.
— Viens, dit Gorlier, chez le père Léon ; nous serons tranquilles. A cette heure, il n'y aura chez lui que Siméon. Tu peux avoir confiance. Avant le jour, Marie viendra au rapport. Il n'y a pas plus coquin qu'elle pour confesser les gens.
Gilieth et Gorlier sortirent sans être vus.
A cause de la présence d'un croiseur français

dans le port une animation particulière régnait dans les sept ou huit rues du Quartier Réservé. Le Barrio Chino paraissait en fête. Des gitanes pourries et serviles se cachaient dans l'ombre des portes comme des araignées roses, bleues et jaunes. Elles tendaient la main, troussaient leurs jupes à volants, traçaient sur leur visage le signe de la croix ou vociféraient des malédictions.

Gorlier, pour se faire valoir auprès de son compagnon, s'amusait à leur jeter des mauvais sorts. Ce n'était pas difficile, mais encore fallait-il savoir les mots qui obligeaient les gitanes à se sauver dans l'ombre en pointant comme une fourche deux doigts dans la direction du mauvais plaisant.

Il faisait chaud. L'amour dominait la ville. Les femmes rayonnaient naturellement à cause de cette extraordinaire atmosphère de printemps.

— Ça serait une belle nuit, dit Gilieth, pour un homme comme moi... A la condition, ajouta-t-il avec amertume, que je puisse effacer l'ardoise.

Gorlier ne répondit pas.

Avant d'entrer dans le restaurant du père Léon, Gilieth regarda longuement à droite et à gauche dans la rue. Son compagnon ouvrit la porte et s'effaça pour le laisser passer.

CHAPITRE III

Un jour, à l'aube, Gilieth rentra chez lui accablé. Il sortait de *La Criolla* et il avait bu beaucoup trop de ce vin doré qui sentait l'éther. Il s'abattit lourdement sur son lit sans se déshabiller. Il déchira seulement son faux col qui l'étranglait.

Une surexcitation irritante, mais qui le laissait lucide, empêchait Gilieth de se reposer.

Depuis vingt jours qu'il vivait à Barcelone rien de bon n'était sorti de son imagination. Il avait cherché inutilement du travail. Docker ? A la rigueur et de temps en temps il pouvait prétendre à décharger du charbon. Le chômage s'étendait sur la ville ouvrière comme un nuage lourd. Le fort de Montjuich s'aplatissait sur sa colline qui surplombait la mer et la rade militaire comme un château de plomb. Dans les baraques, sur la pente sans ombre, on mangeait des nourritures sans nom.

Les petites filles pauvres et les gentilles ouvrières de Sans rêvaient devant les Hispanos qui descendaient du Tibidabo. Entre le chômage et le printemps, la morale des jeunes filles s'effaçait devant les paroles sonores de la joie.

Mais la misère régnait dans le quartier des femmes.

Elles guettaient, telles des louves, les mauvaises consommations laissées sur les tables par des étrangers curieux mais prudents. Le client à peine disparu, elles se battaient presque pour avaler le verre de rhum abandonné plein.

Pierre Gilieth sentait le malheur autour de lui. Il lui semblait qu'il était attaqué inlassablement par des bandes de souris grises qui rongeaient sa volonté et toutes les images de sa vie, autour de ce trou noir dont il ne voulait pas sonder le secret.

Gilieth n'avait plus d'argent. Il avait emprunté quelques pesetas à Gorlier. Cette action malheureuse le diminuait sensiblement dans le jugement de ce compagnon qui n'était pas un enfant perdu, mais un quadragénaire naturellement médiocre. Gilieth comprenait très bien toutes ces nuances. Mais il n'avait plus d'argent. Devant ce fait, il savait également que tous les reproches qu'il pourrait s'adresser ne seraient que des bavardages intimes nettement ridicules.

Ce matin-là, Gilieth s'était allongé sur son lit en disant : « Il me faut des sous. » Puis il s'était assoupi un peu, assez toutefois pour estomper les contours trop nets de la réalité. Il put changer de décor dans son engourdissement fébrile. Ses membres se détendaient dans des secousses rapides.

Gilieth aperçut devant lui une lumière.

Alors il gémit, car cette lumière éclairait une chambre saccagée autour d'un lit dont les draps semblaient avoir été trempés dans le sang. Le cadavre recroquevillé du vieillard assassiné traînait quelque part. Il était si menu qu'il ne faisait déjà plus partie du décor. Son sang répandu représentait sa personnalité. Ceux qui plus tard viendraient pour découvrir cette boucherie et lui donner une signification ne s'occuperaient plus que de cette prodigieuse teinture rouge qui donnait à cette chambre de vieux rentier une abominable puissance d'alerte.

Gilieth, dans son demi-sommeil, passa plusieurs fois sa main devant ses yeux comme pour effacer le spectacle. Sous ses paupières volontairement closes il revoyait son image haute et grave; son image livide lui était apparue dans une glace. Il n'était pas livide de peur. Une influence surhumaine lui imposait ce masque blafard, couleur des grands poulpes. Gilieth ne voyait que ses yeux bleus dans son visage modifié par ce travail sanglant au milieu d'une chambre inconnue.

Il s'éveilla et s'assit sur son lit : « Enfin, dit-il, je ne suis pourtant pas le seul... d'autres ont tué avant moi. »

Il n'éprouvait pas de remords. Pour Gilieth la vie d'un homme équivalait à celle d'un lapin. Il avait tué en professionnel, sans haine et sans hésitation, pour voler et vivre tranquillement peut-être un an, peut-être deux ou trois. L'affaire ne lui avait rien rapporté.

Il revit la rue Saint-Romain, la haute cathédrale rouennaise. Il revit aussi le visage du petit fêtard imbécile qui, entre deux femmes bêtement saoules, voulait à toute force l'inviter à boire. Dans la nuit ils ne remarquèrent pas les taches de sang qui maculaient, aux genoux et aux revers, sur les chevilles, le pantalon de Gilieth. L'une des femmes voulait l'emmener chez elle. Elle se cramponnait lourdement à son cou.

— Dis, gosse, viens, viens... ne me laisse pas avec Georges, c'est un ballot!

Gilieth l'avait bousculée. Le jour allait poindre. Il aperçut sur la robe blanche de la jeune femme qui s'était frottée contre lui une large tache de sang. Alors il prit son élan et fonça tête baissée dans l'ombre de la rue. Il n'eut que le temps de rentrer à son hôtel et de se changer. Le petit jour se glissait traîtreusement au ras des toits.

« Et voilà ! » fit Gilieth tout haut. Il lui semblait qu'il venait de raconter son histoire à quelqu'un.

Depuis qu'il vivait misérablement à l'*Hôtel des Iles*, il n'avait point voulu s'acoquiner avec une fille. Il craignait de parler pendant son sommeil. Cette mauvaise affaire, ce crime que la déception rendait imbécile, le tourmentait comme un bon ouvrier est tourmenté par un travail mal fait.

« C'est raté, raté », fit Gilieth en se levant. Il marchait de long en large à travers sa chambre. Un voisin, que ce manège agaçait, frappa contre la cloison mitoyenne.

« Je vais disparaître », murmura Gilieth. Puis il se déshabilla, se coucha et s'endormit d'un seul coup, comme une ampoule électrique que l'on éteint.

Pierre Gilieth ne fréquentait presque plus Gorlier et Siméon. Ces deux hommes l'agaçaient, le premier surtout à cause de ses questions. Il ne voulait point rompre avec eux car il n'était pas très sûr de leur franchise. Comme il parlait un peu l'espagnol, il s'était lié avec quelques jeunes ruffians du quartier : des hommes pauvres, rageurs et souvent humbles, quelquefois dangereux. Mais leur humour divertissait Gilieth quand il ne craignait pas l'Inconnu. Ces minutes de détente devenaient plus rares de jour en jour.

Le rapport de la Maria au sujet du type qui pou-

vait s'appeler Bardon était vague. L'homme était
de la police. Il cherchait une jeune fille que des
trafiquants avaient emmenée à Barcelone pour
l'expédier plus loin, dans la direction classique
de Sao Paulo. Gorlier s'extasiait devant la subtilité
de son amie. Gilieth ne crut pas un mot de cette
histoire. Il se défiait de tout et souvent de son ombre
qui lui paraissait encombrante.

Un matin, comme Gilieth traversait la place
Royale, dans la vieille ville, il aperçut près du poste
des mossos de Escuadra une affiche en bleu et rouge
qui attira son attention. Il s'approcha et lut :

SOLDADOS

La Real Orden Circular *de* 7 *de Junio de* 1928
(*D. O. n⁰* 128), *os autoriza para pasar a prestar vuestros
servicios en* la Legión, *etc.*

Gilieth se gratta le nez en signe d'intérêt. Il lut
l'affiche jusqu'au bout et apprit pour son édification,
que non seulement les soldats pouvaient reprendre
du service dans la Légion Espagnole, mais que ses
bataillons étaient ouverts à tous ceux qu'un examen
médical jugeait bons pour le métier militaire.

On avait en mains à la Légion, disait l'affiche,
chaque jour, 2 pesetas, puis 2 pesetas pour la nourriture et une peseta dix pour la masse. Un légionnaire
touchait donc au service du roi 4 pesetas 10 par jour
en attendant mieux, pour la première et la deuxième
année de présence au corps.

Gilieth n'avait jamais pensé qu'un matin il s'inté-
resserait au recrutement des troupes professionnelles.
Il connaissait la valeur de la discipline. Il savait
obéir lui-même aux lois qu'il s'était données. Pour
cette raison une discipline imposée par une autorité

autre que la sienne ne l'intéressait pas précisément. Le chiffre de cinq pesetas par jour s'installa, cependant, dans sa mémoire. Il ignorait l'existence de la Légion Étrangère. Tout au plus, il avait entendu parler de la Légion Française dont la rude popularité mal rétribuée n'excitait pas son imagination. Il apprit ainsi, au hasard d'une promenade dans la rue, qu'on pouvait subsister au service de l'Espagne, en ayant en poche de quoi se payer du tabac et du vin.

« On peut vivre au Maroc espagnol », se dit Gilieth.

Et tout de suite son imagination travailla. Mais sa volonté dispersa les images trop riantes. Une bouffée de rage impuissante chauffa ses joues. Était-il nécessaire d'avoir joué une partie si violente pour en arriver là ?

Poussé par ses préoccupations, Gilieth marchait vite. Quelquefois il s'arrêtait brusquement, s'approchait d'une boutique et regardait dans la glace comme dans un miroir. Il sentait une présence hostile derrière lui.

Les journaux français qu'il lisait chaque jour, clandestinement, dans sa chambre, loin des regards, avaient raconté le crime de la rue Saint-Romain, à Rouen. Il y avait de cela six semaines. Depuis quinze jours un silence que Gilieth jugeait singulier et lourd de menaces semblait dissimuler l'activité implacable et sournoise des policiers français et espagnols fraternellement associés.

Cette situation ne pouvait pas durer. Entre l'espoir, nettement ironique, et le désespoir, la faim comblait les vides. Gilieth souffrait de la faim chaque jour, jusqu'au moment, toujours imprévu, où il lui était donné par le hasard de se repaître en mangeant n'importe quoi, ce qu'on lui offrait. Il parvenait tout juste à payer le loyer de sa chambre.

Gilieth n'osait plus se montrer dans Barcelone en plein jour. Ses vêtements et son linge révélaient sa misère et le désarroi de ses facultés. Le gai soleil les rendait plus infâmes. Gilieth marchait vite dans les rues ainsi qu'une bête pourchassée. Il sentait le ciel de plomb peser sur ses épaules. L'atmosphère autour de lui était saturée de signaux hostiles, de cris d'alarme. Il lui semblait que toutes les cloches du monde sonnaient le tocsin quand il se montrait au soleil. Mille regards le brûlaient dans le dos. Alors il se retournait tout d'une pièce. Il ne se rendait pas compte que son attitude de bête cruelle, inlassablement poursuivie, attirait tous ces regards qui n'étaient pas de compassion.

Quand il entra, en affectant une certaine désinvolture, dans la rue de l'Arche-du-Théâtre, un groupe de filles s'émut. Elles tournèrent la tête de son côté et le dévisagèrent.

L'une d'elles s'approcha de Gilieth et lui dit : « Viens manger ! »

Gilieth s'était arrêté net, comme une machine en panne.

La fille lui refit le nœud de sa cravate usée et grasse. « Viens manger avec moi », dit-elle encore.

Et Gilieth la suivit. L'odeur chaude de la viande lui fit monter les larmes aux yeux. Il se mit à rire et glissa une main dans le corsage de la jeune femme.

— Laisse, fit celle-ci doucement... Puis elle ajouta : « Mange encore, ce que tu veux... Voilà mon homme. » Elle se leva pour aller au-devant de son ami qui entrait dans le restaurant.

Celui-ci s'attabla devant Gilieth et commanda à son tour un plat de viande. Les deux hommes se rassasiaient sans dire un mot. Gilieth, qui n'avait pas mangé depuis deux jours, sentait la nourriture le saouler comme un alcool puissant.

Le nez penché sur son assiette, les coudes écartés sur la table, il engouffrait la viande à grands coups de gorge, comme un chien. Alors, l'Espagnol qui le regardait faire, cligna de l'œil dans la direction des filles. D'une brusque pesée de la main il aplatit le visage de Gilieth dans l'assiette pleine de sauce huileuse.

Toutes les filles se mirent à rire.

Ahuri et ne comprenant pas du tout ce qui lui arrivait, Gilieth releva sa face maculée, injuriée. Ses yeux bleus luisaient comme deux pierres polies. Il s'essuya machinalement avec sa serviette. Il entendit les rires, tourna lentement la tête à droite et à gauche.

— Mange donc, dit la jeune femme qui l'avait invité.

Et Gilieth se remit à dévorer le contenu de son assiette.

Encore une fois l'homme recommença la même plaisanterie. Les mêmes rires exaspérants et serviles l'approuvèrent.

Cette fois Gilieth ne s'essuya pas la figure. Il se leva lentement, ses deux mains saisirent au cou son adversaire et il serra en se souvenant de toute son ancienne force.

— Lèche, lèche, lèche, fumier!

Ses mains broyaient comme un garrot le cou crasseux. La langue jaillit entre les lèvres.

— Lèche, lèche, répétait Gilieth tout doucement.

Ce fut la femme de l'étranglé qui prit une serviette trempée dans l'eau et qui nettoya le visage souillé par la sauce.

Alors Gilieth lâcha sa victime en l'envoyant rouler au milieu des tables. Puis il sortit lui-même à reculons, une main dans la poche de son veston sur la crosse tiède du browning.

Tout se décomposait autour de Gilieth. Il comprit qu'un soir il serait mêlé à une bagarre et que la police en l'arrêtant ne manquerait pas de se montrer curieuse. Quand il pensait à la fameuse scène du restaurant où il s'était maîtrisé au point de se rompre les veines des tempes et du cou, il ne pouvait s'empêcher de pleurer comme un enfant.

— A moi, à moi, balbutiait-il, m'avoir fait cela à moi. Et il est encore vivant!

Gilieth sut ce jour-là que pour rester dur et brave il ne lui fallait plus crever de faim. Il se rappela le texte de l'affiche de la Plaza del Rey...

Españoles y extranjeros... las legiones españolas os esperan... Artistas, caballeros, poetas, músicos, antiguos militares, ingenieros, médicos, escritores, abogados, cómicos, trabajadores, campesinos, soldados y extranjeros, todos ellos componen las gloriosas legiones del Tercio... Españoles y extranjeros, alistaos en la Legión.

Gilieth avait copié ce texte. Il appartenait à la catégorie des étrangers. Il emprunta deux pesetas à la souillon aux beaux yeux et s'en alla prendre un bain avant de se présenter devant les médecins militaires. Sa résolution le soutenait. L'incident stupide du restaurant venait de modifier son peu d'enthousiasme pour le métier des armes.

« Là-bas, pensait Gilieth, je me tiendrai peinard. Après quinze jours de bectance assurée je reprendrai ma force. » Il se souvint de la guerre et des Marsouins, ses camarades, qui chantaient *Ma Tonkinoise*, devant les bidons de deux litres alignés sur les tables.

Maintenant que sa résolution était prise, il éprouvait

une autre angoisse : l'acceptera-t-on ? Il se promit de ne confier à personne son projet. Il ne fallait pas qu'on sût dans le Quartier Chinois qu'il s'était engagé à la Légion Étrangère.

C'est ainsi qu'il se trouva, bien lavé et bien rasé, à la porte d'un petit bureau, dans un long couloir passé à la chaux et garni de deux bancs. Deux ou trois gosses, des dockers, venaient de sortir du bureau, la mine longue. Ils boutonnaient hâtivement leurs vestons sur des gilets de flanelle noircis par le charbon. Un petit homme trapu et brun, dont les mains velues reposaient à plat sur ses genoux, les interrogea d'un signe de tête.

Les deux dockers levèrent les bras et firent la moue : « Pas bon pour les cinq pesetas », dit l'un d'eux.

La porte s'ouvrit. Un jeune soldat en kaki, le béret passé dans son ceinturon blanc, fit signe à Gilieth et à son compagnon. Ils se levèrent et pénétrèrent devant la commission. Il y avait là un officier de la garde civile en pelisse bordée d'astrakan et un médecin militaire long et jaune, le visage abrité derrière des lunettes énormes. Le petit homme brun passa le premier. Il donnait des explications en s'entourant de gestes excessifs. Il était râblé et velu comme un singe.

— Bon, fit le médecin-capitaine, en se tournant vers Gilieth.

— Vous êtes fort, lui dit-il après l'avoir ausculté.

— Oui, monsieur le... major. Gilieth hésita sur le grade. Machinalement il donna au médecin ce titre familier, selon l'usage français.

— Vous êtes Français ?

— Oui, monsieur le major.

— Et vous avez servi ?

— J'ai fait la guerre dans l'infanterie coloniale.
— Pourquoi voulez-vous vous engager?
— Parce que je la saute, monsieur le major.
— Comment?
— Parce que j'ai faim... Je suis sans travail.
— Ah oui... C'est bien... allez. Vous êtes bon pour le service.

Gilieth prit ses vêtements. Son cœur battait. Il acheva de s'habiller dans le couloir, devant le petit homme qui lui demanda tout de suite : « Tu es pris? »

— Oui, fit Gilieth.
— Alors tant mieux, nous partirons ensemble... Tu ne connais personne là-bas. Je vais à la mort... parce que l'amour me désespère...
— Attends un peu pour pleurer, dit Gilieth...

Il s'assit pour mettre ses souliers.

— Vise ces pompes, dit-il à son compagnon. Et on appelle ça des Richelieu!

Le petit homme hocha la tête.

A ce moment un planton d'artillerie vint les prendre pour les conduire au quartier des Atarazanas.

— Hé vieux, dit Gilieth, on nous met en subsistance chez les artilleurs. A nous la bonne vie.
— Ce soir j'irai dire adieu à mes parents, répondit le petit homme, car j'ai entendu l'officier parler d'un départ pour demain.

« La fin de la journée sera longue », pensa Gilieth.

CHAPITRE IV

Tous les détails urbains d'Algésiras se détachèrent précieusement peints dans un ciel d'une telle pureté qu'il permettait de prévoir la limpidité rayonnante du ciel marocain. Les nombreux touristes qui s'empressaient devant la passerelle s'affairaient et assaillaient de demandes et de recommandations les portiers d'hôtel en redingotes grises soutachées de galons noirs. Une petite fille de fonctionnaire pleurnichait en tenant d'une main la robe de sa bonne et de l'autre une petite cage dorée habitée par un canari-flûte, hérissé, de mauvaise humeur.

Pierre Gilieth, sa valise à la main, appuyé sur une rambarde de l'arrière contemplait les mouettes piaillantes. Il avait hâte d'entendre la cloche du départ et de changer ses vêtements civils contre l'uniforme qui le libérerait pendant quelques années. A ses côtés, son compagnon de recrutement gémissait déjà devant les eaux du détroit qui se pressaient au large en petites vagues courtes et sournoises. Il s'appelait Fernando Lucas. Ils étaient dix dans ce détachement conduit par un sous-officier de chasseurs à pied et deux caporaux de la même arme coiffés d'un chapeau mou en toile kaki. A part Gilieth qui était Français, les futurs légionnaires étaient tous des Espagnols, d'apparence jeune. La plupart étaient bien vêtus. Ils riaient et causaient familièrement avec le bas-off et les caporaux de l'escorte.

Un jeune homme frétillant, le feutre posé de côté sur la tête, s'approcha de Gilieth et lui tendit son paquet de cigarettes.

— Vous êtes Français, monsieur?
— Oui.
— Parisien sans doute?

Et sans attendre la réponse de Gilieth il parla à voix haute, pour Gilieth, naturellement, pour lui-même et surtout pour ses voisines, trois jeunes filles qui paraissaient des femmes de chambre en route vers les hôtels de Ceuta ou de Tetouan.

— J'ai vécu à Paris... Ah! si je connais Paris! Je pourrais vous conduire n'importe où les yeux fermés comme on dit. J'étais garçon de café, rue de la Paix. Et puis je suis revenu ici. J'étais employé chez un courtier maritime à Barcelone. On gagne bien sa vie. Vous pensez, j'étais en combinaison avec un schipchandler. C'est vous dire que les ristournes m'intéressaient. Il faut bien voir du pays; j'ai devancé l'appel parce que je suis républicain. J'aime encore mieux servir dans le Tercio que dans l'armée métropolitaine. D'ailleurs je connais bien le commandant don Ferdinando... Si je tombe par chance dans son bataillon, j'ai tout lieu de croire que je n'aurai pas lieu de me plaindre. Je dois vous dire que je suis bon comptable. On m'a dit qu'il fallait des comptables susceptibles de passer sergent en premier, ce que vous appelez en France des « doublards ». Vous voyez si je suis au courant.

Je n'ai, d'ailleurs, plus un sou sur moi. J'ai tout dépensé hier à Algésiras, car je suis venu à Algésiras par mes propres moyens. Très peu pour moi de cette promenade en chemin de fer avec ces deux idiots à galon de laine verte. Il n'y a que des paysans de la Sierra dans ces bataillons-là, des Aragonais qui se mettent à six pour manger la moitié d'une souris à la broche. Je dis la moitié, car ils gardent l'autre pour la manger froide le dimanche suivant. Ah! ah! Je suis « raide » comme on dit à Paris. Mais ce n'est rien. Mes parents m'enverront de l'argent dès que je serai arrivé. Ah! l'amour, c'est une belle chose, mais quel tourment. Figurez-vous que ma novia est si riche que ses parents ne veulent pas me la donner en mariage. C'est un peu pour cette raison que j'ai tout plaqué et que je me suis fait légionnaire. Risquer sa vie à cause d'une femme, c'est encore le plus court chemin pour atteindre son cœur. Vous pensez si je la tiendrai au courant des moindres faits de mon existence. D'ailleurs, j'ai l'intention de passer par l'école et de prendre du galon. Je pourrai peut-être servir aux réguliers indigènes. Tout ce que je fais là, c'est un peu pour ma novia et surtout pour ses parents, car moi, je hais la guerre et les soldats. Ah! regardez... : Gibraltar dans la brume. Algésiras dans le soleil, terre espagnole... Gibraltar dans la brume, terre anglaise Claro.

Le *San Jurjo* dansait légèrement. A l'horizon se distinguait maintenant la rive africaine : des montagnes d'un violet noir et la masse ronde et sombre des courtes végétations.

Le bavard reprit son discours : « Encore une cigarette... Dans vingt minutes nous serons arrivés... »

Il fit un geste amical et coquin à l'une des femmes

de chambre; puis, subitement, il abandonna Pierre Gilieth pour interpeller, avec de grands gestes de joie, un jeune homme qui arpentait le pont en s'efforçant de maintenir sur son visage un air tragique dont le vent de la mer détruisait le noble rayonnement.

— Ah! cher ami! cher ami... Par exemple... Quelle surprise!

Gilieth tourna la tête dans la direction du large. Il se dissimulait le mieux qu'il pouvait derrière une chaloupe. Trop de gens circulaient autour de lui sur ce petit bateau trapu et bondé.

Il regarda, en se retournant, la côte espagnole qui fuyait, le rocher d'Algésiras, le baseau-transport d'hydravions qui lâchait, un à un ses appareils, comme s'il eût donné la liberté à des colombes.

— Ah pauvre, pauvre de moi! fit une voix gémissante.

Gilieth se retourna et aperçut Fernando Lucas, son compagnon, affalé sur le pont, le dos appuyé contre un rouleau de manœuvres, les jambes molles comme celles d'un pantin.

— Allons viens, remets-toi, dit-il. Nous arrivons.

On apercevait nettement les maisons de Ceuta. La ville s'élevait en étages au-dessus d'un port confortable. Une foule attendait sur la jetée près de la gare du chemin de fer de Tetouan.

Gilieth sentit en lui comme un déclic. Il aspira l'air avec force et soupira. Une porte se fermait derrière son dos, celle qui communiquait avec son passé orné d'événements exceptionnels et trop récents.

Le *San Jurjo* élongea lentement le quai et jeta ses amarres. Quelques centaines de personnes attendaient : des officiers élégants en casquettes rouges et vertes de la cavalerie indigène, deux ou trois jeunes gens sans chapeau et en knickerbockers, beaucoup de jeunes filles brunes et boulottes, des soldats coiffés du béret et d'autres, des légionnaires ceux-là, qui portaient coquettement sur l'oreille le bonnet de police orné d'un gland rouge qui retombait sur le front. Peu d'indigènes, en dehors des porteurs de bagages naturellement et heureusement syndiqués. Ceuta s'offrait, tout d'abord, comme une petite ville andalouse.

Gilieth, qui n'était pas un imaginatif, fut cependant déçu. Il descendit avec ses dix compagnons sur le quai. Il se dissimulait derrière ses camarades et observait méticuleusement les passagers qui s'égaillaient : fonctionnaires, officiers en uniforme ou en civil, soldats permissionnaires, femmes d'officiers, de commerçants, servantes... Il pouvait mettre une profession sur tous les visages. Cette inspection le rasséréna. « Je ne suis pas suivi », pensa-t-il joyeusement.

Un sous-officier de la légion, long et mince, et qui portait de chaque côté des joues des « pattes » comme un ancien torero, vint prendre livraison du petit détachement.

Il fit placer ses hommes tant bien que mal par quatre et, levant un bras au-dessus de sa tête, il donna le signal du départ. On grimpa une rue en pente et l'on arriva près du cercle des officiers de la Légion. A côté des locaux disciplinaires du corps, se trouvaient les services administratifs et un petit dépôt où les permissionnaires pouvaient passer la nuit.

Le détachement put se restaurer et se reposer en attendant une nouvelle visite médicale. Le jeune homme au feutre coquet, qui avait conté son histoire à Gilieth sur le bateau, paraissait moins sûr de ses attitudes. Il prit l'excellent parti de se montrer très poli devant les gradés, quand ceux-ci l'interrogèrent, après la visite. Lucas, qui ne souffrait plus du mal de mer fumait maintenant d'un air satisfait, assis à califourchon sur un banc devant une cruche d'eau claire.

Un officier à trois étoiles sur la manche interrogea Gilieth. Il parlait le français très correctement et ne donnait pas à l'*u* le son latin.

Quand il apprit que Gilieth avait fait la guerre comme soldat d'infanterie coloniale il ne chercha pas à en savoir plus sur la personnalité du nouveau légionnaire.

— Soyez sérieux, dit-il. Vous ne serez pas mal ici. Prenez votre nouvelle vie dans un sens logique et vous vous en trouverez bien, croyez-moi. Vous serez signalé à votre commandant de bandera pour qu'il vous fasse suivre les cours de caporaux. Un caporal est plus libre qu'un simple légionnaire.

Gilieth était le seul, dans cette troupe de recrues, à connaître la manœuvre d'un fusil et son usage dans la pratique. Ses compagnons se groupèrent instinctivement autour de lui, comme pour chercher une protection devant cette vie nouvelle dont ils commençaient à craindre les exigences quotidiennes. Ils commençaient à sentir confusément que les 5 pesetas 10 que le Roi leur allouait en échange de quelques sacrifices, comme celui de leur propre vie, seraient plus difficiles à gagner que les affiches de recrutement l'affirmaient.

Dans le courant de l'après-midi, un caporal vint avertir les hommes qu'ils eussent à se tenir prêts pour embarquer dans le train de Tetouan. Il s'approcha de Gilieth.

— Vous êtes un ancien soldat français?
— Oui.
— Coup dur? demanda le caporal en souriant.

— Non, la faim seulement et c'est assez !

Gilieth répondit avec une amertume non feinte. Mais cet interrogatoire lui déplaisait et ranimait son inquiétude assoupie. Le cabo n'insista pas. Pierre Gilieth revint s'asseoir sur le banc à côté de Fernando Lucas.

— Je n'ai pas de cigarettes, dit-il.

— Tiens, en voilà un paquet... Tu es mon ami... Souviens-toi que nous nous sommes engagés ensemble. Je ne connais personne ici... Avant de partir, ma mère m'a donné vingt-cinq pesetas. En voici dix... Prends-les, tu me les rendras, petit à petit, sur ton prêt.

— Merci, vieux ! fit Gilieth en empochant l'argent. Je te les rendrai bientôt.

Il serra cette somme dans sa ceinture de cuir. Et le plaisir d'avoir de l'argent en poche lui fit monter le sang au visage. Gilieth savait, par expérience, la valeur d'une bouteille de vin quand on entre dans une caserne pour la première fois. Les jours indignes de Barcelone s'anéantissaient devant l'apparition de ces deux petits billets flétris.

« Avec ça, pensa Gilieth, dont le visage jubilait, j'ai mon tabac assuré, le pinard et le moyen de tâter les copains. Je vendrai ma valise, mes nippes, mon linge et mes souliers. Je tirerai bien du tout — le complet est encore bon — une vingtaine de pesetas. Ça peut donc coller. Ah ! Vivement qu'on nous habille. »

Comme pour répondre à son désir, le caporal ouvrit la porte.

— Allons ! en route...

La petite troupe, sous la conduite du caporal et du long sergent au visage de torero, regagna le port pour prendre le train de Tétouan, à la gare maritime. Il était vide... Une petite bonne femme boulotte, la tête couverte d'un foulard de soie noire noué sous le menton, monta avec eux.

Tout de suite, elle s'entretint familièrement avec le sergent et le caporal. C'était l'épouse d'un chef de gare sur la ligne.

— C'est à Dar Riffien que nous allons, dit le nommé Pepito, qui savait tout. C'est à Dar Riffien le camp de la Légion...

Il se pencha vers la portière et cria, comme le train s'ébranlait :

— Adieu la vie, adieu tout ce que j'aime d'amour !

Le caporal chantonna, en le toisant, non sans ironie :

Una loba perseguia...

Le sergent sourit silencieusement et alluma un cigare.

Gilieth regardait la mer. Des barques de pêche rentraient. Au loin, dans la nuit qui rongeait déjà le bleu joyeux du ciel, le phare de Gibraltar envoyait sa lumière clignotante.

Fernando Lucas contemplait Gilieth, tout en passant la paume de ses mains sur ses poignets de singe. La fumée des cigarettes, des cigares et des pipes s'étirait en nuages lourds dans le compartiment.

Le sergent ouvrit la fenêtre, se pencha un peu en dehors.

— Voici Dar Riffien, fit-il... Regardez bien, c'est le camp de la Légion. Vous n'oublierez jamais cette image-là.

Les hommes se précipitèrent vers les portières. Le crépuscule de la nuit enveloppait le paysage tiède. Sur une route en remblai, devant la voie ferrée, des légionnaires apparurent, chaussés d'espadrilles, le bonnet de police sur la tête. Quelques-uns se drapaient dans leurs amples manteaux andalous en drap kaki. Ils étaient immobiles. L'arrivée des recrues pouvait constituer un divertissement suffisant. A quelque cent mètres de la gare, derrière sa porte monumentale, flanquée de deux tours carrées, le camp de la Légion semblait une enluminure en blanc bleuté sur le fond gris ardoise des montagnes. Le train s'arrêta. On débarqua des caisses et des bidons d'essence qu'une corvée attendait.

— Descendez, commanda le sergent... Et suivez-moi.

Gilieth s'étira, gonfla sa poitrine et alluma une cigarette.

— On ne fume pas sur les rangs, dit le sergent.

Gilieth jeta sa cigarette. Il murmura :

— Ah ! oui... C'est juste... J'oubliais.

La plupart des hommes étaient couchés quand les nouveaux engagés pénétrèrent dans le baraquement peint à la chaux qui leur était réservé. Une ampoule éclairait la salle longue et nue où s'alignaient deux douzaines de lits militaires.

— On va vous apporter un repas froid, dit le sergent, demain, vous mangerez mieux. Dans une demi-heure, le sergent en premier viendra faire l'appel... Vous, dit-il, en se tournant vers Gilieth, vous serez caporal de chambrée pour cette nuit.

Un vieux légionnaire, à la barbe en éventail, bien soignée, vint tout aussitôt apporter du pain et du fromage. Un autre le suivait qui servit le vin. Tout le monde but à tour de rôle dans le même quart. Et puis, les cigarettes s'allumèrent. Les hommes, rendus loquaces par le vin bu d'un seul coup, échangeaient leurs impressions, reprenaient de la force et naturellement crânaient.

— Moi, dit Pepito, demain, je demande à parler à Don Ferdinando ou au capitaine-médecin. Je les connais. On sait ici apprécier la valeur d'une belle écriture.

Afin de distraire l'assemblée, Fernando Lucas mima exceptionnellement une chasse au lapin. Tout d'abord, il fut le chasseur qui sort de son domicile. Il siffla ses chiens, leur marcha sur la patte et imita parfaitement les cris aigus des braques douillets. Puis, en se pinçant le nez entre deux doigts, il imita la trompe de chasse. Cette fanfare terminée, il simula la marche du chasseur dans les terres labourées, sous un soleil torride. Il s'épongeait le front avec un mouchoir. Ses yeux semblaient implorer un cabaret fantôme que tous les spectateurs apercevaient avec lui. Il s'écroula sur le sol, dégrafa le col de sa chemise et donna l'impression qu'il allait véritablement rendre l'âme. Soudain, il fut tout oreilles. Alors, il se mit à aboyer comme un chien qui rencontre. A l'entendre, on suivait le gibier à la piste. On voyait le chien quêter, puis tenir l'arrêt. C'est alors que Fernando Lucas révéla la mesure exacte de ses talents que sa morne attitude depuis Barcelone ne pouvait faire prévoir. Le visage illuminé par un accès de génie, il épaula un fusil imaginaire et se soulagea grossièrement. Le lapin lui passa entre les jambes. Lucas le visa encore, tira et rata. Il bondissait comme un chat, chargeait son arme imaginaire et barytonnait comme un vieux roussin. Les amis, malades de plaisir, les larmes aux yeux, se roulaient sur leur lit. L'énergumène se calma enfin et termina le spectacle par une dernière incongruité et une sonnerie de trompe.

Il paraissait satisfait et salua plusieurs fois pour répondre aux applaudissements. Après quoi, il essaya de faire son lit. Il n'excellait point dans cette besogne. Gilieth lui montra comment on devait poser les planches sur les pieds de châlit. Les autres regardèrent et profitèrent de la leçon.

Un quart d'heure plus tard, la chambrée sonore amplifiait les ronflements des hommes écrasés par la fatigue et le vin qu'ils avaient bu en cours de route malgré la surveillance du sergent.

Gilieth ne dormit pas tout de suite. Il n'avait pas bu. Il ne le regrettait pas. Il savait qu'il existe un temps pour toutes choses et tenait à garder son sang-froid afin de pénétrer avec avantage dans cette nouvelle existence.

Il regarda machinalement ses mains et subitement il pensa au meurtre qu'il avait commis.

« Quand j'aurai l'uniforme sur le dos, je serai tranquille. »

Il se cramponnait à cette idée comme un naufragé à une bouée. L'uniforme de la Légion devait le protéger contre lui-même et contre les autres.

La porte du baraquement s'ouvrit. Un groupe de sous-officiers vint faire l'appel.

— Ils sont tous là, dit Gilieth, mais ils dorment.

Les sous-officiers parcoururent l'allée centrale, s'arrêtèrent devant chaque lit, puis ils sortirent en coupant l'électricité.

Dehors, un clairon lança la mélancolique sonnerie du soir. Pierre Gilieth fut soudain envahi par une chaude bouffée de confiance. Il songeait :

— J'ai bon espoir... Il fallait venir jusqu'ici. Maintenant je n'appartiens plus au monde.

51

Il se réconforta encore en récapitulant dans sa mémoire tous les crimes impunis qu'il connaissait et dont l'opinion publique avait fini par se désintéresser. Ils étaient nombreux. Gilieth prit plaisir à le constater. Il se frotta le dos contre les draps rudes. Son ancienne force renaissait. Il revivait avec honte les jours de dégradation dans le vieux quartier de Barcelone, quand, sans argent et sans volonté, assailli chaque jour par mille fantômes qui le talonnaient comme des loups, il s'était senti faible devant le sale petit ruffian qui le bafouait.

— Ah! remettre ça, fit-il, en tâtant ses bras, et jusqu'au finish.

La vision entrevue de son insulteur, réduit à l'état d'un chiffon, l'obligea à sourire.

Il s'endormit dans le calme, tel qu'il était un an plus tôt quand il dominait son petit peuple de filles et de malfaiteurs.

CHAPITRE V

Les nouvelles recrues furent tout de suite incorporées dans la bandera de dépôt. Gilieth fut versé à la première compagnie et son camarade Lucas à la troisième. Lucas parut profondément affecté par cette séparation. Il demanda à parler au colonel, par la voie hiérarchique, comme on le lui fit savoir. Le résultat de cette entrevue, à la légère surprise des anciens, fut favorable à la demande de Fernando Lucas. On l'affecta, comme il le désirait, à la première compagnie, capitaine Weller.

— Le gars ne manque pas de culot, déclara le clairon Mulot, un déserteur qui venait des bataillonnaires français et qui avait déjà six ans de service dans la Légion espagnole.

Comme Gilieth put s'en apercevoir, les Français étaient peu nombreux à Dar Riffien.

Sur deux ou trois mille hommes qui habitaient le camp, il put en identifier une vingtaine. Les uns et les autres ne représentaient pas l'élite d'une société, à l'exception d'un grand garçon doux et lettré qui ne fréquentait personne et passait son temps à lire des ouvrages d'histoire naturelle. Il collectionnait des insectes rares, des lépidoptères et des coléoptères qu'il préparait adroitement avant de les fixer par de longues épingles dans des boîtes à fond de liège. Cette collection ornait les vitrines d'un marchand de curiosités dans la rue de la Luneta, à Tetouan.

Gilieth prit rapidement le ton et le caractère du corps. La Légion étrangère de Dar Riffien constitue une troupe solide, parfaitement entraînée et qui sait mourir au feu, au *barro*, comme disent les légionnaires. Ce corps d'élite, qui fut créé et commandé par le général Millan Astray, reçoit, comme la Légion étrangère française dont il s'inspire, toutes les infortunes et répond parfaitement au besoin de disparaître que certains hommes, et non des moindres, peuvent parfois éprouver à certaines époques troubles de leur existence.

On y vient également à la suite d'un amour déçu. Car le légionnaire est, en principe, un ancien grand amoureux méconnu. Ce sujet excite particulièrement son imagination et Dieu seul peut savoir ce qu'il est capable d'inventer pour essayer de se mentir à lui-même. Une troupe de légionnaires qui, par principe, est composée d'aventuriers, forme un ensemble moral assez difficile à définir. Les légionnaires ne sont pas des bandits. Il existe des bandits à la Légion comme il en existe dans toutes les collectivités d'individus qui ne sont sélectionnés que par l'estimation de leur force physique, de leur courage et de leur mépris pour la mort violente. Ce mépris de la mort violente, à part quelques exceptions nées d'un désespoir abolu, ne s'acquiert que par l'orgueil d'être un sacré légionnaire. Sur ce point, la Légion étrangère française et la Légion étrangère espagnole sont identiques. Cette dernière est seulement plus jeune et si l'on veut moins littéraire. Elle attire moins la curiosité des coureurs d'aventures. Toutefois, cette Légion, coquette et pimpante, n'est pas toujours très commode à manier. Ceux qui l'ont vue au feu, au combat de Beni Hosmar, savent ce qu'elle vaut. C'est là que son colonel Millan Astray perdit un œil, avant de perdre un bras quelques mois plus tard. Aussi, la silhouette maigre et énergique de Millan Astray est-elle inoubliable. Tels étaient peints, par Vélasquez, les grands capitaines castillans à l'époque où l'infanterie espagnole était la plus célèbre dans le monde.

Contrairement à ce qui constitue le recrutement des régiments étrangers d'infanterie française, la Légion étrangère espagnole comporte plus d'Espagnols que d'étrangers. Et, parmi ceux-ci, on trouve des Sud-Américains, des Russes, des Suisses, peu de Français, peu d'Allemands. Les Allemands préfèrent la Légion étrangère française dont la solde jusqu'à ce jour témoigne hautement de notre pingrerie nationale et de notre bon sens bourgeois complètement dénué de lyrisme. Un légionnaire français touche cinq sous par jour durant sa première année qui est celle qui exige le plus de volonté de la part d'un engagé. Il ne faut pas parler de la prime d'engagement dissipée en huit jours. Un légionnaire ne peut même pas se payer son tabac... car à la Légion, comme dans toute l'armée d'Afrique d'ailleurs, le tabac n'est pas donné gratuitement aux soldats. A la Légion espagnole, un aventurier peut vivre honnêtement avec son prêt. La discipline y est sévère. C'est un curieux mélange de familiarité aristocratique telle qu'on la constate en Espagne dans les relations entre grands seigneurs et pauvres hères et d'autorité passionnée dont l'influence est catholique.

La Légion étrangère espagnole est divisée en huit

unités formant corps. On les appelle des *banderas*, du mot bannière. Elles possèdent chacune des fanions magnifiques qui correspondent à leur nom. La première bandera s'appelle Los Jabalies, ou les Sangliers, ce sont les armes de la maison de Borgona. La seconde est celle des Aquilas, les Aigles brodés sur un fond de soie pourpre. La troisième est la bandera d'El Tigre, le tigre. La quatrième, au fanion splendide est celle d'El Christo y la Virgen, la bandera du Christ et de la Vierge. La cinquième, appelée Gran Capitan (grand capitaine), est dédiée à Gonzalvo de Cordoba. La sixième est celle du Duque de Alba. La septième, dont le lieutenant-colonel fut tué à Melilla, s'appelle : La Valenzuela. La huitième et dernière porte le nom de Christophe Colomb. Il existe en outre un escadron de lanciers et une bandera de dépôt où l'on apprend aux recrues leur nouveau métier. C'est donc dans la première compagnie de ce bataillon que furent versés Gilieth et Fernando Lucas. Les autres furent éparpillés dans les deuxième et troisième compagnies. Deux paysans galiciens passèrent dans la cavalerie.

A Dar Riffien, se trouvait l'école de clairons et tambours et deux compagnies de la bandera Gran Capitan qui revenaient au dépôt pour se reposer. C'était du moins la version officielle. Mais on chuchotait autour des cuisines. La situation paraissait inquiétante dans la Métropole. Le bruit se propageait clandestinement que deux banderas choisies seraient sans doute embarquées pour Carthagène.

Gilieth, solide et grand, portait avec aisance le costume de la Légion. Il n'en allait pas de même pour Lucas qui ressemblait à un singe habillé. Il tirait, d'ailleurs, un certain orgueil de cette particularité, qui ne l'empêchait pas d'adresser des boniments fleuris et passionnés à toutes les jeunes filles faciles qu'il rencontrait sur le boulevard Gomez-Pulido et devant les deux kiosques à journaux de la Plaza Reyès. Parce qu'il faisait rire les filles, il pouvait, à la rigueur, passer pour un séducteur. Mais il préférait les petites bonnes d'hôtel dont il incendiait l'imagination avec les récits mensongers de ses exploits au « barro ».

Quant à Pierre Gilieth, il fut franchement déçu par la ville. Peu sensible à la poésie géographique et aux spectacles de la nature, il ricanait quand il parlait de l'Afrique : « Ça, le Maroc? disait-il à Mulot et à Lucas, ses compagnons favoris, je n'ai pas encore vu une Fathma et un bicot en costume, à part les gardes du Calife, les réguliers et les spahis. »

— C'est la marche de la civilisation, disait Lucas.
— Tu les verras toujours assez tôt dans le bled, répondit Mulot.

La plupart des soirs, Gilieth, Lucas et Mulot restaient au camp. C'est-à-dire qu'ils s'en allaient, hors de la zone de protection, à quelque cent mètres des baraquements dans un petit hameau formé d'une trentaine de baraques qu'habitaient des mercantis, naturellement très surveillés. L'un d'eux, un Ségovien, que l'on appelait d'ailleurs le Segoviano, vendait de la bière, du vin et de la charcuterie. Sa fille était assez gentille. Elle savait attirer les soldats qui n'obtenaient rien d'elle, même pas un serrement de main. Quand l'un d'eux devenait tendre elle criait, en parlant extraordinairement vite :

— Allez, allez, porc, bas les pattes! Tu me prends pour ta novia? Insiste, crapule et je vais aller trouver le senor coronel...

Son père riait, ses petits yeux de macaque malicieusement enfouis au-dessus de ses pommettes plissées.

— Hé, putain, ne crie pas si fort, ma très pure... Tu fais du scandale dans les appartements.

Ce soir-là, Fernando Lucas, assez en verve, pour avoir bu quelques bons coups de « peleon » — c'est ainsi que les légionnaires appellent le vin rouge : le peleon, le brutal, le méchant, le bagarreur — s'entendit menacer par la gentille fille d'une audience particulière avec le « senor coronel ».

— A propos de colonel, dit Mulot, qu'est-ce que tu as bien pu raconter au « vieux » pour qu'il te change de compagnie? Je ne le reconnais plus. Ça me dépasse.

— Ah! voilà, fit Lucas, en clignant de l'œil... Je connais sa nourrice.

— Pochetée!

— Je ne voulais pas être séparé de Pierre Gilieth. Nous nous sommes engagés ensemble. Tu te rappelles, hein, Gilieth, le quartier des Atarazanas et la première soupe que nous avons mangée tous deux. Tu avais faim, en ce temps-là, Gilieth. D'où venais-tu? De France. Tu étais venu échouer là, sur la Place de la Paix, comme un pauvre rouget poussé par une lame. Tu étais découragé, Gilieth... Tu peux te souvenir de cela. Le temps n'a pas passé si vite.

— Tu me barbes, répondit Gilieth. Oui, oui, j'étais sans travail. Je ne regrette rien... Occupe-toi de tes plantations.

— Certes, fit Lucas, je vais même les arroser.

Il commanda du vin. Le « Segoviano » prit une

outre de porc qui trempait à l'ombre dans un baquet d'eau fraîche. Il appuya contre ses flancs et fit jaillir un vin épais comme du sang.

— A la santé de l'aimable fille du Segoviano! dit Fernando Lucas.

Il but.

— Eh! Tu baves, salaud, ricana Mulot. Et se tournant vers Rosario la Ségovienne, il leva son verre...

— Vous parlez, mademoiselle, d'un dégueulasse que ce mousquetaire-là.

Les trois légionnaires buvaient sous une tonnelle garnie de vignes. A travers les lattes de bois et les ceps déjà feuillus, on apercevait la mer bleue, moutonneuse à son habitude. Un grand bateau blanc s'en allait vers Ceuta.

— Des Américains, sans doute, dit Mulot.

— C'est plein de touristes dans ce pays, fit Gilieth. Des touristes, bon Dieu, je ne suis pas venu ici pour voir des touristes. Qu'ils restent chez eux, sans venir nous barber ici.

— Pour les poules, c'est parfois une affaire.

— Oui, je ne dis pas, répondit Gilieth en se radoucissant. Il ajouta : Mais pas pour les nôtres. Le pèze des réguliers est encore plus franc. Ces gars-là m'en bouchent un coin. Tout leur fric passe chez les femmes.

A ce moment, Lucas fouilla dans sa poche afin de payer, mais, comme il était légèrement ivre, il laissa tomber son portefeuille en cuir solide. Quelques papiers s'éparpillèrent. Gilieth se baissa machinalement pour les ramasser. Il aperçut une carte timbrée d'une photographie.

— Laisse donc, s'écria Lucas, laisse donc!... Il y a là-dedans des lettres de ma novia. Je ne veux pas qu'on les lise. Entendez-vous, brutes, vous n'avez pas le droit de les lire!

— En voilà un ballot, fit Mulot. Qu'est-ce qui lui prend? Personne n'a l'intention d'apprendre par cœur la prose de ta coquine...

Fernando Lucas était tombé à genoux sur la sable et il rassemblait fébrilement les papiers épars. Il les plia et les remit soigneusement dans la poche la mieux fermée de son portefeuille.

— Cette chérie ne m'écrirait plus, dit-il en reprenant son sang-froid, si elle savait que je montre ses lettres à d'autres hommes.

— Tiens, dit Gilieth, j'aime mieux entendre cela que d'être sourd. C'est le Balero qui est de garde à la porte...

— On peut rentrer par la ferme...

— Ah! pourquoi faire. On se rase dans cette taule. Et puis, Lucas est déjà saoul, on ne peut pas le laisser tomber, répondit Gilieth.

Ils remontèrent tous les trois vers la porte du camp et s'arrêtèrent devant la gare. Il n'y avait rien de particulier, mais la voie ferrée, avec ses deux parallèles luisantes, les attirait irrésistiblement. Quand ils n'avaient pas d'argent, les légionnaires s'asseyaient sur le remblai au bord de la route. Ils regardaient la voie ferrée où quelquefois un train de marchandises se dirigeait paisiblement vers Tetouan et Rio Martine. Selon leur qualité, ce moment de flânerie grave enrichissait leur personnalité. Les plus imperméables parmi eux confrontaient leur solitude monotone avec ce qu'ils avaient pu faire de bien ou de mal, en des jours si anciens qu'ils doutaient parfois de la réalité de leurs actes.

Le groupe Gilieth rencontra sur le remblai le légionnaire Pedro Garcias, qui, lui-même, s'intitulait le Bachelier de Salamanque. Il n'était plus très jeune. Il pouvait être âgé d'une quarantaine d'années, mais il paraissait, comme tous les soldats en uniforme, plus jeune que son âge. Pedro Garcias! La quatrième bandera, celle du Christ et de la Vierge, considérait le légionnaire Pedro Garcias, écolier de Salamanque, comme une de ses gloires secrètes mais authentiques. Garcias, curieusement lettré, écrivait des poèmes sauvages dont l'expression contrastait avec la douceur de son visage long, éclairé par deux yeux tendres. Comme la plupart de ses camarades, il sacrifiait, au moins une fois par semaine, aux divinités barbares du vin dans les quartiers réservés de Ceuta ou de Tetouan. Il fréquentait aussi, en familier, une maison de tolérance à personnel européen, dont la patronne, une ancienne gitane de Trianera, l'invitait souvent à dîner.

— Ce qui me console, fit-il en désignant la voie ferrée d'un geste précis, c'est qu'en suivant par la pensée ces deux rails, je suis certain de ne pas revenir chez moi, dans la maison de mon auguste famille, dont je peux dire — Dieu me pardonne! — que je pisse dessus. On ne pourrait pas, dans cette vieille Europe, abrutie par la Bible, en juger ainsi. A vingt ans, pour fuir la maison et ne pas être soldat, j'ai pris un train en partance, un train maigre comme un loup, bourré de pouilleux, d'imbéciles comme moi et d'organisateurs de spectacles sociaux, de diverses spécialités. J'ai fait tout le tour de l'Europe en suivant la voie ferrée et cette voie ferrée m'a ramené chez moi, dans cette maison familiale et honorable. Au bout de deux jours, je devins comme un ludion trempé dans une bouteille de sirop de groseille. J'étais gras comme une boule de gomme et je me dégoûtais de ma propre peau. Les voies ferrées tournent en rond, camarades. Il faut éviter de tourner en rond. C'est pourquoi, dans ce camp de la Riviera, je goûte un plaisir ineffable. Cette voie ferrée n'ira pas plus loin que Xauen, je l'espère. Du moins, je ne le verrai pas.

— Nous nous battons pour l'avenir des voies ferrées, dit un homme qu'on appelait le « Moro », à cause de son teint sombre et de sa figure aristocratique.

— Nous nous battons, à cause d'une surabondance de sensibilité, d'imagination, de mélancolie et d'humour. Nous nous battons par des refoulements assez complexes, dont il est inutile d'obscurcir l'entendement de ces messieurs, par des explications provisoires...

Gilieth, Mulot et Lucas écoutèrent ce discours avec plaisir, sans, toutefois, en comprendre un mot. Pour eux, le légionnaire Pedro Garcias s'épanouissait dans une cuite magnifique qui ne tarderait pas à provoquer quelques belles créations du cafard. Cette perspective amusante leur suffisait.

Le clairon de garde rappela les flâneurs vers leurs baraquements.

— Demain, au petit jour, nous partons pour une marche manœuvre. La « banda » (la clique) en est. Dans ces conditions, j'aime mieux me coucher, dit Mulot.

Au milieu de la grande cour du quartier, ils se serrèrent la main. Leurs paroles résonnaient étrangement dans la pureté du soir.

— Il fait bon tout de même, dit le Moro.

Les légionnaires rentraient par bandes. Dans la grande salle d'honneur du mess des officiers, les jeunes sous-lieutenants chantaient l'hymne de la Légion en l'honneur d'un hôte de passage. On entendit des verres se choquer.

— A la tienne! fit Mulot.

Puis il se dirigea vers son baraquement en courant, les deux mains dans les poches de sa culotte.

Gilieth l'imita. Il jeta sur son lit son grand manteau réglementaire, moitié djellaba, moitié manteau de paysan andalou écussonné sur la poitrine aux armes de la Légion : la hallebarde, la couronne royale, l'arbalète et le mousquet. Il inspecta avec soin ses brodequins et son équipement. Tout était en ordre.

Il se coucha et ne dormit point. La journée n'avait pas été assez dure pour lui ôter la faculté de penser. Il le regretta presque. Car Pierre Gilieth ne désirait pas recommencer à dérouler, il est vrai pour lui seul, des images effrayantes dont la stupidité le dégoûtait.

Plusieurs fois, il se passa la main sur le front et derrière la nuque comme pour chasser cette mauvaise petite inquiétude qui se maquillait, s'évanouissait parfois, pour réapparaître dans une sorte de « fading » qui démoralisait le légionnaire.

Gilieth essaya de fixer sa rêverie sur cette époque paisible où, lycéen en province, il jouait au rugby, sous les yeux admiratifs et épris de la sœur d'un de ses copains. Cette jeune fille était fragile et tellement enfantine! Gilieth se rappelait nettement son joli visage. Quelques années plus tard, il devait suivre une route dont la pente était rapide. C'était Paris, Montmartre, le « Milieu », le point d'honneur des hommes du Milieu, toute la série des éléments classiques qui décorent les pistes, quelquefois secrètes, de la mauvaise chance.

Gilieth avait tué tout naturellement, d'abord parce qu'il voulait de l'argent, et puis parce qu'il n'était pas sensible et qu'il n'éprouvait aucun respect pour la vie humaine. En dehors de cette conception immorale de ses rapports avec les hommes, il se conduisait dans la vie avec une certaine loyauté. Il n'aurait pu tuer un lapin, mais il pouvait tuer un homme comme une cuisinière tue un lapin. Il ne méprisait pas les femmes, car elles l'avaient aidé à vivre. Il les considérait, toutefois, comme des accessoires dangereux, difficiles à manier, tant qu'elles n'éprouvaient pas l'impérieux besoin de se dévouer.

Gilieth remettait ainsi, chaque soir, avant de s'endormir, de l'ordre dans son passé. C'était un peu comme une partie d'échecs : il poussait un pion, déplaçait un cavalier, une dame, un événement. Il opposait une défense serrée à des attaques qui n'étaient point toujours vaincs. Mais dans sa surexcitation, il ne parvenait point à trouver le sommeil. Le souvenir de Lucas ramassant ses papiers épars sous la tonnelle du Segoviano le tracassait malignement.

Gilieth se redressa alors et s'assit dans son lit. Il écouta la respiration de ses camarades. Ils dormaient comme des bêtes dans une étable. Le lit de Lucas était séparé du sien par le lit du petit Calel, le tambour. Gilieth aperçut, posée sur le lit, la vareuse de Lucas.

Il se leva tout doucement, passa devant le lit du tambour et s'arrêta devant celui de Fernando Lucas.

La vareuse était là, devant lui, bien étalée sur les pieds du dormeur. Pierre Gilieth retint son souffle et allongea une main adroite et légère. C'est alors qu'il entendit la voix calme de Lucas qui lui demandait :

— C'est toi, Gilieth ?... As-tu besoin de quelque chose ?

— Je me suis trompé de lit, répondit-il.

CHAPITRE VI

Les trois compagnies de la bandera de dépôt rentrèrent fourbues de la manœuvre. La colonne s'étendait au loin sur la route de Tetouan. Elle soulevait un nuage de poussière blanche et des chansons diverses, chantées par des groupes indépendants, se heurtaient dans une cacophonie au rythme bizarre. Cela ressemblait à un aboiement coupé par des sautes de vent.

Les tambours et les clairons seulement attendaient le bataillon sur la route, à quelque cent mètres de la porte du camp. Une dizaine d'enfants du village des mercantis guettaient les soldats.

La clique, qui s'étirait paresseusement au soleil, se mit debout et se secoua au commandement du tambour-chef. Les soldats s'alignèrent sur la route, le tambour-major en tête et, derrière lui, les clairons et leurs instruments, ornés de pompons rouges, puis les gros tambours peints en bleu à la manière ancienne qui était celle de la vieille infanterie espagnole. Les clairons et les tambours se distinguaient des autres soldats par un galon noir et rouge cousu sur les manches de la vareuse en deux losanges superposés. Derrière le tambour-major, le fidèle bélier, mascotte du régiment, le museau baissé vers le sol dur et déjà brûlant de la route, guettait philosophiquement le signal de la marche et le double moulinet des clairons levés à bout de bras, étincelant dans les rayons du soleil. Près du poste de garde, le colonel faisait les cent pas entre son capitaine adjudant-major et un colonel français des tirailleurs nord-africains.

Un coup de sifflet arrêta la colonne à une cinquantaine de mètres des clairons. Les vêtements des hommes étaient blancs de poussière, ainsi que les huit cartouchières à chargeurs qui leur couvraient la poitrine et le ventre. Les visages bruns, cuits par le soleil, les visages émaciés par la fatigue ruisselaient de sueur sous le bonnet à passepoils rouges.

Les jeunes officiers, sans sabres, une baguette à la main, frappaient leurs guêtres de toile boutonnées jusqu'aux genoux. Elles faisaient, d'ailleurs, corps avec la culotte. Le commandant monta à cheval et vint se placer derrière les tambours. Les hommes rompirent les faisceaux, s'alignèrent et manœuvrèrent les fusils. La « banda » sonna le refrain de la Légion et la colonne s'ébranla aux sons d'une marche de chasseurs pour défiler d'un pas rapide devant le colonel satisfait. En passant devant le colonel, les clairons s'arrêtèrent de sonner et, le visage tourné vers le chef, ils saluèrent avec leurs instruments en décomposant un mouvement de parade assez compliqué. Puis ils reprirent leur allègre sonnerie pour faire défiler les compagnies, y compris celle de la mitrailleuse et celle de transmission et d'engins d'accompagnement.

Après la dislocation, les soldats pénétrèrent bruyamment dans leurs chambrées. Quelques-uns traînaient la jambe. Ils se hâtèrent de chausser leurs espadrilles. Gilieth jeta son fourniment sur son lit et, le col de sa chemise kaki largement échancré, il s'en alla faire un tour vers les cuisines. Le menu était affiché :

JUEVES

1ª comida : *Callos a la madrileña;*
Butifarra con tomate;
Carne a la jardinera;
Ensalada;
Vino y café.

Il renifla d'un air satisfait.
— Hé ! Gilieth !
Il se retourna et aperçut le clairon Mulot qui lui faisait signe de venir.

Sans se presser, selon son habitude, car Gilieth s'efforçait toujours de donner une impression de calme et de puissance, il vint au-devant du clairon dont les petits yeux gris brillaient drôlement dans sa figure ronde criblée de taches de rousseur.

— Je vais te dire quelque chose, Gilieth, mais jure-moi que ça restera entre nous.
— Bien sûr... Mais quoi ?
— Je ne peux pas blairer Lucas. Ce matin, en rentrant de l'exercice, le capitaine adjudant-major l'a fait appeler. Il est resté seul dans le bureau avec lui, mais Lampa, le scribouillard du colon, a vaguement entendu... sans comprendre... malheureusement, que Fernando Lucas parlait de nous deux, de toi et de moi... Pour moi, je suis affranchi, je m'en fous... Je me suis débiné des « légers » parce que j'en avais marre. Ils savent tous que je suis déserteur... Mais je ne vois pas ce que tu viens faire là-dedans. A ta place, j'irais demander des explications à Lucas...

Gilieth se gratta la tête et rejeta son bonnet en arrière. Il grimaça un pauvre sourire.

67

— Ça ne peut pas être très sérieux. Mais je te remercie bien, Mulot. A charge de revanche. Je n'aime pas beaucoup Lucas, moi non plus... Cependant, je ne vois pas ce qu'il peut raconter à mon sujet chez l'adjudant-major.

— Demande-lui des explications, dit Mulot et tabasse-le dans les cordes jusqu'au finish, s'il fait le méchant.

— Non, fit Gilieth, ce n'est pas encore l'heure. J'aime mieux, au contraire, savoir par la douceur ce que ce mec-là possède dans le ventre. Je ne veux pas qu'il s'occupe de moi. Mais, s'il continue à s'occuper de moi, alors, Mulot, c'est moi qui te le dis, je le corrigerai. J'attendrai l'occasion. Ici, le temps ne compte pas.

— Tu as sans doute raison, fit Mulot. Viens, on rappelle à la soupe.

Les hommes se dirigèrent vers les tables dressées en plein air, devant chaque baraquement.

Lucas fit son apparition, en marchant comme sur des œufs. Il vint s'asseoir à côté de Gilieth.

— Ah! Putain de manœuvre! J'ai les pieds en sang. J'ai vu le médecin qui m'a exempté de service pendant trois jours.

— Tes brodequins sont trop étroits, fit Gilieth, en soufflant sur sa saucisse bouillante.

— Tout à l'heure, en rentrant de manœuvre, le capitaine adjudant-major m'a fait venir au bureau. Il m'a demandé si je voulais devenir l'ordonnance du nouveau commandant de compagnie.

— Ce n'est donc plus le lieutenant Furnyer qui commande?

— Non, c'est un nouveau capitaine qui vient de la deuxième bandera. Il était à Melilla avant ce jour.

Quand je dis à Melilla, ce n'est pas exact. Il vient de la garnison de Selouane.

— Alors, tu passes ordonnance.

— Oui, j'aime mieux cela, à cause de la paie... Je ne reçois rien de chez moi. Ma novia ne m'écrit plus. Mon vieux, tu avais raison, je ne suis qu'une bête, une pauvre bête tendre et amoureuse d'une fille qui s'en fout. Oui, j'aime mieux entretenir le « truc » du capitaine, d'autant plus que nous allons être versés à la quatrième bandera. On parle d'une colonne du côté d'Azila, près de la frontière.

— Ah! fit Gilieth. Tant mieux... Et le capitaine adjudant-major ne t'a pas parlé de moi?

— Non... pourquoi? demanda Lucas en relevant la tête pour mieux apercevoir le visage de Gilieth.

— Pour rien...

— Non, mon vieux... Ah! si, fit Lucas en se frappant le front... Il m'a demandé si tu n'avais pas été sous-officier dans l'armée française. Je lui ai répondu, qu'en effet, tu avais été « sardouno » (sergent). Je n'en sais rien. Mais ça peut te servir... Tu seras probablement nommé cabo. Ça fait tout de même 0,45 peseta en plus tous les jours. On les sent passer.

Pierre Gilieth repoussa son assiette et se leva. Il fit un pas vers la porte.

— Merci pour mes galons, dit-il, en s'envoyant une pichenette sur la manche.

Il alla fumer une cigarette dans la cour. Il aperçut Mulot qui s'en allait à l'école avec les autres clairons. Il lui adressa de la main un petit signal amical. Mais déjà, on rappelait la première compagnie pour une théorie dans les chambres qui devait remplacer la sieste.

Ce dimanche-là, le vingt-cinquième depuis que Pierre Gilieth avait pris l'uniforme de la Légion, le soleil se montra dès le matin dans toute sa puissance. Gilieth et Mulot avaient obtenu une permission de vingt-quatre heures qu'ils devaient vivre en ville, soit à Tetouan, soit à Ceuta. Les deux légionnaires préférèrent Ceuta. Le pittoresque marocain les intéressait peu et Tetouan, ville maure, mais habitée par le Résident général espagnol et le Calife, éveillait la méfiance des légionnaires qui sentaient le cafard les tourmenter, il est vrai, assez discrètement. Mais cette petite présence maligne régnait déjà sur leur imagination et ils savaient par expérience qu'il valait mieux éviter, le plus possible, les spectateurs de trop belle qualité.

A Ceuta, fréquenté par les officiers de la Légion, ils se sentaient chez eux et, en quelque sorte, soutenus, tout au moins moralement, malgré les punitions qui pleuvaient littéralement au moindre scandale public.

Mulot et Gilieth prirent leur train dans la matinée. Bien sanglés dans leur vareuse à quatre poches, les mollets bien pris dans les guêtres de toile rajustées par le tailleur, ils roulaient béatement leurs cigarettes de tabac en poudre dans de larges feuilles de papier Bambù.

— T'as combien? demanda Gilieth à Mulot.
— Trente pesetas... Et toi?
— Cinquante.
— A nous la vie de palace! fit Mulot, en crachant par la portière. On ira boulotter chez Teresa... Qu'est-ce qu'on donne au ciné?
— Pas de ciné pour moi, mon vieux, ça me fout un cafard, mais un cafard à mettre les voiles. Tu te souviens peut-être de Klems qui devint chef chez les salopards? C'était un sergent du deuxième étranger

français. Un déserteur allemand, de l'artillerie, je crois... C'est lui qui vous a fait prendre la piquette...

— Je n'étais pas encore à la Légion, dit Mulot, mais j'ai entendu parler de lui par d'autres. J'ai cru longtemps que cette histoire était un bobard comme tant d'autres histoires. Ce qui m'épate le plus, vieux, c'est que les histoires les plus bêtes, comme les plus belles et les plus incroyables, finissent toujours par être vraies. Il suffit de vivre assez vieux pour voir la suite, le plus longtemps possible.

— On descendra à la gare maritime, dit Gilieth. Puis il ajouta : Ah! vivement la rue Lepic...

— Ne me parle pas de ça, dit Mulot. C'est effacé. J'ai laissé les vieux. Ils ne sont pas morts. Mais, pour moi, c'est tout comme, car je ne les reverrai plus... Tu parles d'une joie pour les poulets que de me rencontrer à la terrasse du tabac de la rue des Abbesses. C'est dur. Il n'y a que les légionnaires pour bien comprendre ce que je veux dire. Et toi, tu ne regrettes rien?

— Rien, répondit Pierre Gilieth.

— Eh bien! mon vieux, toi, tu es un homme. Tu ne parles pas beaucoup. Ça prouve que tu es un homme. Je t'ai jugé dès le premier soir, quand tu t'es amené à la nuit avec ta valise à la main. Tu n'as jamais parlé, tu as eu raison. Je ne t'ai jamais rien demandé et j'ai eu raison. L'un et l'autre, nous savons vivre. Mais moi, mon vieux, il y a des jours qu'il faut que je parle, c'était déjà comme ça au deuxième, chez les « légers ». Si je ne pouvais pas poisser un bataillonnaire, c'était un « régulier » quelconque que j'entreprenais. A défaut d'un régulier, je me rabattais sur un bicot. Alors lui, il m'écoutait, bécif, parce que je payais le coup, pour qu'il m'écoute. Naturellement, il n'y comprenait rien. Mais moi, ça me faisait du bien de parler de tout, du dab, de la mère, des musettes et des pépées... As-tu connu Bousca ?

— Non, j'ai vécu en Allemagne depuis l'armistice. Je suis revenu pour m'engager, parce que, à Barcelone, ça ne marchait plus pour moi.

— C'est vague, fit le clairon.

— Que veux-tu ? répondit Pierre Gilieth, les vies les plus compliquées sont encore celles qui font le moins d'effet.

Le train grinça de tous ses essieux et les wagons s'entrechoquèrent.

— On y est, fit Mulot.

Les deux légionnaires descendirent.

— Attendons-nous le bateau ? demanda Gilieth.

— Penses-tu, pour voir des billes... Il est l'heure de l'apéritif... J'ai plutôt soif...

Ils gagnèrent le boulevard Pulido, centre de la ville, dont l'animation dominicale leur plut. Les femmes revenaient de la messe. Elles étaient vêtues de robes légères et fleuries. Gilieth et Mulot, la cigarette aux lèvres, conscients de leur dignité de légionnaires, s'arrêtaient devant les boutiques. Ils avaient envie de tout et l'argent leur brûlait la peau à travers le portefeuille.

D'autres légionnaires, les mains passées dans le ceinturon, montaient et descendaient la rue José-Luis de Torès et le boulevard Pulido jusqu'aux jardins qui dominent le port. Le buste penché sur la balustrade de pierre, ils regardaient la mer et l'horizon. Quand le temps le permettait, il était possible d'apercevoir le rocher de Gibraltar. C'était une satisfaction.

Toute la vie publique de Ceuta s'épanouissait entre l'entrée du boulevard Pulido, devant les jardins, jusqu'à la Plaza de Reyes. Ce dimanche, comme chaque dimanche, sur la promenade traditionnelle, les soldats étaient aussi nombreux que les civils : chasseurs, cavaliers, légionnaires, fantassins, soldats d'aviation en bonnet de police et en uniforme vert sombre. Des « regulars » baladaient leur désœuvrement. Leurs mollets maigres garnis de bandes molletières s'échappaient d'une culotte dont le fond très large leur retombait sur les jarrets. Une ceinture de flanelle d'un rouge lie-de-vin serrait à la taille leur vareuse militaire kaki. Ils étaient coiffés d'un fez arrondi, de couleur rouge, et surmonté d'une petite queue, comme celle d'un melon. Ces « regulars » correspondaient à nos tirailleurs marocains. A Ceuta, ces soldats indigènes paraissaient absolument dépaysés. Leurs regards cherchaient vainement l'entrée d'une médina fraîche et obscure où le soleil parvenait cependant à glisser une coulée d'or entre deux murs bleus. Ils savaient, toutefois, retrouver quelques cafés maures où des phonographes de bonne qualité leur distribuaient sans faiblir les enregistrements de la Cheika Fatouma : des mélopées arides et monotones qui se terminaient brusquement au milieu d'une phrase musicale.

Boulevard Pulido, et dans toutes les petites rues qui, derrière la Plaza de Reyes, descendent vers la mer, les phonographes s'efforçaient de se surpasser, dès la sixième heure de l'après-midi, au moment où tous les cafés se garnissaient de clients fidèles. Cela ressemblait à cette extraordinaire foire internationale qui éclate dans un récepteur radiophonique, dès qu'on allume les lampes, à la nuit. Car la nuit est pour les musiques populaires une complice infiniment sensible.

Gilieth et Mulot attendaient sans impatience la nuit féconde en cris et en chansons. Elle draperait son rideau sombre devant la mer et la terre d'Europe. Des lumières s'allumeraient une à une afin de permettre aux légionnaires de se faufiler entre les jeunes filles rieuses qui leur étaient interdites, jusqu'aux rues secrètes habitées par les filles, les « lobas », les louves, comme ils les appelaient. Là, buvaient et chantaient les vraies copines, qui savaient ce que c'est qu'un paquetage. Elles s'accordaient justement, sans fausse pitié, à la misère intime de ces soldats exceptionnels. Leur courage, comme leur dévouement, pouvaient se comparer au courage et au dévouement des légionnaires sous le feu, au milieu d'une nature hostile jusqu'à la cruauté.

Bien avant la nuit, Gilieth et Mulot s'installèrent chez la Teresa, de Palma. Elle leur servit du vin rouge et ils mangèrent des coquillages, des crevettes et de la charcuterie sur le coin d'une table.

A vrai dire, le repas ne valait pas ceux de la compagnie. Mais le vin coulait à discrétion. Ils se sentaient assez riches pour se permettre d'organiser une féerie à la mesure de leurs désirs comprimés.

Le phonographe jouait un « paso doble ». La Teresa était fière de son appareil. Elle seule avait le droit de le remonter. Les légionnaires eux-mêmes n'osaient approcher du phonographe placé dans le comptoir, à côté de la cage d'un canari-flûte complètement écœuré.

La Teresa, une Mayorquine, était courte et ronde ; son visage, malgré l'âge et malgré sa profession, ne reflétait aucune déchéance. Elle vivait dans le quartier réservé avec deux servantes et un garçon bossu que l'on appelait le Calife. Quand une bagarre s'envenimait, le Calife savait se faufiler adroitement afin de gagner la rue et prévenir le poste de police.

C'est à coups de crosses de fusil que l'on calmait les combattants avant de les emmener cuver leur vin dans les locaux disciplinaires.

La Teresa devait sa célébrité, particulièrement

chez les légionnaires, à la mort violente d'une petite prostituée qui fréquentait chez elle et qui s'appelait Encarnita. Gilieth ne l'avait pas connue, mais Mulot, vieux légionnaire, se rappelait son histoire, qui n'était point une aventure exceptionnelle dans ce milieu farouche et désespéré.

Pour rejoindre un soldat de la Légion, dans un poste perdu du Sud, près de la zone française, cette jeune femme s'était entendue avec un Maure de Tetouan. Celui-ci, moyennant un certain prix, avait consenti à la prendre à partir de Xauen pour la conduire à ce poste qui se trouvait dans la montagne, du côté de Mizab. Il l'avait tuée sur la piste, pour la voler. Une patrouille de partisans avait retrouvé son corps à moitié dévoré par les petits fauves et les oiseaux de proie. Ses restes furent enterrés décemment par des légionnaires qui plantèrent une croix sur l'amas de pierres qui constituait son tombeau. Ils écrivirent, en lettres peintes en noir, sur une planchette de bois blanc, ces quelques mots en hommage :

*Ici
est enfermée
l'âme d'Encarnita Pajara
la Madrilène
Que Dieu nous laisse le soin
de la venger.*

Le temps avait à peu près effacé cette inscription. Le meurtrier ne fut, naturellement, pas retrouvé. Ce n'était qu'une fille publique. Quant aux légionnaires, ils la vengèrent au hasard des rencontres avec les djellabas bruncs à pompons multicolores.

— As-tu des disques français? demanda Gilieth à Teresa. Donne-nous un disque français et du vin.

Il déboucla son ceinturon, déboutonna sa vareuse. Son cou puissant apparut, bien dessiné dans l'échancrure de la chemise kaki dont le col souple retombait sur celui de la vareuse en drap léger.

— Hé! quoi, petit, fit Teresa, qui parlait français... Veux-tu un fox-trot? Dis ce que tu veux... une chanson?

— Une java! demanda Mulot, d'une voix caverneuse.

CHAPITRE VII

Dès la nuit venue, le quartier réservé devint le royaume des légionnaires. C'était leur jour. Ils s'infiltraient dans les petites rues. Des conciliabules passionnés se tenaient dans les ruelles, devant la porte des petites maisons recouvertes de tuiles ondulées. Des filles parlaient à voix basse. Quelquefois, un éclat de rire mettait en mouvement un groupe silencieux. Les hommes se poussaient joyeusement. Une femme les appelait sans geste mais avec une grande volubilité. Les voix espagnoles, souvent rudes, s'associaient aux voix des femmes indigènes qui peuplaient ces quelques rues dédiées aux souvenirs tendres et aux plaisirs farouches. Elles n'étaient pas voilées. Une ceinture marocaine de cuir jaune ornée de broderies de couleurs vives serrait à la taille leurs petites robes très courtes, inspirées des modes européennes. Ce très petit quartier réservé ne différait guère de tous les autres de la côte européenne soumis au même pittoresque méditerranéen. Des guitares bourdonnaient dans la nuit, pour préluder à des saetas, à des coplas langoureuses, exaltées, qui montaient dans la nuit pure comme de hautes flammes pour s'éteindre tout d'un coup, absorbées par la terre chaude. Chez Carmen, une « joueuse de coquilles de moules » rythmait une « sevillana » avec ses castagnettes. Le vieux pittoresque populaire andalou se réfugiait timidement dans ces petites rues, trop étroites pour contenir les hommes surexcités qui ne cessaient d'aller et venir.

Ils entraient dans une maison où l'on vendait du vin et des femmes pour en sortir et pour y rentrer tout aussitôt. Vers dix heures du soir, l'agitation se calma, tout au moins dans la rue. Chacun semblait avoir trouvé un coin pour passer quelques heures selon son humeur. Pierre Gilieth et Mulot, qui avaient « fait » quelques boîtes, revinrent bientôt chez Teresa. Au centre de la grande salle, bordée de guéridons en tôle peinte en vert, des légionnaires dansaient avec des fillettes publiques au son du fameux phonographe qui jouait un fox-trot cafardeux, extrait d'une « revista » à succès. Ils avaient déboutonné leur veste et, le bonnet de police sur l'oreille, ils semblaient chérir ces laides petites compagnes brunes aux jambes courtes et aux fesses volumineuses.

Gilieth avait acquis parmi ses camarades une réelle célébrité, à cause de sa force et de son énergie silencieuse dont l'évidence les émerveillait.

— Hé! Gilieth, par ici... Hé! Mulot... Viens prendre un godet avec nous.

Gilieth et Mulot souriaient avec bienveillance. Cet accueil les flattait délicieusement à cause des femmes qui les contemplaient, soumises et ravies. Ils s'installèrent tous les deux, l'un devant l'autre, à côté du comptoir. Geste classique, ils débouclèrent leur ceinturon; leur baïonnette heurta la chaise de fer.

— Du « pelcon »! commanda Mulot.

Le phonographe accaparait les danseurs. Une fille vint s'asseoir à côté de Mulot qui lui caressa le cou. Elle regardait Pierre Gilieth avec une admiration ingénue. La porte de la rue fut poussée d'un coup de pied. Trois légionnaires et un civil, un jeune maçon espagnol en tenue de fête firent leur entrée. Parmi les trois légionnaires, Gilieth et Mulot reconnurent Lucas.

— Tiens, dit Gilieth, je le croyais de service à la gare pour toute la nuit?...

— Il était de garde à la gare, j'en suis sûr, répondit Mulot. Ce frère-là connaît des combinaisons pour laisser tomber le service, qui, que... enfin, qui m'en bouchent, bon Dieu! une sacrée surface de vingt dieux!

Lucas passa devant Gilieth sans l'apercevoir, à cause d'une plante verte assez feuillue posée devant la table comme un paravent.

Lucas tournait la tête à droite et à gauche ainsi qu'un dindon inquiet.

Il alla s'installer dans un groupe de légionnaires qui, déjà ivres, se mirent à beugler une sorte de refrain triomphal.

Maintenant tous chantaient. Chacun voulait chanter sa chanson. Un grand légionnaire commença, d'une voix puissante et savamment filée la phrase mélancolique et brûlante d'une copla. Cette courte idylle bouleversait l'âme des Andalous. Ils accompagnaient en sourdine et encourageaient le chanteur qui, la face congestionnée, poussait sa dernière note jusqu'à l'expiration de son souffle.

Les acclamations le saluèrent et le provoquèrent pour qu'il recommençât. Mais un autre soldat se leva et cria : « Il faut nous faire entendre le phono... Le phono... ça c'est un instrument pour la Légion...

Vos gueules, les Andalous, les Biscayens et les Segoviens, on va vous donner de la musique ! »

La Teresa mit une galette noire sur le plateau de velours vert. Et l'on entendit la voix canaille d'une chanteuse italienne, si parfaitement conforme à tout ce que ces hommes pouvaient désirer de sentimental, que le silence fut presque instantané.

— C'est de chez moi ! disait un Italien, je connais cette chanson... *A canzone mia*... Eh oui, fillette... Maria Mari... Je connais, je connais. C'est à cause de cette chanson-là que je suis ici...

Il ricana. La voix désespérée de la chanteuse pinçait les soldats à l'estomac et au cœur.

Ils burent, le regard vague, le verre au poing au bout du bras allongé sur la table. Beaucoup, la bouche ouverte, entendaient, comme on entend couler l'eau, le bruit musical, familier et lointain de leur jeunesse.

— Teresa, donne-nous un disque français, cria Mulot.

A sa voix, Lucas détourna la tête. Il aperçut Pierre Gilieth et Mulot. Il leur adressa un gai salut, mais ne se dérangea pas.

Teresa, ayant choisi, les premières mesures de *Sous les Ponts de Paris* transfigurèrent Gilieth et Mulot.

— Faites silence, cria Pierre Gilieth. Fermez vos sales gueules. D'abord, j'ai de l'argent pour payer et Teresa jouera ce disque jusqu'à ce que je lui dise de rompre... à mon commandement.

— Tu nous endors avec ta chanson, répondit Lucas, qui ne pouvait guère soupçonner à quel point son camarade était bouleversé.

Une bouteille de bière traversa la salle et vint s'aplatir classiquement contre le mur. Un éclat de verre blessa un légionnaire argentin. Il s'essuya avec sa manche et tendit en avant son visage ensanglanté comme pour mordre.

Pierre Gilieth était debout. On entendit le claquement des crans de sûreté des couteaux ouverts tout d'un coup.

Les cris aigus des femmes et leurs gémissements se mêlèrent aussitôt au souffle puissant de la bagarre. Le café fut balayé comme par un coup de vent. Gilieth cherchait Lucas afin de l'étrangler.

Mulot, surpris lui-même par la fureur de son grand copain, qui debout au milieu du combat, semblait le génie même de la catastrophe, attrapa Lucas par un bras et le mit dehors, tandis que Gilieth, une chaise de fer à la main, marchait résolument sur le groupe provocateur.

— Allez! débine-toi, ordonna Mulot à Lucas. Je vais le calmer, mais, bon Dieu, débine-toi et fais vite.

Toutes les femmes, réfugiées dans un coin, se lamentaient. Leurs yeux luisaient dans l'ombre.

Lucas filait dans la rue, comme un rat, en rasant les murs. Il entra chez une « loba » quelconque...

Mulot revint à côté de Gilieth.

— Voilà le poste qui rapplique, dit-il.

A ce moment, un cri venu de la rue arrêta la bagarre :

— A mi la Légion!

Les légionnaires bouclèrent leur ceinturon, oublièrent leur querelle et bondirent automatiquement dans la direction de la voix fraternelle qui les appelait.

Lucas se débattait au milieu d'une demi-douzaine de gardes-civils qui cherchaient à l'entraîner. En un clin d'œil, il fut libéré.

Maintenant, les légionnaires agiles s'éparpillaient dans toutes les directions. Les gardes-civils se rassemblèrent dans la nuit. Ils entrèrent chez Teresa. La salle était vide.

— Bien, bien, ma fille, dit le chef, tu ne veux pas donner leurs noms. Ton café sera fermé pendant huit jours. Et nous t'aurons à l'œil, ma saloperie !

Ce n'était qu'une nuit parmi les mille et une nuits du quartier réservé ; telles que les Shéhérazade en cartes et leurs amants pouvaient les vivre et les embellir par des gestes que la plupart d'entre eux savaient parer d'une poésie crapuleuse mais indiscutable.

Le lundi, Pierre Gilieth prit la garde au poste de police. Du poste de police, à l'entrée du camp, la vue dominait la voie ferrée et la mer. Gilieth ne détestait pas ces longues heures qui semblaient fondre devant l'horizon marin. Son corps s'engourdissait lentement. Un grand bien-être physique l'envahissait qui le mettait hors du temps, hors du passé surtout et de l'avenir. Le soleil cuisait les baraquements. Gilieth entendait la rumeur confuse de commandement et le bruit d'armes qui venaient de la cour où manœuvrait le peloton des punis. A l'extrémité du camp, les cochons, noirs comme des sangliers, grognaient rageusement en donnant de la tête contre la porte des soues, car l'heure de leur soupe approchait.

La pensée de Gilieth demeurait lucide. La nuit avait été courte. Rentré à dix heures, après la bagarre dans le quartier réservé, il n'avait guère dormi. Encore une fois, l'inquiétude qui renaissait, parfois, de son passé tenace, aux offensives subtiles et sournoises, l'avait tenu en éveil. Le silencieux Gilieth nourrissait à ses dépens le démon des monologues intérieurs. Ses pensées secrètes ne franchissaient jamais ses lèvres et ne se trahissaient point dans la lumière de ses yeux clairs. La présence de Fernando Lucas, dans la maison de Teresa, ne lui plaisait guère. Encore moins maintenant qu'il cherchait à se convaincre par des explications paisibles et de bon sens. Il se jugeait lui-même dominé, à certaines heures, par la manie de la persécution.

Il avait lu tout dernièrement dans un vieux journal français retrouvé chez un coiffeur de Ceuta un petit entrefilet qui le concernait. On parlait d'un crime commis à Rouen dans des circonstances particulièrement sauvages. La police estimait, à cause de cette maladresse terrifiante, que ce crime n'était point l'œuvre d'un professionnel. La famille de l'homme assassiné offrait cinquante mille francs de récompense à celui qui retrouverait le coupable. Le journal portait la date du 5 avril. A cette époque, Gilieth errait dans les rues de Barcelone. Il s'était engagé le 25 dans la Légion. On était à la fin de septembre et dans un autre décor. Vraiment l'affaire de Rouen semblait anéantie. Pierre Gilieth promena la paume de ses mains contre son uniforme, ses étuis à chargeurs, sur la poignée de sa baïonnette. Il reprenait confiance en son destin en touchant l'étoffe réglementaire qui le protégeait, le rendait invisible. Quand il était enfant, déjà pensionnaire dans un lycée de province, il rêvait au pouvoir magique de l'anneau de Gygès. Cela lui paraissait atteindre le point le plus élevé de la puissance humaine. Plus tard, il constata que des romanciers avaient développé cette fable, en la rendant encore plus séduisante.

L'uniforme de la Légion, c'était pour Gilieth une adaptation providentielle de l'anneau de Gygès. Il se sentait invisible, isolé devant la mer, au milieu de sept ou huit mille légionnaires qui, ayant perdu comme lui leur personnalité sociale, étaient devenus invisibles.

Il éprouvait pour le clairon Mulot une sympathie solide. Il sentait chaque jour le ciment qui le liait à son compagnon se solidifier davantage. Mulot le comprenait sans jamais essayer de provoquer des confidences. C'était un vrai légionnaire, un de ces soldats de métier comme la France et l'Allemagne seules savent en fabriquer. En dehors de la force qui les maintient, une force à peu près dénuée de patriotisme, mais soumise à l'orgueil d'être un homme en marge de la vie sociale commune, ils s'écroulent ou se liquéfient. La vie civile n'est pas clémente pour les anciens légionnaires. Ils ne savent pas toujours que la liberté n'est qu'un divertissement de l'imagination.

Gilieth avait cru vivre en homme libre. C'est-à-dire qu'il avait choisi sa prison et ses servitudes. On ne pouvait pas parler de grandeur dans son cas. Pour vivre plus librement, il avait tué, et, parce qu'il avait tué, il s'était retiré volontairement de cette existence qu'il avait élue. Gilieth se demandait souvent pour quelles raisons perverses il n'avait pas commencé par cette fin. Il ne craignait ni les remords, ni la honte, mais il craignait la police et la terrible aventure dont elle ouvre les portes.

Le corps et l'esprit renouvelés par un régime alimentaire et moral nouveau et despotique, il ne considérait plus les aventures que la police lui offrait comme la suite logique des actions dont il était l'auteur, mais bien comme la plus immonde et la plus effrayante manière de mourir.

Depuis six mois qu'il était légionnaire, sa méfiance s'apaisait. La police est un élément civil. Il se plaisait à penser que ses chefs l'excuseraient, à la condition qu'il demeurât un vrai légionnaire, capable de mourir au coup de sifflet.

« Quand je serai nommé cabo, pensait souvent Gilieth, je serai à peu près sauvé. On n'arrête pas un caporal de la Légion pour le livrer pieds et poings liés à la justice civile... On l'envoie plutôt à la corvée de bois. »

Gilieth savait aussi qu'il tenait en réserve dans son portefeuille une balle qu'il appelait : la belle... la liberté des bagnards. Car il savait également, à cause de cette présence, qu'il ne se laisserait pas prendre vivant. Cette précaution lui paraissait naturelle. Il ne la transformait pas en tragédie.

Le ciel était lourd. Les nuages, au-dessus de la mer, fuyaient devant un orage qui n'éclaterait pas. Pierre Gilieth compara sa fuite à celle de ces nuages. Le Mauser était chaud contre sa jambe et sa hanche. Il fut heureux d'exécuter les mouvements d'armes réglementaires quand son suivant de garde, accompagné du caporal, vint le relever. En rentrant dans la salle du corps de garde, fraîche comme un alcarazas, il posa son fusil au râtelier. Il but à la cruche, en laissant couler de haut un mince filet d'eau qu'il avalait par d'habiles contractions du gosier. Quand il fut rassasié, il alla s'asseoir dehors, à l'ombre de la tour, à côté de Mulot qui sculptait une canne pour le sous-lieutenant Perez.

— Que penses-tu de Lucas?
— Je ne l'aime pas beaucoup, dit Mulot, sans interrompre sa besogne.
— Qu'est-ce qu'il fichait hier à Ceuta? Hein? J'ai l'impression que ce frère-là n'est pas franc.
— Tu te bourres le crâne, dit Mulot. Hier, je t'ai empêché de le corriger. Ça pouvait tourner mal. Adieu les galons de laine rouge. Moi, je ne tiens

pas aux grades; mais, si j'étais à ta place, je ne penserais pas comme toi. Dans ton cas, comprends-tu, ça correspond à une utilité. On devait partir pour Xauen. Naturellement, on ne part pas. Tu devrais demander au colonel de passer dans une bandera de marche. De cette façon, tu pourrais semer Lucas qui t'empoisonne l'existence. Je le vois bien.

— Qu'est-ce qui te fait dire que Lucas m'empoisonne la vie ? As-tu entendu quelque chose ?

— Non, vieux, je ne peux pas dire que je l'ai entendu parler de toi, en mal, naturellement. Mais, comme tu n'as pas ce type-là à la bonne, pour des raisons qui t'appartiennent, tu ne rateras pas une occasion de lui rentrer dedans et ça se compliquera pour toi. Je me tiens peinard, imite-moi. Tu parles d'une complication diplomatique, si l'on m'expulsait d'ici pour me reconduire au dépôt du 2ᵉ bataillon... Il doit se trouver en Tunisie à l'heure actuelle. Moi, je n'ai pas de curiosité. Je ne connais pas la Tunisie, mais je ne tiens pas à faire le touriste entre deux « mokhazenis » qui me remettraient à la Prévôté. J'aime mieux souffler dans mon biniou en regardant l'autre versant du Riff.

— Tu as raison, fit Gilieth. Je sais même pas pourquoi ce plat-cul de Lucas m'irrite à ce point. Hier, si je l'avais coincé, je l'étranglais comme une gerboise. Oui, tu as raison. Je vais patienter encore une quinzaine et, à la première occasion, je demanderai à être versé dans une colonne.

— Ça peut se faire vite, dit Mulot. Ce matin, les officiers de la quatrième parlaient devant moi, là, à cette porte. Je me tenais au garde à vous. Ils disaient qu'il faudrait bientôt commencer une opération de police contre la contrebande des amorces et contre les organisateurs de cellules communistes chez les réguliers de chez nous et les tirailleurs français. Ça peut créer un petit mouvement. On ne sait jamais comment ces histoires-là finissent. Je me souviens d'une expédition assez moche du côté de Syah. A ce moment-là, j'étais en garnison à Melilla. J'ai bien failli me faire buter.

— Je sens qu'il faut changer d'air, répondit Gilieth. Je sens cela par instinct. Depuis six mois que je suis à la Légion, je n'ai jamais cru que le ciel pourrait peser si lourd sur mes épaules.

— C'est une forme du cafard, dit Mulot, en secouant la tête d'un air soucieux. Sème Lucas qui, j'en suis certain, ne s'en ressent pas pour les coups de fusil. Tu seras tranquille après. Il est d'ailleurs planqué. A partir de ce matin, il entre en fonctions chez le capitaine.

— As-tu remarqué, fit Gilieth en se grattant le menton, que Lucas obtient des permissions spéciales pour Tetouan, tant qu'il en veut. Il paraît — c'est El Flamenco qui m'a passé le renseignement — qu'il fréquente là-bas un petit café du Mellah. L'individu qui tient cette boîte est un soukier dont personne ne connaît la nationalité. On dit que c'est un Sicilien. C'est, paraît-il, une agence de désertion...

— Ça m'étonne un peu, dit Mulot. Je n'ai jamais entendu parler de cette histoire. Une agence de désertion pour le compte de qui?

— Je ne sais pas... Il paraît, tout de même, que ça va très mal en Espagne.

— Alors, mon vieux, si le Fernando Lucas vient faire de la politique ici, il est cuit d'avance. Ce n'est pas moi qui le dénoncerai, mais j'ai l'idée qu'il joue une sale partie.

— Avant de partir pour le bled, dit Pierre Gilieth, je tacherai de trouver un moyen pour aller passer vingt-quatre heures à Tetouan. J'aimerais bien connaître un peu ce Sicilien... Ça m'embêterait de laisser derrière moi une bombe à retardement quand je serai en train de faire de la marche rampante dans les cailloux. Nous irons tous les deux... si cela ne t'embête pas.

CHAPITRE VIII

Sur leur demande, Pierre Gilieth et Marcel Mulot furent versés à la deuxième compagnie de la bandera « Le Christ et la Vierge », sous les ordres du capitaine Luis Weller et du lieutenant Ricardo Perez. Cette compagnie se trouvait au dépôt de Dar Riffien. sur le point de partir pour une destination inconnue, Ce n'était pas l'Espagne.

Deux banderas, à la suite de certains troubles sanglants à Madrid et dans le Nord, venaient d'être embarquées, l'une à Melilla, l'autre à Ceuta, pour Carthagène, prêtes à intervenir au service du Roi. On avait choisi, naturellement, les unités où la proportion des étrangers était la moins forte. Officiers et soldats répugnaient à cette besogne qui pouvait devenir fratricide.

Un nouveau mouvement de troupes mettait en rumeur le camp de Dar Riffien. La deuxième compagnie de la bandera « El Cristo y la Virgen » s'affairait dans les préparatifs toujours un peu fébriles et presque joyeux d'une entrée en campagne contre les Maures.

Comme toujours, et peut-être à cause de l'Inconnu qui se mêlait au goût de l'aventure violente inné chez ces hommes, les hypothèses les plus singulières groupaient autour des tables en tôle peinte du cabaret du « Segoviano », des visages bruns durcis, souvent ridés, uniformisés par cette patine spéciale aux troupes africaines. Le « bouchon » du « Segoviano » et les soukiers qui l'entouraient dans des petites échoppes tapies dans un pli de terrain à l'Ouest du camp, profitaient de cette aubaine, car les permissions pour Ceuta avaient été supprimées. Les compagnies de marche pouvaient être alertées d'une minute à l'autre. On buvait terriblement, mais les saouleries se cuvaient sans scandale. Les hommes désignés pour partir s'enorgueillissaient de cette situation auprès de ceux qui demeuraient confits dans leurs fonctions, sous ce joli ciel, derrière ces hautes haies de feuillage frais, criblé de rayons de soleil et de chants d'oiseaux. Les légionnaires qui avaient déjà parcouru le bled (le campo) et qui connaissaient par expérience la monotonie affreuse de l'existence quotidienne d'un poste cuit comme une brique dans un four, se laissaient aller eux-mêmes aux élans d'une allégresse, assez sombre, il est vrai. Ils essayaient bien de calmer l'enthousiasme puéril des nouveaux, mais ils n'y parvenaient point. Une phrase servait de conclusion à tous leurs récits :

— Tu verras ça toi-même quand tu y seras.

Eux-mêmes s'accrochaient désespérément aux mystères de leur destination comme aux éléments les plus féconds de l'aventure. Le barro? — ce que les soldats africains français appellent le barroud — ils ne pouvaient y croire malgré leur furieux appétit de merveilleux. La montagne et la vallée vivaient paisiblement depuis 1925. La répression avait été rude, la maison d'Abd-el-Krim, rasée à Adjdir et plus tard à Targuist. La dissidence matée s'assoupissait, peut-être en apparence. Les légionnaires n'étaient pas des serviteurs de la paix. Ils ne luttaient pas pour la paix. La paix devenait une conséquence pénible de la guerre. Avec la paix, la vie reprenait, monotone et sévère. L'ennui, un ennui tragique, les dominait, au point de transformer leur personnalité. La plupart des légionnaires se dédoublaient. Chacun d'eux offrait deux personnages, animés l'un et l'autre par des forces qui n'étaient pas le Bien et le Mal. Le légionnaire au dépôt vivait d'une vie imaginaire dont les inventions pouvaient être difficiles à prévoir. Au feu, il apparaissait, dépouillé de toute littérature, comme un rouage parfait dans la délicate machine à faire la guerre. Les petites divinités du vin, les jeunes femmes marocaines du quartier réservé cédaient leur puissance sentimentale et secrète aux démons nombreux et divers de la guerre nocturne ou de la guerre en plein soleil, quand la mort apparaissait avec un visage hilare de folle.

Le vin entretenait la bravoure des hommes qui vivaient au feu, dans une demi-inconscience pleine d'audaces. L'ivresse apportait parfois à ces soldats un sang-froid surnaturel. Il était nécessaire de bien les connaître pour apprécier la quantité de vin ou d'alcool qu'ils avaient bue. Il leur fallait souvent peu de chose, car beaucoup parmi eux suaient le vieil alcool en plein soleil. Quand il n'y avait plus de vin et que l'eau manquait dans le poste, la folie hissait son fanion, à côté du drapeau national. C'est à ce moment que la Légion ne connaissait plus elle-même les limites de sa fureur et de sa vaillance. Coûte que coûte, elle recherchait l'ennemi qui la fusillait du sommet d'un piton. Les hommes grimpaient à l'assaut, la bouche sèche, la sueur leur piquant les yeux et le sang battant dans les tempes. Ils traversaient l'enfer de la soif en tirailleurs, une mitrailleuse sur le dos, des grenades à la main. Une baïonnette brûlante étincelait dans le soleil. Les balles ne sifflaient plus, elles claquaient dans l'air léger comme un verre qui éclate au feu. On installait un canon Lafite derrière un rocher chauffé comme un poêle... En ordre dispersé, on atteignait le piton. Il n'y avait plus rien que des touffes de doum, des cailloux brûlants qui miroitaient. Plus loin, un autre piton se détachait dans le ciel. C'était l'heure de construire un mur et d'attendre le ravitaillement. Dans la vallée, la mitrailleuse d'une auto blindée arrosait le terrain par jets courts, rapides et rageurs. Elle protégeait le convoi, l'eau, l'alcool et le vin portés triomphalement sur des arabas chancelantes...

Les anciens racontaient ce qu'ils savaient et déroulaient à leur manière ce film de la soif qu'est la guerre au Maroc. Gilieth comprenait, car il avait connu la soif en 1915, en attaquant le fortin de Givenchy. Entre les légionnaires d'Amilcar et ceux de Millan Astray, la différence n'était pas grande. Encore les légionnaires au service de la France semblaient-ils plus près des premiers à cause même de leur idéal : celui de la Légion, un idéal invraisemblablement orgueilleux, loyal et discipliné. L'image du pays qui les exploitait n'apparaissait point pour eux dans le symbole de leur drapeau.

Légionnaires, provisoirement sans patrie, ils tournaient autour des villes, autour des maisons, autour des femmes du pays dont ils servaient les couleurs, sans jamais pénétrer la douceur sentimentale de ces domaines interdits. La nation qui les payait en échange de leurs sacrifices n'était pas le pays de personne, mais simplement un pays qui n'était pas le leur, et dont les portes ne pouvaient s'ouvrir devant eux. C'était peut-être là, pour les légionnaires, l'origine de cette mélancolie souvent sanguinaire et souvent simplement distinguée qui les contraignait à agir à la manière d'un îlot d'hommes isolés dans une société méprisante. La nuit, quand ils se sentaient particulièrement écœurés, ils pensaient tous à leur patrie. C'est-à-dire à ces villes, à ces maisons où ils avaient le droit d'entrer; à ces jeunes filles qui étaient des filles de leur sang. Chaque légionnaire regrettait au moins un petit nom de femme, qui se confondait avec l'image de la libération. Ceux qui ne regrettaient rien, comme Pierre Gilieth, étaient rares. C'étaient pour la plupart, des hommes dangereux.

La bandera « El Cristo y la Virgen » abritait, sous les plis de son drapeau hautain et catholique, une forte proportion d'étrangers. Une réclame savante et glorieuse attirait depuis quelque temps de nombreux chômeurs et de nombreux aventuriers sous les couleurs sang et or. Depuis que Gilieth était arrivé à Dar Riffien, le camp avait reçu un contingent assez important de Polonais, d'Italiens, de Tchécoslovaques et de Belges, pour la plupart ouvriers agricoles refoulés par les lois de protection des nations qui les avaient utilisés. Une grande partie de ces travailleurs agricoles venaient du Nord de la France.

Les cinq pesetas les attiraient beaucoup plus que les images africaines qu'ils contemplaient avec indifférence dans les vitrines des photographes du boulevard Pulido.

Gilieth se laissait entraîner par l'effervescence collective. Il ne pouvait demeurer en place. Il chercha dans tous les baraquements du camp, jusqu'aux soues de la ferme modèle, le nommé Fernando Lucas, pour l'ordinaire très bon conducteur des nouvelles vraies ou fausses qui constituaient la vie sentimentale du camp des légionnaires. Il ne le trouva pas. Gaïta, dit « Nene », le sergent chargé de l'éducation et du dépeçage des porcs, lui confia que Lucas avait dû partir pour Tetouan où il accompagnait son patron, le capitaine Ximénès.

— Il n'avait pas l'air bien content, dit le « sardouno », un solide Biscayen devenu gras dans son fief. Je peux t'assurer qu'il est à Tetouan pour la bonne raison que le capitaine Ximénès doit traiter sur place une affaire pour la ferme. On doit livrer à l'artillerie sept ou huit cochons et des tuiles pour recouvrir les baraquements nouveaux de Rio Martine. Il paraît qu'on va loger à Rio Martine deux compagnies de Légion, afin de commencer des travaux sur la piste qui longe la côte jusqu'à Adjir. Ce n'est pas fini.

— En fait de colonne dans le Sud, répondit Gilieth, je crois bien que nous allons prendre la pelle, la pioche et la brouette.

— Je ne sais pas, dit le « Nene ». Mais ça se pourrait bien. Seulement je peux te dire — et avec certitude — que vous allez toucher des cartouches demain et qu'une section de mitraille a reçu l'ordre de se tenir prête avec une section de la compagnie des engins d'accompagnement.

— Alors? interrogea Gilieth, nous irions dans la montagne?

— Tu le sauras toujours assez tôt, dit le sergent. Ici, c'est l'habitude de sortir en emportant des cartouches, comme chez moi d'aller à la messe en prenant son parapluie.

Tout en parlant, il tourna les robinets qui alimentaient les abreuvoirs. Un soldat ouvrit la porte des soues et une centaine de petits gorets ronchonneurs et goguenards se précipita vers l'eau claire. Ils se piétinaient, se chevauchaient, finissaient par trouver tous une place devant l'eau légère qui murmurait comme celle d'une seguia.

Gilieth contempla cette scène, aussi paisible qu'un poème bucolique, d'un regard absent. Il pivota sur ses talons et rentra dans le cantonnement afin d'y attendre à l'ombre le retour de Mulot qui, avec les autres de la « banda », répétait un pas redoublé, au bord de la mer, derrière des figuiers de Barbarie et des agaves.

Il rencontra sur son chemin le « Moro », plus noir qu'un grillon dans un fournil.

— Le colonel te demande, lui dit le « Moro », ça fait vingt minutes que le « Balero » te cherche partout.

Gilieth s'arrêta. Son cœur se mit à battre très vite. Il balbutia :

— Le colonel... Sais-tu pourquoi? Le « Balero » n'a rien dit...

— Il est à la salle des officiers. Fais vite... Tiens, le « Balero » t'appelle.

Gilieth prit le pas gymnastique.

— Où étiez-vous? gueula le « Balero » congestionné de fureur. Ça fait une heure que le colonel vous cherche... Allez vous mettre en tenue... Passez votre vareuse.

— Hé non! ce n'est pas la peine. Qu'il entre comme il est, fit le colonel dont la haute silhouette se découpa dans le cadre d'une fenêtre grande ouverte.

Pierre Gilieth entra dans la grande salle du mess des officiers. Il claqua des talons, salua et retira son bonnet.

— Approchez, dit le colonel.

L'officier se tenait debout dans l'embrasure de la fenêtre. C'était un homme grand et massif, plus grand encore que Gilieth. Son visage maigre et bronzé s'animait à la lumière de deux petits yeux obliques, tantôt malicieux comme des yeux de canard, tantôt terriblement inexorables comme ceux d'un oiseau de proie. Son nez légèrement camard et ses yeux obliques donnaient à son visage un caractère saisissant sous le bonnet kaki à gland d'or. Ses hommes, d'ailleurs, l'appelaient : El Chino, le Chinois.

— Vous êtes ici depuis sept mois ? J'ai consulté votre livret. Vous êtes un bon soldat. Je sais, aussi, que vous avez fait la guerre dans l'infanterie coloniale française. Sur la proposition de votre capitaine, j'ai décidé de vous nommer soldat de première classe. Si vous continuez à donner l'exemple et, surtout, si vous vous conduisez comme un vrai légionnaire en campagne pendant les quelques mois qui doivent compléter votre première année de service, je vous ferai passer caporal tout de suite. Réfléchissez... Dites-vous bien que si la Légion est un refuge, c'est à la condition de racheter les erreurs du passé... pour ceux qui, naturellement, ont un passé chargé d'erreurs.

Le capitaine commandant l'escadron des lanciers esquissa un large sourire.

— Je ne dis pas cela pour vous, Gilieth... Mais je ne connais rien de votre existence, avant d'être ici. J'ignore les motifs qui vous ont contraint à devenir soldat du roi d'Espagne. J'estime que d'anciens soldats qui se sont battus sur le front français, pendant la guerre européenne, ont droit, tout au moins chez nous, à quelques égards. Pour certains, c'est de l'indulgence. Et pour d'autres, c'est le pardon inespéré.

Vous pouvez vous retirer. Vous partirez demain... Allez donc faire coudre votre galon de laine.

Gilieth, abasourdi, salua le colonel et fit demi-tour. Quand il se trouva dans la cour, il se passa la main sur la nuque. Évidemment, le discours du Chinois le surprenait. L'inquiétude et l'espoir se mêlaient dans sa pensée. Ce discours à double sens, Gilieth n'en doutait pas, constituait une preuve de sympathie, mais il montrait également que le colonel avait été renseigné. Par qui? Comment? Et surtout jusqu'à quelle limite? L'indulgente sympathie du colonel prouvait, néanmoins, à Gilieth, que son chef ne connaissait pas la vérité simple et brutale.

« Bien sûr, pensa Pierre Gilieth, il croit que je suis un ancien bandit devenu bon soldat. Le fait n'est pas pour le surprendre. Il me reste à savoir quelle signification exacte un colonel de la Légion peut donner au mot indulgence. »

Il ne parla pas de cette conversation à Mulot quand il le retrouva occupé à fourbir son clairon avec de la pâte rose. C'est-à-dire qu'il lui cacha une certaine partie de la conversation.

— Demain, au rapport, dit Gilieth, tu apprendras, par la voix du sergent en premier que je suis nommé légionnaire de première classe, ça fait 0 p. 10 de plus par jour.

— Tant mieux, dit Mulot. Mais ce soir, tu apprendras que nous embarquons demain à cinq heures. Direction Tetouan.

— En camion?

— Non, par le chemin de fer.

— Ça y est, fit Gilieth, « Nene » avait raison. Pelles, pioches, brouettes, foreuses, dynamite, cordon Bickford et tout le manuel du Parfait Terrassier : voilà ce qui nous attend. Nous allons rendre carros-

sable une piste quelconque dans la direction de
Melilla. Du travail pour ces vaches de touristes.

— Je m'en doutais un peu, soupira Mulot. Mais
à vrai dire j'aime encore mieux ça, que de faire la
police contre les Républicains.

— Lucas est à Tetouan, continua Gilieth, il est
là-bas depuis ce matin avec le capitaine Ximénès.
Il paraît que mon Lucas n'avait pas l'air très content
de ce voyage. On m'a dit qu'il faisait une drôle de
gueule dans le petit jour. Rapport, naturellement,
du sardouno Gaïta dit le « Bébé ».

Gilieth alluma une pipe, contempla son paquetage
d'un air connaisseur. En soupirant, il commença
à préparer son équipement et à monter son sac.
Dans la chambrée, sous la clarté clignotante d'une
ampoule sans force, les légionnaires se préparaient
pour le départ. On entendait claquer les batteries
de fusil. Les plus joyeux sifflaient en chœur une
vieille chanson qui faisait fureur à Dar Riffien :
Trianera.

Le réveil fut sonné en fanfare, par toute la clique
et la musique rassemblées devant la tribune dans la
grande cour du camp. Les deux compagnies de la
bandera « le Christ et la Vierge » s'alignèrent et
formèrent les faisceaux. On attendait le colonel. Le
ronflement d'une auto qui changeait de vitesse sur
la route de Ceuta fit sortir le poste. L'homme de
garde à la porte du camp alerta le sergent. Immédiatement, les commandements traditionnels provoquèrent les gestes classiques. Les mains claquèrent
sur les courroies de fusil. Les baïonnettes accrochèrent
les gais rayons du jeune soleil matinal. La « clique »,

derrière son bélier philosophe, leva ses clairons à bout de bras, au-dessus des têtes. Puis, les instruments tournèrent et le refrain de la Légion éclata d'un seul coup, dans le pur silence de l'aube : « Legionario a luchar... legionario a morir... »

L'auto du colonel vira dans la cour en fin de course et vint s'arrêter mollement devant le capitaine Luis Weller qui présentait le groupe. Le colonel descendit, serra des mains. Appuyé sur sa canne, car il souffrait d'une vieille blessure, il passa ses hommes en revue. Il regarda la manche de Gilieth. Le galon rouge était cousu.

Le train sifflait en gare. Le colonel toujours à pied, suivi de son capitaine adjudant-major, s'éloigna un peu dans la direction de la porte. Et les deux compagnies de Légion s'ébranlèrent, pour défiler d'un pas rapide devant le « Chinois ». La musique jouait un paso-doble rythmé par les clairons et les tambours. Le dernier soldat de la section d'engins chargé d'un socle de canon lance-grenade ayant franchi la porte de Dar Riffien, le tambour-major leva sa canne et la musique s'arrêta net... On entendit aussitôt le pépiement de mille oiseaux cachés dans les haies.

L'embarquement ne dura pas longtemps. Six clairons accompagnaient la colonne et parmi eux, naturellement, Mulot. Pour l'instant, il se tenait à la disposition du capitaine Luis Weller qui faisait fonction de commandant.

Les hommes de la mitraille et des engins, un peu à l'étroit dans leur compartiment, protestaient en ronchonnant :

— Attention, fils de putain, tu me laisses tomber ta caisse sur les pieds!

— Où veux-tu que je la mette?

— Vous pouvez vous déséquiper.
— Passez le « peleon »...
On entendait hennir les mulets de la mitraille. Leurs petits sabots grattaient rageusement le sol du wagon.

Un long coup de sifflet s'étira en profondeur, porté par le vent au-delà des crêtes.

Des portières claquèrent brutalement. Le train démarra doucement avec ses six cents hommes.

Tous les légionnaires penchés aux portières saluèrent Dar Riffien d'une formidable clameur. Le train se hérissa de bras et de bonnets agités.

— Adieu, Rosario... adieu, coquine!

Ils envoyaient des baisers à la fille du « Segoviano » qui, toute droite sur le remblai, bien silhouettée dans le ciel, secouait, en signe d'adieu, son mouchoir blanc.

CHAPITRE IX

Assis à la terrasse d'un café, place d'Espagne, Fernando Lucas suivait avec ravissement les mouvements du jeune Arabe qui lui cirait ses souliers jaunes de fantaisie. Ils brillaient maintenant ainsi que des miroirs à alouettes. Le jeune garçon frappa trois petits coups de brosse contre sa boîte et tendit la main sans servilité. Lucas lui donna quelques pièces de menue monnaie et se dirigea vers la Résidence. Devant la grille, un magnifique régulier du Sultan montait la garde, baïonnette au canon, drapé avec élégance dans sa djellaba feuille morte écussonnée d'une étoile de laine jaune à cinq pointes.

Lucas pénétra en familier dans le jardin. Le gravier roulait sous ses pas étincelants. Il rencontra ce qu'il cherchait, c'est-à-dire un secrétaire d'état-major, jeune et distant, qui tenait une conversation nonchalante avec le vieux chaouch El Slouei, un ancien sous-officier de tirailleurs français, décoré de la croix de guerre. Lucas salua poliment et, sans familiarité, demanda au scribe si le capitaine Ximénès se trouvait dans les bureaux du lieutenant-colonel d'état-major.

Le capitaine Ximénès était là et pour longtemps. Alors, Fernando Lucas prit quelques lettres soigneusement serrées dans une poche de sa vareuse.

— Voici son courrier.

Il pirouetta et, d'un pas décidé, traversa le jardin pour sortir.

Dès qu'il se trouva sur la place d'Espagne, il parut moins décidé. Il regardait machinalement trois ouvriers indigènes qui travaillaient lentement à la mosaïque autour de la fontaine centrale. D'autres plantaient des arbres. A cette heure de l'après-midi, la place était presque déserte. A droite, sur une sorte de petite esplanade en terrasse, à côté du Palais du Sultan, des cafés maures s'ouvraient sur le soleil. Ils étaient remplis d'ombre bleue et fraîche où l'on distinguait mal les djellabas brunes du pays riffain. Lucas hésita entre les cafés maures et les deux ou trois petits cafés européens, de l'autre côté de la place, dont les terrasses peu garnies se trouvaient à cette heure à l'abri du soleil. Lucas regarda l'heure à sa montre. Il paraissait extrêmement préoccupé. Il regarda encore une fois le cadran de sa montre. Il la secoua et la porta à son oreille. Ce geste entraîna sa décision.

Il traversa la place en suivant l'ombre, contourna le grand marché neuf, adressa un signe amical à des chauffeurs de taxi qui sommeillaient dans leurs voitures en station dans une étroite bande d'ombre bleue que le soleil rongeait à vue d'œil.

A l'angle du marché et d'un grand terrain bordé de maisons, mais mal nivelé, des amateurs de beignets entouraient les bassines de friture d'un marchand installé en plein air. C'était aussi le rendez-vous des mouches. Des mouches tenaces, irritables, qui sentaient l'huile et qui paraissaient aussi grasses que des beignets. Elles volaient en nuage, comme des colombes, autour de la bassine où crépitaient les anneaux de pâte dorée. Ces mouches finissaient par se lasser. Alors, elles se posaient au hasard, par bandes compactes, ou sur les beignets enfilés dans une baguette, ou sur le crâne gourmeux et les yeux chassieux des gamins anesthésiés par la vue et l'odeur des friandises.

Fernando Lucas acheta un beignet et le mangea goulûment, la tête en avant et le corps effacé, à cause de l'huile qui coulait sur ses poignets, dans ses manches. Il s'essuya les lèvres et les mains avec son mouchoir et, cette fois, définitivement fixé sur le sens de son activité, il tourna dans la direction de la Luneta, la grande rue commerçante de la ville de Tetouan. En dehors des magasins, un théâtre, qui n'ouvrait pas toujours, un cinéma et un café-chantant distribuaient la gaieté aux civils, aux artilleurs, aux fantassins et à tous ceux qui, pour une raison catégorique, habitaient cette jolie ville arabe, la plus propre médina et le plus propre mellah de tout le Maroc. Le mellah ou quartier juif de Tetouan, se compose de deux grandes rues bien cimentées, bien arrosées qui sont reliées entre elles par des ruelles bordées de hautes maisons bien nettes. Les Juifs se promènent là-dedans, tels que la tradition les maintient, dans les apparences d'une servitude millénaire. Les plus gras, n'étaient gras que du ventre. Une lévite noire et crasseuse l'accusait en le soutenant avec une ceinture de soie violette lustrée par l'âge. Les jambes maigres montraient des chaussettes rayées en coton soutenues par des porte-chaussettes en élastique flamboyant, comme il est impossible d'en trouver sous d'autres cieux. Les visages, dominés par le nez et les lèvres sensuelles, appartenaient à deux espèces également coiffées par la petite calotte noire : l'espèce grasse à moustaches et l'espèce maigre à barbiches. Parmi ces hommes, beaucoup pouvaient surprendre par leur haute culture et leur intelligence infiniment sensible. Ils étaient au courant de tout ce qui se passait en Europe. Le temps n'existait plus où les femmes arabes, nonchalantes et moqueuses, s'amusaient à traîner leurs babouches de cuir citron dans les éventaires des Juifs afin d'en éparpiller le contenu. Les anciennes victimes, plus dangereuses sous leur costume sordide, que dans des djellabas magnifiques, tenaient en mains les rouages secrets de la revanche quotidienne. Les fils de ces Juifs inélégants et franchement sales, s'habillaient à l'européenne, mais avec un peu trop d'éclat. Les jeunes filles du mellah jouaient sur leur piano du Falla, du Debussy ou du Granados. Mais le phonographe, souvent somptueux, reproduisait les chants sacrés ou la voix charmante et crapuleuse de Bessie Weissmann. On pouvait y entendre la *Petite Tonkinoise* en yiddisch ou *La Java del Mareo*. Ce mellah, comme tous les ghettos du monde, constituait un des spectacles les plus curieux de l'intelligence secrète de l'humanité. Un patriotisme international, si l'on peut dire, imposait ses lois à cette étrange société qui ne parvenait pas à détester ses anciens tourmenteurs. Les Juifs aimaient les Arabes comme la puce aime l'homme dont elle se nourrit. Cette phrase ne doit pas être isolée, toutefois, de tout ce qui peut constituer l'extraordinaire puissance de séduction de la race juive.

Fernando Lucas frappa contre la porte d'une boutique peinte en vert, mais dont les volets étaient mis. Au-dessus de la porte d'entrée, entre deux rangées d'ampoules électriques multicolores, on pouvait lire en grosses lettres rouges : *Triana*. C'était le café-chantant, une création toute récente, tenu par un nommé Cecchi que l'on pensait Sicilien ou Grec, mais qui, en réalité, était né à Sans, un faubourg ouvrier de Barcelone. De son vrai nom, il s'appelait don José Angel.

Fernando Lucas heurta du poing contre la porte. Puis il patienta. Il entendit un pas traînant de pieds chaussés de babouches. La porte s'entrouvrit. Il se faufila prestement à l'intérieur du *Triana*.

— Bonjour, Angel !

Lucas était le seul à Tetouan qui pût connaître l'identité du patron et directeur artistique de ce modeste café-chantant fréquenté par les sous-officiers de la garnison, les chauffeurs de taxi, les jeunes Juifs insolents et les rares touristes de passage.

— Bonjour, fit la voix d'un gros homme dont la silhouette était mangée par l'ombre de la vaste salle, à cette heure complètement vide. Bonjour, mais ne pourrais-tu pas m'appeler Cecchi, par exemple, comme tout le monde ici. Tu ne serais pas très content si je t'appelais Moratin ?

— Tu as raison... L'habitude m'entraîne malgré moi.

— Il faut perdre ces habitudes quand on peut se dire, comme toi, un légionnaire !... Tiens, viens dans la buvette. Il n'y a que La Bavara, une nouvelle chanteuse qui débute ce soir... C'est une Bavaroise de la Montera, mais c'est aussi une blonde authentique.

— Je viens pour l'affaire dont je t'ai parlé, il y a trois mois, quand tu es venu t'installer ici. Ça marche lentement.

— Viens dans la buvette. Tu pourras parler à mots couverts, car il faut craindre les courants d'air.

Cecchi, assez satisfait, fit entendre un petit rire

et poussa son compagnon dans la buvette qui s'ouvrait sur la droite de la salle de spectacle.

Fernando Lucas retira son bonnet de police en présence de La Bavara, qui répondit d'une légère inclination de sa tête blonde, aux cheveux courts et frisés.

— Un ami, dit Cecchi en s'installant sur une chaise.

La Bavara mangeait silencieusement, avec une voracité de jeune louve. Elle épluchait ses crevettes et mastiquait bruyamment ses tartines de pain beurrées.

— Alors, fit Cecchi, en souriant, au soldat, tu te plais dans ce métier ? Tu es engagé pour combien de temps ?

— Trois ans.

— Eh bien! ma canaille, tu n'y vas pas, comme on dit, avec le dos de la cuiller. Enfin, si le cœur te soutient, tu pourras trouver une place dans la garde civile en sortant.

Lucas se mit à rire. Il alluma une cigarette et dévisagea le gros Cecchi. Une petite moustache noire dans une large face de mulâtre très café au lait, ornée de trois mentons, tel était l'inoubliable visage de Cecchi posé sur un col blanc, immaculé, largement ouvert.

Les deux hommes se regardaient en riant. Quand de rire les gênait devant La Bavara, ils baissaient les yeux. Mais quand, de nouveau, ils se regardaient, ils ne pouvaient s'empêcher de rire encore.

Alors, La Bavara dit :

— Vous avez l'air de deux imbéciles.

Et elle recommença à mastiquer bruyamment ses tranches de jambon et ses œufs filés dans du sucre.

— C'est pourtant vrai, dit Lucas, que nous ressemblons à deux idiots. Je vous prie donc de nous excuser, mademoiselle. Nous rions tous les deux parce que, monsieur Cecchi et moi, nous pensons à des choses vraiment plaisantes, mais qui ne sont guère amusantes que pour nous.

La Bavara haussa les épaules.

— Vous me montrerez ma chambre, monsieur Cecchi, puisqu'il paraît que j'habite au-dessus du *Triana*. Je suis fatiguée.

— Oui, oui, je suis à vous, le temps de servir un anis frais à ce brave soldat de la Légion étrangère.

— Pour en revenir à notre histoire, tout est encore brouillé. Puis, entre nous, le copain n'est pas facile à manier. J'ai déjà voulu te l'amener, mais il faudrait que l'idée vienne de lui. Il faudrait qu'il me proposât une petite promenade à Tetouan.

— Nous pourrions lui faire connaître une gentille petite amie. C'est un bon remède contre le cafard.

— On peut essayer, dit Lucas, mais je doute de l'efficacité du procédé qui me paraît un peu gros.

— Amène-le, conclut Cecchi, en tapotant le pli de son pantalon dont une jambe était accrochée au porte-chaussettes.

La Bavara s'impatientait. Elle se dirigea vers la porte. Cecchi la suivit.

— Reviens, reviens ce soir, vieux... Après le concert, je serai libre... Viens casser la croûte, sans cérémonie... Je te dirai plus exactement ce que je peux et je te montrerai une lettre qui pourra t'intéresser.

— Elle vient de...? fit Lucas, en interrogeant des yeux.

— Oui, naturellement... *On* s'impatiente... mais, j'ai répondu ce qu'il fallait répondre. Ne te tourmente pas... A ce soir.

Il rattrapa La Bavara dans l'escalier qui accédait au premier étage. En passant, il donna l'ordre à

une sordide indigène voilée et la tête couverte d'un immense chapeau de paille, de prendre les bagages de la chanteuse et de les monter. Il rattrapa celle-ci dans le couloir pavé de petits carreaux multicolores...
— Excusez-moi, chère amie... Je ne sais où donner de la tête. La femme de chambre me suit qui monte votre malle et vos valises.

Le capitaine Ximénès habitait provisoirement une chambre de l'*Hôtel Alphonse XIII*, dans une rue neuve bordée de hautes maisons de style européen. Tous ces bâtiments paraissaient vides. La rue n'était guère animée. Quelques autos stationnaient devant la grande porte de l'hôtel. Ce matin-là, Fernando Lucas rangeait la chambre de son patron, en racontant les misères de sa vie de soldat à une compatissante femme de chambre qui s'arrêtait de compter son linge pour l'écouter. Elle-même était une déracinée. Elle ne se plaisait point au Maroc. Elle espérait, la saison finie, pouvoir regagner Carthagène avec son mari qui était garçon de café au restaurant de l'hôtel.

C'est à ce moment précis qu'une sonnerie de clairons assez familière aux oreilles de Lucas lui fit mettre le nez à la fenêtre. Il écouta attentivement et reconnut une marche de la Légion. Alors, il descendit rapidement dans la rue et gagna la place d'Espagne d'où semblait venir l'alerte fanfare.

Sur la place d'Espagne, il aperçut les légionnaires en tenue de campagne. Ils étaient arrêtés au repos, derrière leurs fusils formés en faisceaux. Lucas s'approcha tranquillement et demanda à un mitrailleur quelques renseignements sur cette arrivée qui le surprenait. L'orgueil de Lucas souffrait de ne pas avoir été mis au courant de ce déplacement sensationnel. A ses questions, le mitrailleur répondit qu'il y avait là deux compagnies de la 4ᵉ B. et qu'il ne savait pas où on les conduisait.

Lucas passa devant la colonne qui occupait trois côtés de la place pour laisser libre le terrain devant les grilles de la Résidence. Ce fut Gilieth qui l'aperçut le premier. Il l'interpella assez gaiement. Lucas tourna la tête et manifesta une joie décorative en apercevant son camarade.

— Comment, tu fais partie de la quatrième bandera ?

— Hé oui, mon vieux. On se dessale.

Il montra ses manches :

— Et ça, vieille courge ?

— Première classe !

— Dans six semaines, je serai cabo et je te ferai mettre au garde à vous, vieille coquine !

— Ah ! par exemple. Je suis surpris de te rencontrer. Je m'ennuyais de toi, Gilieth. Je n'ai pas d'amis à Tetouan. J'étais content de rentrer lundi à Dar Riffien pour te revoir... Vrai, je me dégoûte dans ce métier d'ordonnance. Si j'osais, je demanderais au colonel une autorisation de permuter.

Un coup de sifflet du capitaine Irigoyen traça une magnifique parabole à travers la place. Les hommes rompirent les faisceaux. Le capitaine Weller apparaissait à la grille de la Résidence, devant le poste des gardes indigènes qui rendait les honneurs. Un jeune lieutenant à casquette rouge et verte accompagnait l'officier de la Légion.

Au deuxième coup de sifflet du capitaine Irigoyen, les compagnies s'ébranlèrent pour aller occuper leur cantonnement dans un terrain en construction, en contrebas de la ville, du côté de la gare militaire du chemin de fer de Tetouan à Rio Martine.

De jeunes Marocains qui jouaient au football dans un terrain vague, s'arrêtèrent pour regarder passer ces soldats qui, depuis la guerre de 1924-1925, inspiraient de la crainte et, tout naturellement, du respect. Les Marocains savaient reconnaître l'uniforme de la Légion. Par contre, ils affectaient une attitude assez négligente devant les jeunes soldats de l'armée métropolitaine.

Le soir, Gilieth et Mulot, libérés du sac et de l'équipement, retrouvèrent Lucas qui les emmena au *Triana* pour assister aux débuts de La Bavara.

Elle apparut sur la petite scène, dans un fond de vieux jardin andalou usé jusqu'à la trame. Elle convenait bien à tous ces hommes voués à la solitude et au travail pénible, au milieu d'un paysage réellement infernal. Un orchestre de sept musiciens l'accompagnait. Les cuivres et les roulements de tambour, les coups sourds de la grosse caisse rythmaient ses chansons et sa voix autoritaire qui bouleversait les soldats. Elle chantait en espagnol, en français, en italien. Les soldats de la Légion qui remplissaient la salle et qui dépensaient leur prêt pour n'avoir rien à regretter, l'applaudissaient et reprenaient le refrain qu'elle leur lançait comme une provocation. Elle salua trois fois. Les hommes debout l'acclamaient. Elle goûta l'hommage des bonnets de police à pompons rouges qui s'abattaient autour d'elle. Cecchi se chargea de les ramasser pendant l'entracte. Ce fut toute une histoire pour retrouver son bien.

Pierre Gilieth reprenait des forces en présence de cette femme si parfaitement adaptée aux désirs des soldats professionnels. L'orgueil d'être un légionnaire en marge de toutes les préoccupations communes à la plupart des hommes, provoquaient en lui un besoin ingénu d'être héroïque et de tuer dans l'éclat des fanfares militaires qui se confondaient en la voix vulgaire mais passionnée de La Bavara. Quand la chanteuse se fut retirée, il sembla que toutes les lumières de la salle venaient de s'éteindre.

Mornes, et malgré cela surexcités, les hommes remontaient par bandes vers leur cantonnement. Un grand bruit de souliers qui égratignaient les pavés se mêlait au bourdonnement des conversations. Les agents et une section en armes gardaient discrètement l'entrée du quartier réservé. Mais les légionnaires reprirent le chemin du terrain vague où se dressaient les baraquements silencieux. L'image de La Bavara, la dernière image d'une vie facile, devait les accompagner sur ces pistes qu'ils allaient suivre, le front ruisselant de sueur, le cou tendu en avant sous le poids du sac et les yeux brûlés par la lumière d'un soleil chauffé à blanc.

Le lieutenant Furnyer et le sous-lieutenant Perez se tenaient à la porte du premier baraquement. On apercevait leurs gants blancs à crispins, comme deux taches de porcelaine blanche dans les ténèbres.

Ils firent eux-mêmes l'appel. Il ne manquait personne.

— Il n'y a pas d'électricité dans cette taule, dit Gilieth, qui fumait comme un crapaud accroupi sur la paille.

Un à un, les légionnaires sombraient dans un sommeil sans nuances.

A cette heure — c'est-à-dire à la vingt-troisième heure — le légionnaire Lucas, demeuré seul devant la porte du *Triana* plongé dans l'obscurité, méditait profondément les paroles de son ami Cecchi. Un profond découragement, qu'il ne cherchait pas à dissimuler, mettait une expression infiniment comique sur son visage.

Cecchi lui avait lu une petite lettre bien tournée, mais parfaitement humiliante. Cela venait d'un peu loin... Enfin, Cecchi avait fait le nécessaire. Le nécessaire! Ce mot paraissait vague. Lucas remonta vers l'*Hôtel Alfonso XIII* où il occupait un petit réduit sous la terrasse. Il parlait tout haut en marchant.

La mission du capitaine Ximénès était terminée. Demain, il rentrerait à Dar Riffien. Malgré tout, Lucas appréhendait une entrevue avec le colonel. Le « Chinois » l'avait déjà reçu assez fraîchement quand il lui avait demandé, en exposant ses motifs, à changer de compagnie.

Quand il fut dans sa chambre, qui ressemblait assez à un tiroir, Lucas jeta avec rage son bonnet sur le plancher. Il grommelait :

— Pas assez vite, pas assez vite... Ils n'ont qu'à prendre eux-mêmes le travail en mains.

Et puis, il pensa, pendant une grande partie de la nuit, que son ami Cecchi avait dû le desservir dans cette aventure. Fernando Lucas comprenait bien qu'il allait engager une lutte impitoyable sans avoir pour lui l'avantage du terrain.

CHAPITRE X

Les camions s'arrêtèrent au milieu d'un nuage de poussière. Quand celle-ci fut un peu dissipée, on aperçut leur longue file annelée. Guettés sévèrement par les innombrables yeux secrets d'un paysage nu et invraisemblable, ils ressemblaient à une tribu de pachydermes bonasses, couleur du sol, couleur de cette poussière irritante qui donnait à la nature une teinte unique. Au loin, cependant, de chaque côté de cette vallée infernale, les hautes montagnes bleu sombre dressaient leurs pitons arides où ne pouvait fleurir que le nuage blanc et léger d'un obus de 37.
Les légionnaires descendirent des camions, par grappes, les jambes molles, le corps lourd. Ils s'appuyaient sur leurs fusils afin de se maintenir debout. Devant eux, en lisière d'un chaos indescriptible où la tôle ondulée et les tuyaux en poterie tenaient une bonne place, des hommes s'arrêtèrent de travailler. Ils étaient, pour la plupart, nus jusqu'à la ceinture. Armés de pelles et de pioches, assis sur les brancards des brouettes ils s'épongeaient le visage avec des mouchoirs aussi grands que des serviettes.

Un jeune officier, vêtu d'une vareuse de toile sans chemise et d'une culotte courte de football, s'approcha des camions surchauffés. L'air tremblait autour des radiateurs.

Le capitaine Luis Weller descendit d'une Ford qui fermait la marche du cortège des pachydermes à quatre roues. Le jeune officier vint à sa rencontre et salua.

— C'est la fameuse route? interrogea Luis Weller.
— Oui, mon capitaine. Le travail est dur. C'est en plein granit... Ça ne va pas très vite et puis on nous tire dessus.

Le capitaine Weller pivota lentement, en promenant les verres de ses jumelles sur la ligne d'horizon, ingrate, stérile et sournoise.

— Oui, oui, fit-il. Je ne vois rien... Les coups de fusil partent sans doute du piton, à quinze cents mètres devant moi?

— C'est exact, mon capitaine. On tire aussi de cette crête. Naturellement, nous avons fait des reconnaissances, mais les contrebandiers se retirent quand nos patrouilles avancent.

— Allons, fit le capitaine Weller, cette banlieue me paraît pourvue de confort et d'agrément... Mais je vois qu'on nous attend au poste.

Il revint vers ses troupes tassées le long des camions pour profiter d'une étroite bande d'ombre. A son coup de sifflet, les hommes s'alignèrent par quatre.

— La « banda » en tête, dit le capitaine.

Les six clairons prirent la tête de la colonne. Au commandement, le refrain de la Légion domina de sa fanfare éclatante la vallée morte encaissée entre les roches ennemies.

Le poste se trouvait à deux cents mètres sur une petite crête, un peu plus près du soleil. Pas un arbre...

Comme tous les postes, c'était un grand quadrilatère entouré de murs, flanqué d'une tour ronde à chaque coin. Une porte qui se découpait en style marocain dans une muraille épaisse abritait dans son ombre la section de garde, alignée sous les armes.

La « relève » escalada le raidillon qui accédait au fort. Cette ascension ne favorisait pas le défilé. Les hommes, écrasés par la chaleur, abrutis par un long voyage en camion, butaient à chaque pas. Ils se tordaient les pieds sur les cailloux brûlants et pointus. Alors, le clairon du poste fit un pas en avant qui le plaça dans la lumière et, tout seul dans le grand silence du bled, il lança le refrain de la bandera et les notes allègres du défilé. Puis il rentra dans l'obscurité. L'arme sur l'épaule et au pas cadencé, les deux compagnies de Luis Weller pénétrèrent dans le fameux poste de Bou Jeloud pour y vivre pendant un an, selon les décisions de l'autorité supérieure.

Dans la cour du fort, près du réservoir d'eau et du four à cuire le pain, les deux compagnies attendaient sous les armes. Le capitaine commandant la garnison passa les consignes à son successeur. Déjà, la section qui travaillait sur la route rentrait à son tour pour se mettre en tenue.

Encore une fois, les fanfares militaires, selon le protocole d'usage, rythmèrent les différents gestes de cette cérémonie annuelle. Puis le capitaine Weller salua de l'épée les deux compagnies qui descendirent la pente, fanion déployé et clairons en tête pour aller embarquer dans les camions qui devaient les ramener à Xauen.

Luis Weller demeura plus d'une heure avec son prédécesseur afin de prendre connaissance de la situation.

De leur côté, les hommes s'installaient. La garde fut changée.

Pierre Gilieth et Mulot furent compris dans la section de garde à la porte du camp. Cette section devait veiller sur la sécurité de tous. Le soir, elle plaçait des sentinelles dans chaque tour. Le sous-lieutenant Ricardo Perez prit le commandement de la garde.

Quand l'ancien commandant du fort eut rejoint ses troupes devant la ligne des camions, le capitaine Weller, accompagné du capitaine Irigoyen, son second, et des lieutenants Furnyer et Luis d'Ortega, des sous-lieutenants Ricardo Perez, Cristobal Galvet et du médecin-capitaine Pablo Llull, tout l'état-major de la garnison, prit contact avec les plus infimes détails de son domaine. Ce premier inventaire est à l'ordinaire passionnant : on grogne ou on se réjouit. Finalement, le plaisir de s'installer l'emporte sur la mauvaise humeur. Le baraquement des officiers occupait le milieu du fort. C'était un long bâtiment peint à la chaux. Il comprenait huit petites chambres, un bureau pour le chef de poste, une grande salle à manger qui servait de salle de réunion, une infirmerie-pharmacie où logeaient le sergent et le caporal infirmiers. A l'Est, le baraquement de la première compagnie et à l'Ouest, celui de la deuxième, chevauchaient en T le bâtiment central habité par les officiers et les principaux services.

Les écuries étaient adossées au mur du Sud, ainsi que le magasin des vivres et des munitions dont les murs étaient à moitié enfouis dans le sol. Une source qui, pendant les mois de chaleur, coulait faiblement, permettait de tenir la citerne toujours pleine. En juillet, en août et en septembre, il était cependant nécessaire de rationner l'eau. Cette source était protégée par un petit mur en maçonnerie.

Le fort de Bou Jeloud datait de la guerre de 1924. Il commandait une vallée, à proximité de la zone française et tirait son nom d'un ancien camp dont il ne restait plus de traces, mais qui avait servi tour à tour aux Français et aux Espagnols.

A un kilomètre du fort, à mi-pente de la colline de Bou Jeloud, s'appuyait un gros village, composé d'un amas de maisons, surmontées de toits en tuiles comme celles de Xauen. Ce village montagnard ressemblait à ceux d'Auvergne. Certaines maisons, autour de la mosquée, étaient même surmontées d'un souleilho, comme on en voit aux environs de Cahors. A l'extrémité de cette bourgade couleur de terre, un petit groupe de maisons blanches étincelait dans le soleil. C'était là le quartier réservé de Bir Djedid, le village. Ce quartier s'appelait Dar Saboun (maison du savon). Les légionnaires y descendaient, parfois. Ils appelaient toujours le village Dar Saboun. Ce nom constituait un héritage des tirailleurs français.

Bir Djedid possédait des souks. Le village s'animait un peu le jour du marché. Mais les soukiers étaient surveillés de très près. On se méfiait d'eux, car on pensait y découvrir un jour les preuves qu'ils servaient de complices à des contrebandiers d'amorces pour les cartouches. Le poste français se trouvait à une cinquantaine de kilomètres du poste espagnol. Mais entre ces deux forts, la montagne ne révélait pas facilement la présence des contrebandiers.

Ceux-ci pénétraient toujours par infiltration. Ils se mêlaient à la foule les jours de marché. Quand l'occasion se présentait, ils attaquaient les sentinelles et les groupes isolés. Les expéditions répressives ne trouvaient jamais rien devant elles.

D'un autre côté, la preuve de la complicité des

villageois n'était pas établie. Il était assez difficile de trouver une solution. Cette petite guerre, qui harcelait sans répit les soldats de la garnison de Bou Jeloud, créait une atmosphère irritante et débilitante. Les compagnies relevées par don Luis Weller avaient perdu six hommes en un an. Six hommes tués et dix blessés.

Un bataillon de Régulars s'échelonnait par petits postes le long de la frontière. Les Riffains n'inquiétaient jamais ces postes isolés. La garnison espagnole la plus proche du poste de Bou Jeloud se trouvait à soixante-dix kilomètres vers l'Est, à Taffah, un centre d'affaires indigène. Une garnison assez importante, et qui comprenait de l'artillerie, occupait cette ville commandée par un lieutenant-colonel de la Légion.

Depuis plusieurs mois, le poste de Bou Jeloud subissait des escarmouches assez fréquentes. La fameuse corvée de bois retrouvait son ancienne réputation. Toutes les corvées, à l'extérieur du fort, se faisaient en armes. La sécurité n'était pas assurée aux touristes dans cette zone, car des actes de brigandage, isolés il est vrai, obligeaient tous les partisans à battre l'estrade. Une auto venue de Taza et qui emmenait vers Adjdir deux dames anglaises et un professeur portugais avait été capturée par des Riffains du Djebel Dahou ou des pillards du Djebel Guillez, dans la zone française. On ne savait pas. Après trois mois d'une captivité indescriptible, les prisonniers avaient pu être libérés contre une forte rançon. Les isolés qui travaillaient ainsi paraissaient bien armés de Mausers et de mousquetons Lebel. Ils possédaient même une mitrailleuse, d'après le rapport du professeur que cette captivité avait rendu neurasthénique.

Le capitaine Luis Weller, vieux Marocain, avait fait une partie de la grande guerre du Riff dans l'infanterie étrangère française. Il parlait l'arabe comme un pilier de Medersa. Ses hommes avaient confiance en lui. C'était d'ailleurs un homme juste. Il ne buvait pas. Weller ne pouvait imaginer une autre existence pour lui que celle qu'il menait volontairement dans ce pays aride et dépouillé de fantaisie. A ses heures de loisir, il écrivait, à la manière du Père de Foucauld, des poèmes exaltés sur la nuit orientale et le repos des hommes et des bêtes dans le calme des pays du Maghreb.

Weller inspecta le fort dans ses moindres recoins et, comme toujours en pareil cas, — bien que ce ne fût pas exactement l'image de la vérité, — il grommela :

— Il va falloir nettoyer. Les cochons nous ont laissé un fumier en location.

Il grimpa sur la terrasse du bâtiment central et contempla le drapeau espagnol immobile dans l'air qu'aucune brise ne rafraîchissait. Il regarda les cactus hérissés et monstrueux comme des végétaux de proie; il regarda les cailloux qui tachaient le sol à perte de vue entre les touffes de doum dont on ferait des balais. La nature entrait en lui par tous les pores de sa peau tannée de vieux Marocain. Il attendit la chanson nocturne du clairon qui salue la nuit et l'arrivée de tous les fantômes qui peuplent le sommeil. Don Luis Weller aperçut le visage aristocratique de sa femme et les gaies silhouettes de ses fillettes vêtues de blanc. A cette heure, elles jouaient au tennis, quelque part à Ceuta, avant le repas du soir, à la fraîche. Les autres officiers de son groupe, tous célibataires, avaient pris possession de la grande salle. Une partie de cartes s'organisait. Weller entendait les voix bourdonner sous ses pieds. Il aspira tout le crépuscule de la nuit et se sentit saturé de bien-être et de responsabilité. Son mariage n'était qu'un incident dans sa vie. Il vivait affectueusement loin des siens. Sa manière d'exister ressemblait à celle d'un officier de marine.

De la terrasse du fort, adossé contre le mât du drapeau que l'on allait amener au coucher du soleil, Weller apercevait déjà, à flanc de montagne et sur les crêtes, des feux qui s'allumaient entre les rochers. Il connaissait le langage secret des feux dans la nuit. Il sut tout de suite que la relève était signalée et que tous ceux qui pouvaient s'intéresser à cette nouvelle étaient avertis.

Sur la route, au point même où elle cessait d'être une route pour se confondre avec le chaos plat du bled, les dix derniers camions reprenaient la direction d'Azila et de la mer. L'auto-mitrailleuse formait l'arrière-garde. Weller cessa de regarder la route, car le poste et son clairon s'alignaient pour saluer les couleurs. Don Luis Weller mit la main à son bonnet. L'auto-mitrailleuse, déjà loin sur la route du retour, semblait un gros coléoptère agile qui grimpait allégrement les pentes. Elle apparaissait bien silhouettée sur les crêtes. Elle disparut dans la nuit. Le capitaine essaya de percer le mystère de cette nuit claire. Au loin, très loin, dans la direction du Sud, les feux continuaient de flamber et de donner l'alarme. Le capitaine Luis Weller songea à la mort. Cette éventualité qui fait partie, sous différentes formes, de la grandeur et de la servitude militaires, ne le troublait pas. A vrai dire, il ne craignait la mort ni pour lui, ni pour les autres. Il aimait ses légionnaires d'un grand amour, d'une passion d'écrivain, mais il les aimait autant morts que vivants. Pour le capitaine

Weller, un légionnaire était un homme qui pouvait passer sans transition de la vie à la mort, sans que ce fait puisse avoir une signification sociale. Il excusait ces hommes dans leurs bordées, pardonnait aux faiblesses et fermait les yeux sur les vices de sa tribu. Mais il entendait disposer de la vie de ses soldats sans se laisser influencer par des habitudes sentimentales qu'il jugeait incohérentes, quand il s'agissait de la vie et de la mort des soldats professionnels dont il avait le commandement.

Don Luis Weller, comme l'appelait toujours « El Chino », le vieux colonel, menait ses troupes au feu un crucifix passé dans sa ceinture ainsi qu'un pistolet. Il se servait de ce crucifix comme d'un casse-tête dans les corps à corps. Une partie de la guerre du Riff qu'il avait faite dans la Légion espagnole, à sa sortie de la Légion française, lui avait valu la réputation glorieuse d'un grand capitaine comme celui dont le nom illustrait le drapeau de la 5e bandera où il avait servi devant Terguist. Ses hommes le considéraient comme un chef brave et dangereux. Ils l'appelaient : « El Sepulturero » le Fossoyeur. Don Luis Weller connaissait son surnom. Il ne s'en froissait pas. Comme les attaques étaient devenues rares, il valait encore mieux servir sous les ordres du « Fossoyeur » que de subir les tracasseries quotidiennes du capitaine Irigoyen, un vieux petit Basque, trapu, au visage ridé de paysan finaud. Celui-là avait vécu une partie de son existence dans le 2e Thabor, à Tanger. Après la dissolution des Thabors français et espagnols, il était venu comme lieutenant à la Légion. Il avait fait campagne dans le Riff assez longtemps pour y gagner sa troisième étoile. Depuis, il végétait. Comme le capitaine Luis Weller, qui attendait sa nomination de commandant, il était victime de la nouvelle loi sur l'avancement. Les hommes d'Irigoyen l'appelaient : « El Leproso », le Lépreux, à cause d'un eczéma tenace qu'il soignait avec le « peleon » de l'ordinaire. Le lieutenant Furnyer sortait de l'École, c'était un officier un peu timide, mais qui s'occupait consciencieusement de ses hommes. Le lieutenant Luis d'Ortega était petit et noir comme un corbeau. Très brave au feu, il connaissait bien ses légionnaires qui l'excusaient pour ses périodes de cafard et d'ivrognerie où il devenait plus irritant qu'une teigne. Quant aux deux sous-lieutenants, ils n'avaient jamais vu le feu. Ils arrivaient de l'École avec leur grade. A la pensée qu'ils servaient dans la Légion, le rouge de l'orgueil leur incendiait le visage.

L'État-major était réuni au complet et attendait avec impatience son chef devant les assiettes vides. Le capitaine Luis Weller entra dans la salle qui sentait la chaux. « Je suis à l'amende, dit-il simplement. Nous commencerons donc le souper par un verre de mon porto. »

De son côté, le légionnaire Pierre Gilieth pensait également à la mort. Il montait la garde, seul derrière un petit mur en chicane dont l'ombre le couvrait, afin qu'il ne se présentât pas ainsi qu'un but trop facile. Devant lui, s'étendait le réseau de fils de fer barbelés qui, sur dix mètres de profondeur, entourait le poste de Bou Jeloud. Bien enveloppé dans son grand manteau de bure à capuchon, car la nuit était froide, Gilieth guettait la plaine déserte, le fusil appuyé sur le mur, prêt à tirer.

Gilieth pensait à la mort pour des raisons qui n'étaient point celles du capitaine Weller, dit « El

Sepulturero ». Sa pensée oscillait comme un pendule, entre une certitude d'être à l'abri, sinon des Riffains mais d'un autre danger encore plus puissant, et l'angoisse de se sentir encerclé par un réseau de surveillance qui se rétrécissait chaque jour. De ne pouvoir mêler nettement un visage humain à cette inquiétude, le tourmentait davantage. Il songeait cependant à son copain, le burlesque Fernando Lucas, dont il ne pouvait se libérer. Depuis plus de six mois qu'il vivait à côté de cet homme, dans cette maison de verre qu'on appelle une caserne, il ne parvenait pas à le définir, à le mettre à sa vraie place.

L'homme était plus que rusé, Gilieth le savait. Mulot, son véritable ami, le savait aussi qui, plusieurs fois, avait éveillé sa méfiance. Mais Lucas se dérobait. Il glissait entre les doigts les mieux fermés comme un poisson farceur. « Qu'est-ce qu'il peut se fabriquer dans ce crâne-là ? » se demandait Gilieth. Il n'avait pas encore su trouver une réponse qui le contentât.

A Tetouan, Lucas fréquentait des types douteux comme ce Cecchi qui dirigeait le « Triana ». Cecchi passait à Dar Riffien pour tenir une agence de désertion. Mais Gilieth s'étonnait que ce bruit, qui venait des cuisines, ne fût point parvenu aux oreilles des chefs et des agents de la Sûreté. La présence de Cecchi à Tetouan inquiétait tout autant Gilieth que la présence de Lucas à Dar Riffien. A Dar Riffien, Gilieth s'irritait de l'amitié trop souvent obséquieuse que lui portait Lucas. Mais, maintenant, loin de ce bonhomme dont il se méfiait, Gilieth regrettait qu'il ne fût point à côté de lui. Dans le bled, la surveillance devenait facile.

A l'horizon, les feux brillaient toujours, dans la brume, entre ciel et terre. Cela ressemblait à des feux de cigarette. Gilieth prépara un chargeur qu'il déposa à côté de lui sur le mur.

« S'il y a du "barro", se dit-il, je passerai caporal. » Ces deux galons de laine rouge lui parurent une protection efficace. Il songea encore aux paroles énigmatiques, mais rassurantes, du colonel.

Le sol semblait bouger devant lui. Gilieth ne se laissa point duper. Il connaissait déjà l'extraordinaire et fausse animation de la nuit autour des sentinelles nerveuses. Il ne se laissa pas faire. Il leva la tête pour egarder le ciel. Puis il ferma les yeux en comptant jusqu'à sept. Quand il les ouvrit devant le bled, rien ne bougeait. Alors Gilieth marqua le pas sur place car il était gelé. Il tenait son fusil à travers les vastes manches de son manteau.

« Enfin, je ne m'explique pas pourquoi ce Lucas, qui ne pouvait pas me lâcher d'une semelle, m'a laissé partir sans lui? »

Gilieth aperçut encore une fois les feux dans la montagne. Il imagina un tireur adroit, dissimulé derrière une roche. A ce moment, comme pour répondre à la provocation de son image, une balle miaula longuement dans la nuit.

« Ça c'est une balle D », dit Gilieth. Et il alerta le poste. Les hommes, mal réveillés, accoururent à la chicane. Une autre balle frappa l'air comme un coup de bâton sur du bois. Gilieth ne put s'empêcher de sourire. Il croyait comprendre les raisons profondes qui avaient empêché Lucas de le suivre jusqu'à Bou Jeloud.

CHAPITRE XI

Quand Gilieth rencontra Aïscha la Slaoui, que les soldats appelaient encore, parce qu'elle se tenait avec distinction, Seïda-lella, ce fut après la sieste, dans la rue blanche aux ombres bleues de Dar Saboun, le quartier des filles de Bir Djedid.

Quand les légionnaires étaient en fonds, ils descendaient, le samedi soir, après la soupe, jusqu'au petit bourg à flanc de montagne que le fort surplombait. Les deux rues dédiées à l'amour n'offraient point un pittoresque bien spécial. Elles étaient bordées de petites maisons arabes, fraîchement repeintes en blanc et en bleu de ciel. Deux de ces maisons étaient tenues par des proxénètes avisées, couvertes de bijoux et de bracelets. Une grande main de Fathma en or s'étalait sur leur poitrine stérile et vidée. Dans le patio, au centre de ces cubes qui gardaient la fraîcheur de la nuit, on pouvait boire. Tout autour du patio, les courtisanes occupaient leurs petites chambres, où elles collectionnaient des pendules, des carillons de Westminster et des bouquets de mariées 1831, sous des globes de verre. Toutes les maisons closes possédaient un phonographe dont les méfaits sentimentaux saoulaient les légionnaires encore plus que le vin de l'intendance, dont ils retrouvaient ici les échantillons.

Comme toutes les prostituées mauresques, celles de Bir Djedid se montraient douces et réservées avec les Européens. Elles gardaient pour elles les mille ressources diaboliques et les inventions quelquefois cruelles de leur enfantine méchanceté. Elles ne différaient des prostituées européennes que par leur extrême soumission, leur élégante courtoisie, leur goût très vif pour la poésie. Elles aimaient à entendre les belles histoires obscènes racontées par le bouffon du Mechouar qui, deux ou trois fois par semaine, venait charmer à domicile les oreilles attentives de ces captives surexcitées.

Chez Kadidja, dite Planche-à-Pain, la patronne bien-aimée de Seïda-Iella, deux jeunes Arabes aveugles venaient chaque samedi pour jouer sur leurs mandolines des fandangos, des sevillanas ou des fox-trots fameux ajustés, comme par magie, sur des paroles arabes. Ces chansons venaient de Fez ou de Taza. Les contrebandiers en amorces devaient les colporter chez les filles, qui au Maroc tiennent salon littéraire en sachant se taire quand l'occasion s'impose. Les petites prostituées marocaines ont beaucoup d'amis qui viennent bavarder avec elles. On prend le thé à la menthe sur le lit, derrière les rideaux de mousseline bien tirés. Aïscha la Slaoui était une ancienne « fille de la douceur » de Salé. Elle s'était réfugiée au Maroc espagnol, dans ce coin perdu du Djebel, afin d'échapper à la police de Rabat, à la suite d'une histoire criminelle et terriblement compliquée où la jalousie dominait. Le thé empoisonné qui envoya au paradis Ben Ahmou, sous-lieutenant de réserve aux tirailleurs marocains et notaire à Salé, avait été, sinon préparé par elle, mais du moins offert par ses mains. La Slaoui était âgée de seize ans à cette époque. Elle en avait vingt maintenant.

Quand Gilieth aperçut pour la première fois cette grande jeune femme à la peau dorée et au joli visage rieur, il lui offrit à boire un peu d'anisette dans un gros verre sans pied. La Slaoui, magnifiquement vêtue d'un caftan de soie cerise recouvert d'une tunique de tulle qui en atténuait l'éclat, se montra grande dame. Elle servit le thé avec des gestes de patricienne et fuma toutes les cigarettes du soldat. Après quoi, elle lui offrit les siennes et lui fit voir ses trois pendules, son réveille-matin, son coucou de Nuremberg, son phonographe portatif et ses lourds bracelets d'argent filigrané dont la plupart venaient de Tolède. Gilieth ne coucha pas avec la Marocaine ce soir-là, car il n'avait d'argent que pour boire. Et puis, tout d'un coup, l'idée lui était venue de conquérir cette fille qui lui plaisait. La Slaoui parlait correctement le français et l'espagnol. Il était facile de s'entendre avec elle, et ainsi que Gilieth le pensait et le formulait : de la faire au boniment.

Il se tenait sagement assis à côté d'elle devant une mauvaise table fabriquée avec des caisses d'emballage. Il buvait de l'anis mêlé d'eau. La Slaoui lui disait : « Tu es Français ? Pourquoi es-tu soldat de l'Espagne ? Est-ce que l'on mange moins bien chez toi, qu'ici ? A Salé beaucoup d'amis Français venaient me voir. Ils riaient toujours. On ne pouvait jamais parler sérieusement avec eux... Mais moi, Aïscha, j'en ai vu pleurer et à ce moment-là ils étaient méchants. Ils gueulaient comme toutes les puissances de la montagne : Fous-moi le camp !

— On appelle ça le cafard, dit Gilieth en prenant doucement la main de la Marocaine.

Le patio, bien que ce fût un samedi soir, n'était pas très bruyant. La patronne causait avec deux ou trois sous-offs qui attendaient le départ des légionnaires avant de faire leur choix. Deux jeunes Arabes, en djellaba rose et vert pâle, buvaient du thé et chantonnaient en souriant des douceurs fleuries à trois jeunes femmes qui penchaient gracieusement la tête sur l'épaule.

Ce peu d'animation désolait la patronne. Elle s'inquiéta, car le convoi du prêt, qui venait de Xauen n'était point arrivé. Elle disait, en parlant de ses compatriotes qui tiraillaient certaines nuits sur les sentinelles de Bou Jeloub :

— C'est une honte!

Gilieth et La Slaoui tournèrent la tête dans la direction du groupe des jeunes Marocains en djellabas de soie. Une petite prostituée très brune, probablement une fille du Sud, dans le Tafilalet, minaudait en riant et secouait la tête avec confusion.

— Elle ne veut pas chanter, dit le jeune homme de Taffah.

— Chante, Arkaïa, dit la patronne, chante, petite bête. Les filles sont faites pour chanter. Elles ont cet empire sur les roses qui ne savent qu'embaumer te cœur de leurs amours.

La petite Marocaine se leva et, les yeux baissés, d'une voix monotone, sourde et entrecoupée, elle chanta une chanson qui était aussi une danse du pays des sables et des méharas. Cette danse immobile ressemblait également à une sorte de récitation essoufflée et plaintive. La fille mimait en passant rapidement ses mains décorées au henné sur son caftan vert. Elle mimait l'attitude d'une fille qui se déshabille au bord d'une source. La fraîcheur de l'eau ruisselait le long de son dos, sur ses flancs.

Elle mimait ensuite l'arrivée du Seigneur, l'extase de ce beau cavalier, sa propre confusion, sa résistance et son émoi. Il lui offrait des bijoux. Elle enfilait les bagues, les bracelets imaginaires à ses doigts, à ses poignets. Elle plongeait ses mains élégantes dans un coffre rempli de pièces d'or. Cette danse chaste ravissait la patronne et les deux jeunes hommes de Taffah.

La Slaoui regardait en souriant. Elle traduisait tous les gestes de la petite Filali.

Quand elle eut terminé, les deux Marocains la félicitèrent et s'inclinèrent devant elle. La petite prépara la théière et passa la menthe fraîche.

Un peu malgré lui, Gilieth se soumettait à la douceur de cette intimité sans soldats querelleurs. Il pressait doucement la main tiède de la Slaoui.

— Tu es tatouée? fit-il...
— Non, c'est peint au henné...
Elle montra ses mains décorées de résilles bleues.
— Ici, je suis tatouée.
Elle montra une étoile, près de sa tempe.

D'autres filles, des Fasi, portaient des tatouages, en jugulaire sous le menton, qu'elles appelaient : « La Bride de Monsieur ».

Alors, Gilieth prit le bras d'Aïscha et le mordit un peu.

— Je m'appelle Pierre, dit-il doucement. Cette semaine, je viendrai avec un ami. Il écrira mon nom là, sur ton épaule, avec les aiguilles.

La Slaoui regarda le légionnaire. Ses paupières battirent. Elle simula la confusion d'une jeune épouse.
— Tu vas vite, fit-elle.

Gilieth se leva. Le désir de cette femme commençait à l'obséder. Mais la Slaoui valait mieux qu'une possession rapide et réglementaire. Il était nécessaire d'attendre et de laisser Aïscha, un peu dépitée, se transformer doucement devant l'image du légionnaire Gilieth.

Dans la journée du lundi, au bord de la route poudreuse, Pierre Gilieth poussait la brouette, en chantier avec deux Italiens qui remuaient la terre logiquement, presque voluptueusement, comme de vrais terrassiers. La route avançait lentement dans la direction de la frontière française. Elle devait remplacer l'ancienne piste, souvent impraticable pour les voitures qui établissaient la communication entre Xauen et Taza.

Cette route, qui serpentait à travers les montagnes arides et dangereuses du Djebel Dahou, représentait très bien le travail type dont l'estimation seule peut écœurer définitivement un entrepreneur de travaux publics invité à soumettre un devis.

Les deux compagnies de la Légion, gardées, pour le principe, par une section de mitrailleuses, travaillaient chaque jour dès l'aube et le soir un peu avant la soupe. Les hommes se reposaient au milieu du jour pendant la sieste.

Gilieth, nu jusqu'à la ceinture, peinait et se désespérait. Il n'avait pas l'habitude de ce travail. Il se pressait trop.

— Tu vas trop vite, disaient ses camarades de chantier. Tiens, il faut faire levier sur la pelle... Pour se servir de la pioche, c'est autre chose. Il s'agit de comprendre la nature de la terre. Il faut l'entamer, provoquer une petite fissure. Quand ton fer pénétrera dans cette blessure, tu pèseras doucement. Tout un quartier se détachera... Vois comme je fais... La garce résiste!... Il faut contourner ce morceau de granit... La vache est forte!... mais on doit l'avoir... Bon Dieu! Ça y est.

Un bloc s'écroulait sous la pioche de Martini. Anselmo Baïa émiettait ce bloc et le ramassait en larges coups de pelle aisés.

Pierre Gilieth prit la pioche des mains de Martini. Au bout d'une demi-heure, la paume de ses mains, brûlée par le frottement contre le bois, ne pouvait plus serrer le manche de l'outil.

— On finit par en prendre l'habitude, dit Anselmo Baïa. Moi, vois-tu, j'aime la terre comme on aime un chien. Il existe des terres qui s'arrangent bien. C'est joli à l'œil. En France, la terre s'arrange bien. J'ai vu là des remblais, eh bien! mon vieux, tout ce que je peux te dire, c'est que c'était beau à voir, lisse et régulier, et correct, des remblais doux comme une peau de femme. Parle-moi de la terre sans herbes. Les herbes, c'est la vermine de la terre.

Il prit une outre en peau, la leva au-dessus de sa tête, et laissa couler un jet mince sur ses dents à peine entrouvertes.

— Ah! putain! fit-il.

Et il regarda la route qui se dessinait à peu près correctement à travers les éboulis de roches et les tristes matériaux empilés en vrac.

Gilieth fut très satisfait de s'entendre appeler par le sous-lieutenant Ricardo Perez.

— Mettez-vous en tenue, Gilieth, équipez-vous, avec vos armes et vous prendrez le commandement d'une patrouille. Vous franchirez cette crête et vous avancerez jusqu'à ce que vous puissiez prendre la petite vallée en enfilade. On me signale du fort les mouvements insolites d'une vingtaine d'individus qui paraissent armés, paraît-il. Allez voir cela. Je vais me placer sur la crête avec une mitrailleuse pour vous appuyer. Choisissez vos hommes et commencez le mouvement tout de suite. Je serai à deux cents mètres derrière vous.

Gilieth prit avec lui Baïa, Martini, Mulot et Garrita, le « ninô de Badajoz » qui peinait comme un forçat dans les brancards d'une brouette.

Jusqu'à la crête, les quatre hommes marchèrent en groupe. Arrivés sur la crête, ils se couchèrent dans les cailloux et Gilieth, dissimulé derrière un bloc de granit, inspecta la vallée.

Elle s'étirait en longueur, nue, farouche et solitaire. Un aigle tournoyait très haut, au-dessus d'un petit groupe de rochers qui, de loin, ressemblait à un troupeau de chèvres noires et blanches couchées sur le sol.

Gilieth déploya ses hommes en tirailleurs à dix pas. L'arme à la main, ils avancèrent pour gagner le fond de la vallée. Les légionnaires marchèrent sans rien apercevoir pendant trois ou quatre cents mètres. Soudain, Gilieth découvrit une dizaine de Marocains assis dans l'herbe. A côté d'eux, des chevaux essayaient de ronger à même le sol quelques rares touffes d'herbe.

Les légionnaires se couchèrent, prêts à commencer le feu.

— On dirait des partisans, fit Gilieth.

Il se releva, brandit son arme au-dessus de sa tête.

Les cavaliers l'aperçurent et se levèrent également. Un Européen, vêtu de gris clair et coiffé d'un feutre à larges bords, se mit à courir au-devant des soldats.

Ceux-ci, regroupés autour de Gilieth, attendaient tranquillement le gros personnage, dont les intentions paraissaient tout à fait paisibles.

Gilieth se retourna. De l'endroit où il se trouvait,

on ne pouvait apercevoir le fort, mais on découvrait la crête et les hommes du sous-lieutenant installés derrière un petit monticule de pierres.

— Salut, salut, légionnaires... Nous nous sommes égarés. Nous aurions dû suivre la piste jusqu'au bout pour rejoindre Bou Jeloud... Vous êtes bien de la garnison de Bou Jeloud?

— Oui, répondit Gilieth. Que venez-vous faire par ici?

— Affaires indigènes, service géographique, dit le gros homme, en s'essuyant le visage et le cou... Attendons mon escorte et puis, vous nous conduirez au poste. Nous serons heureux de loger chez vous pour cette nuit, car il paraît que les nuits ne sont pas franches dans ce coin-là.

— Il vaut mieux ne pas traîner dans le bled après le coucher du soleil. Mais, avec votre escorte, vous ne devez pas craindre une attaque de maraudeurs.

Gilieth, à la dérobée, observait avec attention le large visage imberbe du géographe égaré.

— Vous ressemblez, monsieur, à quelqu'un que je connais... que je connais, c'est-à-dire que j'ai vu une fois... Monsieur Cecchi, le propriétaire du *Triana*.

— C'est bien possible, répondit le voyageur. Tous les gros hommes se ressemblent... Ce n'est pas la première fois que je suis la victime d'une méprise. Je dis bien victime car il ne me paraît pas honorable d'être confondu avec le patron de cet abominable bordel que l'autorité militaire ne tardera pas à boucler. J'habite Tetouan, monsieur, et d'être doublé par un pareil personnage me fait mourir d'indignation.

Gilieth marchait à côté du géographe. Cet homme, en vérité, ressemblait à Cecchi à peu près autant que l'inconnu de Barcelone ressemblait à Bardon.

Mais une mauvaise pensée germait dans le cerveau de Gilieth.

Les partisans montés escaladaient au trot la pente. Ils atteignirent la crête où le sous-lieutenant Perez les attendait.

Gilieth rentra au poste, plus préoccupé qu'il ne le laissait paraître. Après la soupe, il endossa son manteau, prit son bidon rempli de vin et s'en alla fumer sa pipe à l'écart des autres, derrière les barbelés. Mulot ne tarda pas à le rejoindre.

— Tu es seul? demanda Gilieth... Tiens, assieds-toi là et gaffe si personne ne vient. Bon... Tu es bien avec le sergent en premier, le secrétaire du « Fossoyeur ». Rends-moi le service d'essayer, en douce naturellement, de lui faire dire le nom et la profession du gros type qui dîne au mess des officiers. Nous ne saurons rien par les partisans, qui m'ont tout l'air d'être des « réguliers » maquillés.

— Ce type-là, dit Mulot, ressemble au bonhomme que nous avons vu la veille de notre départ, au *Triana*... le copain de Lucas. Je ne me rappelle plus son nom.

— Cela ne m'a pas frappé, fit Gilieth.

Le lendemain, sur la route, Mulot attira Gilieth derrière le rouleau compresseur.

— J'avais raison. Le géographe n'est pas un géographe. C'est un type qui se fait appeler Cecchi et qui appartient à la police. Il s'occupe de la politique et le gars rôde dans les postes sous un prétexte quelconque, pour se rendre compte — hein, je te donne ça comme on me l'a donné — du loyalisme des officiers. Il paraît que ça barde à Madrid et dans le Nord de l'Espagne.

Gilieth reprit son travail. Il se sentit traqué encore une fois. Le bruit stupide du rouleau qui écrasait les pierres lui devint insupportable. Sans bien se rendre compte de ses gestes, il travaillait fiévreusement. Cette activité surprenante révolta ses camarades :

— Hé vieux, tu veux finir la route ?...

Gilieth sourit au boniment et s'arrêta, les mains appuyées sur le manche de sa pioche. Son torse nu, puissant et bronzé, luisait au soleil. Il pensa alors à Aïscha la Slaoui. Un instant, l'histoire de Klems, le légionnaire du 2ᵉ régiment français lui revint à la mémoire. Il prendrait son fusil, des cartouches. Il enlèverait la Marocaine. Elle le conduirait vers le Sud, le Sud, maintenant encombré d'autocars. Cette fille l'introduirait dans un douar dont il deviendrait le caïd. Alors, on verrait ce que peut valoir un homme comme le légionnaire Pierre Gilieth. La saveur douce et salée du sang lui monta aux lèvres. Dans la poche de sa chemise, il tâta son portefeuille bosselé par « la Belle », cette cartouche sacrée, tenue en réserve. Gilieth la prit, la soupesa et, après l'avoir contemplée quelques secondes, il en mâcha la pointe de nickel. Il n'était pas possible que cette cartouche manquât son but. Mais il fallait s'entendre sur le choix de ce but.

« Il faut patienter », pensa Gilieth.

Sa résolution était prise. De son pas lent et balancé, il se dirigea vers Mulot qui jetait un seau d'eau contre les roues du rouleau. L'eau fumait ; les torses nus qui entouraient cette machine stupide ruisselaient d'eau.

— Mulot, as-tu du vin ? dit Gilieth.

Mulot tendit son bidon. Le vin était tiède. Gilieth but longtemps, tant qu'il eut soif.

— Ah ! fit-il, merci, je la crevais. Ce soir, je descends chez les Fathma, tu viendras avec moi. Je paye un godet.

Le coup de sifflet du lieutenant Furnyer, qui

commandait la corvée, ramena les hommes vers leurs vareuses et leurs équipements accrochés aux faisceaux.

Déjà, la demi-section de mitrailleuses regagnait le poste. En colonne par quatre, les légionnaires fourbus, les yeux hors de la tête et la bouche sèche gravirent péniblement le raidillon qui accédait au fort qui semblait couver dans ses murs toute la chaleur de la journée.

Gilieth se laissa tomber sur son lit de camp. Le bien-être qu'il éprouvait à se trouver sur le dos, les jambes pendantes, l'enroulait dans les spirales d'un vertige agréable. D'un coup de reins, il rompit le charme, se redressa et commença à se déséquiper. Il changea d'espadrilles et de chemise.

— Il est trop tard pour descendre, dit Mulot.

— Ce sera pour demain, répondit Gilieth. Demain, j'irai à l'ordinaire, c'est mon tour, je t'emmènerai acheter des oignons dans les souks. Nous aurons le temps de passer chez Aïscha.

— C'est demain matin que la bourrique se débine, dit Mulot. Il rentre à Tetouan. Je sais tout cela par le « Balero ». Qu'il se casse la gueule dans le ravin près d'Azila, c'est tout ce que je lui souhaite. Tu vois que je ne suis pas si vache que ça.

Gilieth, allongé sur son lit, ne cessait de se répéter :

« Il faut attendre, il faut attendre. Je ne crains plus rien maintenant, car je suis certain de mourir à l'heure que j'aurai choisie. »

Cependant, le sacrifice de sa vie n'était point si absolu qu'il se plaisait à le croire. Toute la nuit, il rêva qu'il s'enfuyait vers le Sud, le Sud merveilleux qui anime le cafard des légionnaires. Aïscha marchait devant lui habillée comme la Sulamite. Et les peuples nomades se prosternaient devant Gilieth.

CHAPITRE XII

Gilieth et Mulot, un sac de toile jeté sur l'épaule, se mêlaient à la foule des djellabas feuille morte qui se pressait autour des soukiers assis en tailleurs devant leurs légumes, leurs poulets étiques et leurs pigeons attachés en botte par la patte. Comme tous les marchés maures, celui de Bir Djedid sentait le suint de mouton, le beurre rance, la sauterelle grillée et cette odeur spéciale aux djellabas, même quand elles sont neuves, rangées par piles dans l'échoppe du marchand. Dans un coin de la grande place que l'on appelait le méchouar, un charmeur de serpents et un bouffon se disputaient les spectateurs. Chacun d'eux avait déjà réuni son public : un premier rang de spectateurs accroupis et, debout derrière le premier rang, quelques légionnaires descendus au méchouar pour les corvées quotidiennes de ravitaillement.

Gilieth et Marcel Mulot appelèrent le caporal Sima, qui roulait sa cigarette en regardant d'un œil gai le maigre comédien se démener dans ses loques sordides.

— Sima, écoute voir un peu, mon poteau. On

va te laisser nos sacs un moment, le temps de faire une petite course et l'on revient.

— Pas de blagues, au moins, fit le caporal. Mettez vos sacs là. Mais n'oubliez pas le rassemblement ici, à cette place dans trois quarts d'heure. J'attends El Flamenco et les autres qui sont allés chercher de l'huile chez le caïd.

— On sera là, vieux. Merci... Dans une demi-heure, nous serons de retour. Il y aura un anis pour toi chez Prospero.

Prospero était le cantinier du poste : un ancien légionnaire assez madré.

Gilieth et Mulot disparurent dans la foule. Ils ne tardèrent pas à pénétrer dans Dar Saboun.

A dix heures du matin, le quartier dormait encore. Toutes ses ruelles étaient déjà chaudes et leurs petites maisons moroses, dont certaines étaient couvertes de tuiles, paraissaient inhabitées. Un chat maigre et noir, assis à l'ombre d'un mur, surveillait curieusement la marche rapide des deux soldats. Cette activité le surprit à tel point qu'il se détendit, haussa son dos en ogive et se glissa prestement dans l'ouverture d'une porte.

La maison de Kadidja reposait dans le silence et la fraîcheur. Une vieille servante noire lavait à grande eau le sol du patio recouvert de petits carreaux de faïence verte.

— La patronne n'est pas là? demanda Pierre Gilieth.

La négresse secoua la tête négativement et montra la direction du méchouar.

— Elle est sur la place, dit Mulot. Je l'ai rencontrée tout à l'heure. Elle achetait des tomates.

— Et Aïscha?

Une petite fenêtre qui donnait sur la galerie qui

entourait le patio laissa voir la tête d'Aïscha dont la coiffure était bien serrée dans un mouchoir jaune et rouge. La Slaoui riait gentiment. Elle envoya un baiser à Gilieth, à l'européenne.

Gilieth grimpa vivement le petit escalier humide percé dans la muraille. Il trouva Aïscha dans sa chambre. Elle pilait du henné dans un petit mortier de cuivre. Ses talons nus étaient barbouillés de la pâte colorante qui ressemblait à de la bouse de vache. Pierre Gilieth baisa sur les lèvres sa « bonne amie » comme il l'appelait.

— Veux-tu nous servir quelque chose à boire? demanda-t-il.

Aïscha chaussa ses babouches de soie verte ornées de broderies d'argent et de soie violette et rose, ses babouches d'intérieur.

— Parce que c'est toi, dit-elle... car la maison est fermée... Mais parce que c'est mon gentil petit z'ami, la patronne ne dira rien.

Elle descendit avec Gilieth et s'installa dans le comptoir. Marcel Mulot, grave et goguenard, buvait son godet d'anis en suçant son verre comme un enfant qui tète.

— Tu ne dis rien, Pedro, gémit la jeune femme.

Ses beaux yeux luisaient de douceur et de soumission. La force de Gilieth l'émerveillait tant, qu'à côté de cet homme, elle devenait sérieuse et raisonnable.

Gilieth lui caressa le menton et, machinalement, les cheveux sur les tempes. Il se mit du henné au doigt, ce qui fit rire Aïscha. Elle voulut lui dessiner des résilles au henné sur le dos de la main.

— Allez, allez, fit Gilieth.

La Marocaine baissa les paupières devant la lumière incompréhensible de ces yeux bleus qui la dominaient.

Mulot souriait, très poli devant Aïscha qu'il appelait « senora ». L'usage du vieux « Milieu », dont il gardait les belles manières, n'était-il pas de respecter la femme d'un ami ? Et la femme de Gilieth, personne ne l'ignorait, même parmi les jeunes officiers, c'était la grande Slaoui de la « maison » de Kadidja.

— Écoute, fit Gilieth... Approche plus près... Toi, Mulot, tu es témoin...

Il prit d'une main le bras nu et doré d'Aïscha et, de la pointe de son couteau, il traça une croix sur la peau fine. Le sang apparut en petites perles. Aïscha jeta un cri, mais Pierre Gilieth, sans se presser et sans lâcher le bras, posa ses lèvres sur la légère blessure et il suça le sang.

A son tour, il tendit à la femme son bras nu et son couteau.

— Allez, senora, tracez la croix... dit Mulot.

Aïscha prit le couteau et, en deux coups rapides, elle fit apparaître le sang. Elle se pencha et, comme l'avait fait Gilieth, elle le suça. Gilieth sentit le souffle de la jeune femme, la caresse de ses lèvres et celle de ses longs cils sur sa peau cependant tannée qui ne recouvrait que des muscles.

— Alors, vous êtes mariés, dit Mulot.

Et se tournant vers Gilieth :

— Tu permets ?

Il baisa Aïscha sur ses joues rondes et fermes :

— Maintenant... si tu as besoin d'être protégée quand Gilieth ne sera pas là, tu t'adresseras au clairon Marcel Mulot.

Gilieth mit un peu d'alcool sur sa marque et descendit la manche de sa chemise.

— Aïscha, tu es maintenant ma femme. Tu sais ce que cela veut dire... Je suis venu ce matin pour accomplir la cérémonie en présence de Marcel.

Tu es mariée à la mode de chez nous. Écoute donc bien ce que je vais te dire... Ce soir, quand les officiers descendront ici, dès que ta taule sera consignée aux légionnaires, tu verras entrer avec eux, un civil gros et propre, vêtu d'un costume gris, comme en portent les touristes. Tu feras tout ce que tu as appris pour séduire cet homme. Il faut qu'il t'invite à sa table. Maintenant, écoute-moi bien : tu travailleras avec intelligence. Pas trop de paroles, juste les mots qu'il faut dire. C'est délicat, hein, Mulot?

— Aïscha saura bien, répondit le clairon.

— Alors, voilà : le civil ne montera probablement pas dans ta chambre. Mais tu tâcheras de l'accaparer. Quand tu le verras bien mordu, comme par hasard, tu t'adresseras à Arkaïa ou à une autre, ou à Planche-à-Pain. Et tu diras tout haut, de façon que le gros t'entende bien : « Tiens Arkaïa, Gilieth a laissé ses cigarettes sur le comptoir. Tu les lui rendras, car je ne veux plus lui parler. » Alors, tu me raconteras demain toute la scène. Regarde bien le visage du géomètre — car c'est un géomètre, un géographe, etc. — S'il te parle de moi, tu écouteras et tu tâcheras qu'il se dégonfle.

— Se dégonfle? interrogea Aïscha, attentive.

— Oui, qu'il te raconte tout ce qu'il remue dans la tête à mon sujet...

— Bien, mon chéri... Viens demain...

Les deux légionnaires rejoignirent en courant le caporal Sima au méchouar.

— Ah! ce n'est pas trop tôt!... J'allais rentrer sans vous... Tiens, Gilieth, prends ton sac, Baïa est déjà parti avec quatre autres et l'araba du capitaine-médecin.

— Tu aurais pu mettre nos sacs dedans, fit Mulot.

— C'était plein à ne pas démarrer... J'avais hâte

141

de remonter... car là-haut, les deux compagnies sont en foire. Il paraît qu'on attend du renfort. C'est Manolo, de la T.S.F., qui vient de recevoir une émission de Tetouan.

Les légionnaires, visiblement intéressés par cette nouvelle, se hâtèrent de rejoindre l'araba qui oscillait dans le mauvais sentier à flanc de colline. L'escouade poussait la voiture au cul pour soulager le mulet accablé sous la charge des approvisionnements. En pénétrant sous la porte, Pierre Gilieth constata qu'un branle-bas général révolutionnait la grande cour, les baraquements et la boulangerie.

— Qu'est-ce qu'il y a? demanda-t-il aux hommes de garde.

— On attend une compagnie de renfort... Il faut trouver des places pour cent cinquante hommes, des chevaux et un « padre ».

Gilieth posa son sac près de la cuisine. Il allait regagner sa baraque quand le capitaine Weller l'interpella.

— J'ai une bonne nouvelle à vous annoncer. Vous êtes nommé caporal. La décision est au rapport. Vous êtes affecté à la deuxième escouade de la première compagnie, sous les ordres du lieutenant Furnyer, faisant fonction de capitaine.

Gilieth balbutia quelques remerciements et fit demi-tour par principe. Il entra dans la chambrée et, en manière de plaisanterie, les hommes rectifièrent la position au pied de leur lit.

— Repos! commanda Gilieth.

Étalé sur son lit, il se fit donner des explications. Lui, Gilieth, était promu cabo, ainsi que Marcel Mulot, qui devenait donc en la circonstance clairon-chef de la « banda » de Bou Jeloud. Le capitaine Weller passait commandant et prenait la direction des deux compagnies et de la troisième que l'on attendait en fin de journée. Les légionnaires sentaient l'aventure dans l'air. Cela produisait, comme toujours en pareil cas, une certaine effervescence.

— On m'a dit, déclara Martini, qu'à Taffah, c'est plein de troupes : des régulars, des spahis, des partisans, de l'artillerie et des avions. On attend la sixième bandera qui doit s'amener en douce du Penon d'Alhucemas et de Melilla. C'est un bataillon de chasseurs de montagnes qui doit occuper le Penon d'Alhucemas.

— Où as-tu appris cela ? demanda Gilieth.

— C'est l'ordonnance indigène du gros géomètre qui l'a confié au sergent de l'infirmerie.

La dernière entrevue de Fernando Lucas avec Cecchi, dans le café-chantant de la rue de la Luneta, ne contribuait pas à embellir la vie de ce légionnaire d'occasion. Une lettre venue de Barcelone attendait Lucas au bureau du sergent en premier de la compagnie à Dar Riffien. Elle était écrite en termes brefs, d'une grande précision. Elle corroborait parfaitement les avertissements désintéressés et, par cela même, un peu irritants, de l'impresario de Tetouan.

Fernando Lucas savait accepter tous les risques dont il avait, depuis longtemps, évalué la quantité et la qualité. Il était brave dans l'exercice de sa profession. Mais sa profession n'était point celle qu'il avait adoptée en revêtant l'uniforme de la Légion.

En partant de Barcelone, il pensait bien que son séjour à Dar Riffien ne dépasserait pas les limites décentes de quelques semaines. Depuis dix mois, à ce jour, il vivait tant bien que mal cette rude existence, dans un milieu honnête qui le déroutait.

Il ne parvenait pas à comprendre les raisons anormales de cette honnêteté relative. Cette vie collective, bien rythmée, exaltée quotidiennement par l'orgueil extraordinaire de la Légion, le déconcertait. Il ne retrouvait point là l'image réduite d'une société qu'il croyait connaître, car il en avait analysé les éléments en d'autres lieux. Fernando Lucas, sous ses habits de légionnaire, se sentait terriblement gêné. Il perdait ainsi un peu de cette activité qui n'était que l'activité faussement indépendante d'une machine tout aussi bien organisée que la Légion. La lettre reçue de Barcelone — et qu'il relisait pour la dixième fois — ne lui laissait aucun doute au sujet de ses projets.

A la pensée qu'il allait encore une fois entrer en conversation avec le « Chinois » un petit frisson désagréable le parcourait de la nuque aux talons. Il grimaçait devant cette situation, de l'amertume plein la bouche et plein l'âme.

Le lendemain de son retour à Dar Riffien, Fernando Lucas se présenta au bureau du colonel.

— Qu'est-ce que tu lui veux ? demanda le sergent en premier, aplati comme un crapaud presse-papiers au centre d'un monceau « d'états ».

— Le colonel sait, répondit Lucas. C'est pour un changement de compagnie.

— C'est bon. Attends devant la porte...

Une demi-heure plus tard, le capitaine adjudant-major passa devant Lucas figé dans une attitude conventionnelle. Sans même le regarder, l'officier lui dit :

— Entrez, le colonel vous attend.

Le bonnet entre les mains et le cœur mal à l'aise, Fernando Lucas heurta à la porte.

— Entrez!

Il poussa la porte et s'avança vers le colonel qui, debout contre son bureau, les mains dans les poches, l'attendait en suçotant une cigarette de datura.

— Que voulez-vous?

Lucas sentit que sa pomme d'Adam lui remontait dans la bouche. Il ébaucha un vague geste d'excuse et commença son histoire. Le colonel l'excuserait. Il se rendait bien compte que tous ces changements de compagnie excédaient le colonel. Mais, lui Lucas, n'était qu'un pauvre détail d'un organisme tout-puissant.

Il fouilla dans sa poche, laissa tomber un papier pour le ramasser et tendit, enfin, la lettre qu'il venait de recevoir au colonel dont l'attitude n'encourageait guère le solliciteur.

Le « Chinois » lut la lettre et la rendit à Lucas. Il fit quelques pas et revenant se planter bien en face de Fernando, il lui révéla ses impressions du moment.

— Vous commencez à m'embêter, vous, avec vos histoires. Il y a trop longtemps que cela dure. Je vous donne... écoutez-moi bien, je vous donne un mois pour réussir, c'est-à-dire adopter une attitude qui, d'une façon ou d'une autre, vous obligera à me débarrasser de votre présence. Vous avez de la chance. Une compagnie sera cette semaine expédiée en renfort. Je vais vous affecter à cette compagnie. Mais que je n'entende plus parler de vous... A aucun prix, si ce n'est pour me montrer votre rapport définitif que je me réserve le droit de modifier si ma conscience me l'impose. Allez.

Lucas ne se fit pas répéter cet ordre. Il était si ému en sortant du bureau que les scribouillards s'en aperçurent :

— « El Chino » t'a passé quelque chose, hein, vieux !

— Non, répondit Fernando Lucas, en reprenant son sang-froid, c'est le ton de sa voix qui est comme ça. On croirait qu'il gueule, mais il parle.

Deux heures plus tard, par la voix réglementaire du rapport, le légionnaire Lucas connut qu'il serait affecté à une compagnie de marche qui allait partir pour rejoindre les deux compagnies de la bandera : *Le Christ et la Vierge.*

— Où va-t-on ? lui demandèrent des camarades. Tu dois savoir cela, toi qui sais tout. A Carthagène ?

— Ce n'est pas dans cette direction, mais vous pouvez me traiter de menteur si vous ne montez pas en camions pour la direction du Sud.

— Lucas a raison, dit un clairon. Mulot, qui vient de passer cabo, m'a écrit qu'ils étaient dans les djebels du côté de Taffah, à Bou Jeloud. Ils n'attendent que nous pour entrer en campagne.

— Je m'en doutais... Hier, dans la nuit, Schmidt, qui était de garde, m'a dit qu'il avait vu passer en gare trois trains à la file. Il y avait des canons sur les plates-formes. A peu près six batteries.

Mais déjà le clairon rappelait les hommes. Les sous-officiers s'affairaient. Les légionnaires sortaient des magasins, les bras chargés d'effets. Sur les lits des caporaux des boîtes de chargeurs en piles attendaient la distribution.

Les soldats chantaient, tant il est vrai qu'il faut une grande expérience de la vie militaire africaine pour savoir où l'on se trouve bien.

Durant ces préparatifs, à deux cents kilomètres de Dar Riffien, par la route, le poste de Bou Jeloud s'apprêtait à recevoir le renfort en commentant cet événement par des hypothèses au désir ou aux craintes de chacun.

La compagnie de Gilieth était occupée à monter des tentes à l'intérieur du poste afin de laisser libre un bâtiment pour les hommes de renfort. Les lieutenants et sous-lieutenants se partageaient quatre chambres sur les huit réservées aux officiers. Le sergent infirmier dut céder sa place au padre. Pour ces raisons, la mauvaise humeur qui rendait les aventuriers hargneux comme des taons, les empêcha de goûter, comme il se devait, le départ de don José Angel, dit Cecchi.

« Lard américain », comme l'avaient surnommé les légionnaires, précédait, en sommeillant sur son petit cheval gris et blanc, les vingt partisans hautains et loqueteux, le mousqueton au poing appuyé sur le devant de la selle. Don José Angel subissait particulièrement les morsures d'un soleil matinal qui semblait prendre à cœur de lui faire regretter ses excès de la nuit, chez Planche-à-Pain.

Il n'y eut que deux légionnaires sur six cents pour contempler avec un intérêt discret le départ de cette cavalcade peu décorative qui chevauchait, à petit bruit, dans la direction de Xauen. La sécurité était assurée, paraît-il, par des postes de « régulars » et des patrouilles de cavalerie indigène.

— Que le soleil le fasse éclater, dit Gilieth quand don José Angel et sa suite eurent disparu derrière une crête.

— Qu'il crève la gueule ouverte, seul dans le bled, en appelant sa mère, conclut le caporal-clairon.

Encore une fois, Pierre Gilieth se sentait renouvelé

de la tête aux pieds. Le double galon de laine qui encerclait le bas des manches de sa vareuse constituait un signe évident de protection. Il ne cessait de répéter :

« On ne peut pas arrêter, en plein bled, la veille même d'une attaque, un caporal de la Légion. » Il n'avait pas oublié, cependant, les images secrètes de son crime. Il se rappelait également, avec une étonnante précision visuelle, le joli visage de la petite femme saoule et sa robe maculée de sang. Ces appels du passé devenaient de plus en plus rares, car la Route se montrait une maîtresse épuisante et jalouse. Elle usait tous les hommes à son service et ne leur permettait pas de rêver pendant les heures de repos. Depuis que Gilieth travaillait sur cette route infernale, il ne savait plus lui-même d'où il venait ni où il allait.

Une sorte de frénésie domptait les éléments intimes de sa personnalité. Coûte que coûte, Gilieth et ses camarades devaient pousser la route en avant, déplacer les rocs brûlants, aplanir le sol, casser les cailloux, afin de permettre aux lourds camions de gagner la partie pour la vieille Espagne qui les payait. Abruti par la fatigue, il dormait sur le dos, la bouche ouverte. Quand il ne dormait pas, il buvait et descendait retrouver Aïscha.

Il aimait caresser ses bras frais comme l'eau d'une seguia dans un beau jardin. Il aimait la beauté de cette femme, si parfaitement jeune, même au plus secret d'elle-même. Il l'aimait parce que la Slaoui se montrait une compagne selon ses désirs, des désirs qu'il ne pouvait définir. Aïscha connaissait la valeur du sang et l'appel rayonnant des images sans nom qui ne peuvent se découvrir qu'au-delà des pistes. Elle eût pris sur ses épaules le sac de Gilieth, si celui-ci était venu un soir, avec armes et bagages la prendre par la main et l'emmener avec lui dans le Sud.

Le caporal Gilieth surveillait et aidait ses hommes qui installaient les guitounes devant les écuries. L'arrivée du renfort excitait la curiosité. Mais il songeait également à la nuit que la Slaoui venait de passer à côté du « Lard américain ».

Maintenant, quand Gilieth parlait de la Slaoui, ou simplement quand il la mêlait à ses inquiétudes, il disait : Ma femme.

CHAPITRE XIII

Gilieth conduisait une corvée de ravitaillement dans Bir Djedid, quand il entendit les clairons sonner devant la porte du poste. Il sut ainsi que le renfort défilait devant le commandant Weller.

Gilieth n'était pas mécontent. Il avait pu se reposer quelques minutes chez Planche-à-Pain et Aïscha lui avait raconté, point par point, en comptant sur ses doigts, afin d'aider sa mémoire, les événements de la nuit. Don José Angel, dit Cecchi, dit le « Lard américain » ou le « Lard d'Amérique » ou le « Yankee salé » avait passé la nuit à côté d'elle. Il avait bu avec des lieutenants. Il s'était montré d'une pingrerie révoltante envers les femmes.

— J'ai passé une partie de la nuit à l'écouter parler et il ne m'a donné que cinq pesetas pour m'avoir fait perdre mon temps.

Plusieurs fois dans la conversation elle avait, négligemment et adroitement, de la manière la plus naturelle du monde, prononcé le nom de Gilieth. Le « Lard d'Amérique » n'avait pas bronché. A la fin de la nuit, tandis que les jeunes sous-lieutenants, écrasés par la fatigue, sommeillaient devant les bouteilles de Royal El Kebir, étiquetées comme des princesses de choix, Aïscha était demeurée seule en présence de don José Angel qui ne lui demanda aucun renseignement sur Pierre Gilieth.

— Tu peux être tranquille. Il ne connaît même pas ton nom. Mais est-ce bien ton vrai nom, celui de ton père?

A la suite de cette conversation, le grand Gilieth avait rejoint ses hommes qui discutaient avec animation sur le prix des oignons et des pommes de terre dont ils emplissaient leur araba.

— Ça, senor, disait le Marocain, en désignant ses oignons, tu ne peux pas trouver plus beau fruit : c'est un présent de la nature pour les califes. Prends encore ces tomates. Elles sont fermes et fraîches comme des houris de Dar Saboun? Prends...

— Tu vas fort, vieux, disait Mulot, qui s'arrangeait toujours pour accompagner Gilieth quand l'occasion se présentait. Et, ce jour-là, exempt de service, à cause d'une légère coupure à la lèvre qui l'empêchait de sonner, il était descendu en ville en laissant au Flamenco le soin de commander la « banda » pour saluer l'arrivée du renfort. La présence de Gilieth ennoblissait l'existence de Mulot. Il aimait Gilieth, à cause de sa grande force et de son visage dur de boxeur, au nez légèrement aplati.

Pour lui, Gilieth représentait encore l'élément le plus sentimental de son existence : Paris, ses musettes, les copains, les filles dévouées et crâneuses. Comme tous les hommes de la rue, mais de la rue dangereuse, Mulot estimait les silencieux. Ceux-là seuls étaient des chefs. Marcel Mulot respectait ses chefs militaires, parce que le respect s'incorporait tout naturellement dans le traité qui le liait à la Légion, mais il pensait que Gilieth était un chef de naissance. Ce qui change tout à fait la force sentimentale de la question.

Si Gilieth avait exigé de Mulot qu'il le suivît dans cette extraordinaire aventure vers le Sud, dont il parlait quelquefois, souvent en présence de la Slaoui, Mulot l'eût suivi, de même que cette fille dont l'imagination s'émerveillait dans les yeux durs de son amant.

— Tu seras caïd, toi aussi, disait Gilieth. A nous deux, avec quelques douzaines de bons fusils, on fonde une ville loin des c...

Pierre Gilieth pensait toujours à cette évasion vers le Sud. Il aimait les images que cette idée lui suggérait. Il n'en mésestimait pas la difficulté. Il savait qu'il était plus facile de déserter de la Légion française que de la Légion espagnole à cause du terrain. Le Sud ne pouvait prendre une signification pratique qu'au-delà de Bou Denib, vers la dissidence.

Ce matin-là, peut-être à cause des préparatifs du « barro » qui tourmentaient son cafard familier, Gilieth avait éprouvé sa femme. Pour déserter avec elle, il fallait de l'argent et lui, Gilieth, ne possédait que son prêt.

— J'ai plus de mille pesetas dans mon coffre, avait répondu la Slaoui, prends-les. Tu paieras avec cet argent notre voyage entre Taza et Bou Denib.

L'artiste officiel de la garnison, le terrassier Martini, avait tatoué sur le bras de la Marocaine le petit nom de Gilieth et sur la poitrine de Gilieth le nom d'Aïscha entouré d'une guirlande de lauriers que surmontait, inscrit dans une banderole, le nom de la bandera de Gilieth : *El Cristo y la Virgen*.

Gilieth, l'esprit neuf, comme une ardoise lavée d'un coup d'éponge, ne pensait pas du tout à

Lucas. Il fut donc très désagréablement surpris quand il le trouva à la porte du camp, en train de faire le pitre, selon son habitude, afin d'amuser la galerie.

— Tiens, te voilà, dit-il à Lucas, mais sans lui tendre la main.

— Ah! Gilieth, mon vieux Gilieth... mais tu es caporal maintenant?... Je suis content et je le regrette car cet honneur nous éloignera l'un de l'autre.

— Tu te fous de moi, dit Gilieth, en aidant ses hommes à décharger l'araba. Mais je te préviens qu'ici ce n'est pas le dépôt...

— Service, service, dit Lucas.

— Non, non, pas précisément; mais si j'ai un conseil à te donner, c'est de ne pas demander à passer dans mon escouade. Je te dis ça amicalement, parce que je sais que tu aimes le changement.

— Toujours le même, répondit Fernando Lucas, un peu vexé.

Il tourna le dos à Gilieth et rejoignit sa compagnie.

Quand Gilieth en eut terminé avec l'ordinaire, il s'en alla jeter un petit coup d'œil sur les gars qui venaient d'arriver par la route. Ils étaient venus à pied depuis Xauen : cent cinquante hommes, un capitaine, deux lieutenants, deux clairons et un « padre », l'aumônier Parichalar. Le capitaine de cette compagnie s'appelait Boyuno et les lieutenants, Ovidio et Barnabé Burian. Gilieth retrouva dans cette compagnie des hommes qu'il avait connus à Dar Riffien, tels que « Le Moro », et Pedro Garcias, le Bachelier de Salamanque. Il serra quelques mains et s'en alla inspecter sa guitoune. Puis il se mit en tenue et s'équipa, car il devait prendre la garde avec le sergent Muller, un Suisse, au poste de police installé à l'entrée de Dar Saboun. Le renfort, bien muni de pesetas, imposait certaines précautions d'usage.

Les légionnaires du renfort, pour cette première journée passée à Bou Jeloud, eurent quartier libre après l'heure de la sieste.

L'arrivée de soldats en armes dans Bir Djedid produisait toujours un grand effet sur les enfants qui suspendaient leurs jeux pour les suivre jusqu'à la première maison de Dar Saboun où le poste était installé dans une bâtisse toute neuve entourée d'un petit mur bas et d'un réseau de fils de fer barbelés.

Gilieth ayant posé son fusil au râtelier d'armes, après avoir placé un homme de faction devant la porte, fit un bond, sans se déséquiper, jusqu'à la maison de Kadidja.

Là aussi, c'était branle-bas de combat. Le renfort était attendu. La négresse rinçait les verres et Kadidja se faisait coiffer. On l'apercevait par la petite fenêtre de sa chambre. Elle adressa un sourire au légionnaire.

Gilieth appela Aïscha qui se hâta de descendre. Elle était vêtue d'un caftan bleu d'azur serré à la taille par une ceinture brodée d'or.

— Je m'en vais tout de suite, dit Gilieth en baisant la jeune femme sur les lèvres. Je suis de garde au poste de police. Mais je viens afin de te prévenir pour une cause importante. Dans le courant de la soirée, je tâcherai de m'absenter. Tu me verras peut-être revenir ici, avec un légionnaire. C'est un petit homme trapu et velu comme un singe. Tu regarderas bien cet homme. Et tu n'oublieras jamais son visage. Tu retiendras ta langue devant lui, et tu écouteras attentivement ce qu'il pourra dire quand je ne serai pas là. C'est mon plus grand ennemi, comprends-tu ? Plus tard, je t'expliquerai tout. Mais, pour l'instant, méfie-toi de cet homme et sois aimable avec lui.

Ne lui dis pas que tu es ma femme, mais laisse-lui croire que tu es ma fille d'amour et que je te donne tous mes sous.

Aïscha baissa la tête gravement.

— Oui, Gilieth, fit-elle.

D'un geste vif et charmant, elle prit le bras de son amant et le porta à ses lèvres qui effleurèrent le drap de la vareuse, à la saignée.

Dix jours après l'arrivée du renfort, le planton au poste de T.S.F. apporta une dépêche chiffrée au commandant Luis Weller. C'était l'ordre de former une colonne composée d'une compagnie de légion, de ses mitrailleuses, de deux compagnies de « régulars » et d'un groupe de partisans d'une soixantaine de fusils. Les divers éléments de cette colonne seraient placés sous les ordres du commandant Weller en personne. La direction du poste de Bou Jeloud serait confiée, en son absence, à l'un des deux capitaines, le plus ancien, commandant les compagnies qui devaient rester au fort. Une compagnie, toutefois, et une section de mitrailleuses devaient se tenir prêtes à partir, pour assurer la sécurité de la route, en cas de repli de la colonne Weller. Les divers éléments de cette colonne devaient opérer leur jonction dans la vallée, à deux cents mètres de Bir Djedid, sous la protection du poste. L'ordre de départ était fixé pour le lendemain à l'aube, c'est-à-dire un jeudi. Les « régulars » et les forces supplétives devaient se rassembler et coucher sous la tente dans la nuit du mercredi au jeudi.

Le commandant Weller avait été tenu au courant, quelques jours auparavant, des buts de l'expédition. Il s'agissait de disperser quelques pillards et quelques contrebandiers et d'établir, en se retirant, l'objectif atteint sur la frontière française, des petits postes de surveillance. Le commandant Weller laisserait dans chacun de ces postes une section de « régulars », une dizaine de partisans, une demi-section de légionnaires, commandées par un lieutenant et un sous-lieutenant. Des postes plus petits seraient également construits pour abriter une garnison d'une vingtaine d'hommes, « régulars » et légionnaires, commandés par un sergent de la Légion.

Dès qu'il eut reçu l'ordre d'avancer, le commandant Weller réunit tous ses officiers dans la grande salle du poste et leur exposa ses ordres et sa manière de comprendre ce mouvement de simple police.

— Furnyer, vous viendrez avec votre compagnie. Le sous-lieutenant Galvet s'adjoindra à la première avec deux pièces et un canon Lafite. Le capitaine Irigoyen prendra le commandement du poste en mon absence. Sa compagnie, sous les ordres du lieutenant Luis d'Ortega, se tiendra en réserve. Je n'aurai pas besoin d'elle, mais... sait-on jamais dans ce pays de montagnes.

Pendant toute la journée, le « Fossoyeur » ne fit qu'aller et venir à travers le camp. Il s'inquiétait des plus petits détails. Il parlait très peu aux hommes qui n'aiment pas beaucoup les officiers trop familiers avec eux.

Tout le poste était en rumeur. Chacun s'organisait et se préparait, quelquefois personnellement, pour cette campagne qui enchantait les légionnaires. Ils préféraient encore les risques, assez faibles en apparence, d'une mort violente au travail de terrassement devant un horizon sinistre de cloche à plongeurs.

Gilieth et Mulot appartenaient tous deux à la compagnie de marche. Quant à Fernando Lucas il demeurait à Bou Jeloud, « pour consoler les veuves de Dar Saboun ».

Gilieth qui, la veille au soir, était descendu au village en compagnie de Lucas, était tranquille de ce côté-là. Il avait présenté Lucas à la Slaoui en simulant la plus parfaite indifférence pour les gestes de la Marocaine. Lucas, de son côté, s'était conduit correctement.

Le malheur serait que la proie ne tombât pas dans ces filets adroitement tendus. Mais Pierre Gilieth ne pouvait douter de la réussite. Il connaissait assez Lucas pour comprendre que le camarade ne résisterait guère aux avances de la belle et rusée jeune femme.

Pour cette raison, il n'était pas mécontent de s'éloigner. Par son absence, il laissait le terrain libre devant Lucas. Celui-ci, avec son nez mobile de renard sensuel, ne manquerait pas de flairer et de suivre cette piste intéressante. Il était également possible qu'il laissât entrevoir, en songeant à l'amour, quelques aspects récents de ses méditations solitaires.

Gilieth n'avait pas été sans remarquer un certain changement dans l'attitude de Lucas. Depuis son arrivée à Bou Jeloud, l'ancienne ordonnance de Ximénès paraissait distraite par une inquiétude assez active que Gilieth connaissait très bien.

« Il a la frousse, pensa Gilieth. Le coin lui paraît dangereux. Lucas n'est pas un légionnaire. C'est un faux légionnaire. Si je fais la preuve de ce que je pense en ce moment, je le tuerai et je me tuerai après. Mourir d'une manière ou d'une autre... ça m'est égal. Mais, tout de même, je préfère choisir les raisons qui m'obligeront à mourir et ne pas laisser impunie la vache qui m'aura contraint à me tirer une balle dans le crâne. »

Tout en montant son sac pour le départ dans la

nuit, Gilieth sifflotait. Son esprit se calmait. Il se rappela Barcelone et sourit devant sa propre image qu'il évoquait : « La plus grande lâcheté, c'est d'avoir faim et de ne pas pouvoir satisfaire sa faim. »

La présence de Lucas revint sur l'écran où les films qu'il imaginait et qu'il revivait se déroulaient inlassablement. L'idée de tuer Lucas, le jour où il aurait les preuves de ce qu'il craignait, lui paraissait logique et parfaitement naturelle. Mais il abandonna celle de se supprimer. La Slaoui possédait des sous. Gilieth fuirait avec elle et Mulot, dans la montagne. Il s'imposerait dans certains douars dont il n'avait pas été sans connaître l'hostilité sournoise à l'occupation espagnole. Un peu plus loin, tout à fait au Sud de Targuist, il savait que le souvenir de Klems n'était pas éteint.

Klems avait su profiter d'une situation exceptionnelle. Toute la montagne crépitait de coups de fusil... Les conditions n'étaient plus les mêmes; mais Gilieth espérait pouvoir se tirer d'affaires grâce à cette révolution qui menaçait d'éclater en Espagne. Naturellement, ce plan d'évasion n'était qu'un plan de défense contre l'activité secrète de Lucas, qui représentait à cette heure le passé de celui qui avait été « l'homme inconnu de la rue Saint-Romain, rencontré à l'aube par trois noctambules ». Quand Gilieth se rappelait cette sale tache rouge dans sa vie, ce n'était point pour s'émouvoir au souvenir de la victime. Bien au contraire. Il se sentait comme absous par ce fait que le vieil homme avait su dissimuler parfaitement sa fortune et que lui, Gilieth, n'avait pu emporter que trois mille francs découverts par hasard dans une pile de mouchoirs. Cette pensée le mettait dans un tel état de fureur, qu'il eût encore, et cette fois pour le plaisir, étranglé ce misérable que la peur rendait effrayant. Quand Gilieth reconstituait son crime — et ces évocations devenaient de plus en plus rares — c'était pour évoquer, dans une gêne qui ressemblait un peu à de la peur, son extraordinaire rencontre au petit jour, avec cet idiot et cette jeune femme saoule qui lui avait noué ses bras autour du cou. Il revoyait nettement sa robe blanche, souillée par le sang qu'elle avait essuyé en se frottant contre lui. Cette vision aboutissait toujours à des provocations sensuelles. Que pouvait la justice et ses forces hallucinantes contre un homme qui était sûr de se libérer de tout, quand il le voudrait.

« J'ai bien tort de me tourmenter, se répétait Gilieth en faisant fonctionner la culasse de son fusil... *Eux* n'ont pas fait le sacrifice de leur vie. Moi j'ai fait le sacrifice de ma vie et je sais exactement où je m'arrêterai. »

Il posa son fusil au râtelier d'armes et s'en alla surveiller les préparatifs de son escouade.

Tout naturellement, Pierre Gilieth se montrait un excellent caporal. Son ascendant sur les hommes était immense car ils savaient que Gilieth était fort. Ils estimaient justement sa grande bravoure. Son sang-froid répondait du salut de toute l'équipe placée sous ses ordres.

Au milieu de la nuit les sergents pénétrèrent dans les chambres et fouillèrent les tentes d'un appel brutal. En un clin d'œil tout le monde fut debout. Les tentes s'abattirent. Accroupis dans la nuit, à la lueur d'une lanterne, les légionnaires les roulaient pour les monter sur les sacs. Au piquet, les mulets de la section de mitrailleuses poussaient de petits cris, ruaient et se mordaient le dos. Gilieth distribua les chargeurs. Les bidons étaient déjà pleins. Personne ne touchait à cette charge sacrée avant l'heure révolue. On but du café bouillant et l'on mangea sans appétit — il était trop tôt — les petits pains pas cuits que les boulangers avaient préparés pendant la nuit.

— Montez les clairons sur le sac, dit Mulot aux quatre hommes qu'il commandait. Vous ne pensez pas qu'on va défiler en soufflant dans les clarinettes. D'ailleurs les clairons marcheront dans leurs sections. Moi je vais à la liaison du commandant. C'est entendu de cette façon. Vous boulotterez chacun dans vos escouades respectives. Vu!

— Vu! répétèrent les clairons.

Les officiers attendaient, bien enveloppés dans leurs grands manteaux kaki, qu'ils avaient fait doubler de flanelle blanche.

L'ordonnance du commandant tenait son cheval par la bride. Elle alla se placer à la gauche des mulets attelés aux arabas des compagnies.

Le commandant Weller apparut sur le perron de la grande salle des officiers. A la porte du poste des hommes de garde attendaient l'arme au pied. La nuit était obscure et l'on ne voyait pas très clair parce que l'ordre avait été donné de ne pas allumer les lampes à acétylène.

Les légionnaires étaient alignés dans la cour, sur deux rangs, l'arme au pied. L'appel commença en tons et demi-tons, comme une gamme chromatique... « Manque personne... manque personne... personne... onne! »

— Manque personne! déclara à voix claire et haute le lieutenant Furnyer en saluant le commandant.

— Alors, en route. Descendez si possible avec

discrétion. Ce n'est pas la peine de réveiller toute la vallée.

Le commandant et le lieutenant Furnyer montèrent à cheval et prirent la tête de la colonne qui s'allongea bientôt sur la pente Est du poste, en ayant soin d'éviter le village endormi. Quelques affreux chiens se mirent cependant à aboyer. Un coq chanta.

Bientôt on aperçut dans la plaine, derrière une haie de lauriers-roses, le groupe sombre que formaient les compagnies de réguliers. Des chevaux hennirent. Les indigènes rompirent les faisceaux.

Un capitaine se présenta : « Capitaine Paco Caraz, des "Régulars" ».

Le commandant lui serra la main et celles de deux officiers dont on n'entendit pas le nom. Puis, sans perdre de temps, les troupes prirent leur formation de marche. En tête, une dizaine de partisans montés, une section de légion. Ensuite le gros des troupes, réguliers, convois, mitrailleurs. Une section de légionnaires, accompagnée d'une mitrailleuse, fermait la marche. A droite et à gauche de la colonne, une vingtaine de partisans battaient le terrain.

Personne ne parlait. On n'entendait que le bruit des souliers cloutés sur les cailloux du bled. De temps en temps, un cheval hennissait. Un galop s'arrêtait net. Le cavalier repartait.

A l'arrière les arabas grinçaient pitoyablement. Les conducteurs, à moitié endormis, dodelinaient de la tête, les jambes pendantes presque au ras du sol. Pierre Gilieth se trouvait à l'arrière-garde et Mulot marchait au milieu de la colonne, derrière le commandant et le lieutenant Furnyer, qui chevauchaient botte à botte.

CHAPITRE XIV

Aïscha se rendit aux bains, à l'extrémité de Dar Saboun. Toutes les filles du quartier se retrouvaient dans la cuve d'eau chaude. Elles jouaient, s'éclaboussaient d'eau, se chamaillaient, commentaient les événements du jour et surtout de la nuit. La Slaoui ne s'attarda pas, comme à l'habitude, au milieu de ses compagnes, qui, parfois, grâce à la langueur irrésistible du bain, devenaient pour elle plus que des amies. Elle se drapa dans son haïk et se hâta de regagner sa chambre. Elle marchait vite, en traînant un peu les pieds. Ses talons passés au henné ressemblaient à deux roses, celles de toutes les chansons d'amour célébrées dans les harems ou dans les bordels poétiques, au Maghreb, à l'heure où les terrasses s'animent de femmes honnêtes et multicolores.

Elle monta chez elle et commença, comme chaque jour, sa toilette compliquée devant la vieille négresse qui l'appelait « O Jasmin! ». Tout en se frottant les dents avec un petit morceau de bois pour les rendre blanches et plus brillantes que la lune, Aïscha regardait la photographie de Gilieth accrochée au-dessus de son lit au centre même de ce qui composait son trésor sentimental. C'était une photo carte postale, prise à Ceuta, devant la mer, au pied des palmiers, dans le jardin public, à l'entrée du boulevard Pulido. La photographie de Gilieth effaçait tous les autres souvenirs qui, sous la forme de cartes postales, reposaient dans l'un des coffres où Aïscha rangeait ses robes et sa lingerie. Deux éventails en papier qui représentaient des courses de taureaux encadraient le portrait de Gilieth.

La Slaoui contempla le visage de son amant. Elle le détacha, enfin, du mur et le glissa derrière une des horloges dont le balancier de cuivre et le carillon connu rythmaient les heures monotones de cette existence en vase clos où l'imagination fomentait paisiblement ses troubles les plus imprévus. Aïscha venait de comprendre qu'il n'était peut-être pas nécessaire que le portrait de Gilieth fût aperçu par l'autre, à cette place qui était celle de son cœur.

Tout en frottant ses dents petites et blanches, elle nourrissait savamment sa haine contre l'homme qui pouvait s'intituler l'ennemi de son amant. Elle considérait Lucas comme une sorte de crapaud velu et elle s'apprêtait à souffrir, car le seul contact de la main de cet homme sur son bras la contraignait à frissonner de répulsion. Pour cette raison, également, sa haine se fortifiait dans l'intelligence et dans la ruse.

Elle avait appris le départ de Gilieth. Les marchands venus de Xauen et qui avaient dormi chez les femmes de Dar Saboun racontaient à qui voulait les entendre que les infidèles se mouvaient le long des routes comme une longue chenille annelée. Ils désignaient ainsi les compagnies de renfort qui rejoignaient leur point de concentration.

L'un d'eux demanda à Aïscha : « Et ceux de Bou Jeloud ? »

— Ce ne sont pas ceux de Bou Jeloud, répondit Aïscha. Ceux de Bou Jeloud sont encore là. Tu peux te rendre, à l'heure du marché, sur le méchouar, tu les verras rafler, pour leur déjeuner, toutes les meilleures choses de la terre. Ils ne regardent pas au prix, car ils ne savent pas acheter.

— Oui, dit le marchand. Ils se croient malins. Mais c'est encore là une preuve de leur aveuglement. Un jour... l'étendard du Prophète...

— Un jour ?... interrogea Aïscha, en coulant un long regard vers le marchand.

Celui-ci n'acheva pas sa phrase.

Peu de temps après cette conversation, un enfant lui avait remis une lettre de la part d'un légionnaire. En mauvais espagnol, Pierre Gilieth l'avertissait de son départ. Il n'avait pu descendre à Bir Djedid car sa compagnie était consignée. Il lui recommandait d'être attentive, puisque le « démon » se trouvait toujours parmi ceux qui demeuraient à Bou Jeloud.

Gilieth pouvait escalader sans crainte — de ce côté-là — les pitons sinistrement silencieux qui bordaient la route suivie par la colonne Weller, la Slaoui tenait sa proie. Elle s'apprêtait à lui briser les reins et à la manœuvrer comme une chatte manœuvre une souris sous sa patte.

« Planche-à-Pain » n'approuvait pas la conduite de sa pensionnaire. Par principe d'abord. Car une femme amoureuse néglige la clientèle. Cette proxénète connaissait les hommes. Elle aussi, dans sa jeunesse, avait pratiqué tous les secrets qui leur ronge le cerveau et les rend plus faibles que des fillettes. Mais elle se méfiait des soldats infidèles de cette Légion, qui n'appartenaient pas à un même peuple.

— Tu verras, jasmin du Sud, que le mauvais signe plane sur ces hommes, comme le vautour sur la perdrix tremblante. Les autres hommes de leur race les flattent parce qu'ils les craignent. Les femmes de chez eux tiennent peu de place dans leur cœur. Sans cela, pourraient-ils vivre ainsi, loin de leurs regards ?... Pourquoi veux-tu, ô rose plus belle que toutes les roses de Xauen, combattre et lutter pour retenir l'eau dans ta main fermée.

C'était elle, cependant, qui lui avait donné les philtres qui fixent l'amour dans le cœur de celui qui les absorbe. Gilieth avait ainsi avalé, à son insu, une poudre insipide composée d'éléments saugrenus, dans une tasse de thé à la menthe.

— Je continuerai toujours à te protéger, ô rose de Salé. Mais, je te demande d'être gentille avec tous les clients.

Ce ne fut que le troisième jour après le départ de Gilieth que Fernando Lucas put descendre à Dar Saboun. Il était devenu l'ordonnance du lieutenant Luis d'Ortega qui l'appréciait parce qu'il savait jouer de la guitare et chanter des coplas rapides et désespérées.

Libre à des heures où ses camarades ne l'étaient pas, Fernando Lucas pouvait ainsi éviter la cohue des légionnaires trop bruyants. La plupart d'entre eux, quand ils avaient bu, devenaient méchants. Ils s'insultaient, se battaient quelquefois à coups de couteau; puis se réconciliaient. Ils pansaient eux-mêmes leurs blessures qui n'étaient souvent que de larges estafilades sur le torse dénudé. La vue du sang leur faisait plaisir. Ils rayonnaient d'orgueil. Les plus ivres lavaient leur sang avec de l'alcool.

Ils buvaient le mélange et s'estimaient des dieux.

Le lieutenant Luis d'Ortega descendait quelquefois, en compagnie de Lucas. Il se félicitait d'avoir choisi une telle ordonnance.

— Tu iras me chercher deux bouteilles d'anis chez Planche-à-Pain. Et le « peleon » ? Que dit-on du « peleon » dans votre charmante intimité ?

— Il ne fait pas revoir le pays, répondit Lucas.

— Ah, ah ! Salopard... Et chez Planche-à-Pain, votre Notre-Dame-des-Sept-Douleurs en lame-de-rasoir, que dit-on ? La Slaoui n'est-elle pas encore à l'hôpital ?

— Elle est saine, par la Vierge et son petit.

— Qu'en sais-tu, idiot... C'est une chasse réservée, hein ! Perez ?...

Le sous-lieutenant qui assistait à ce discours, se contenta de sourire en rougissant.

— Tu vois ce jeune homme... Oui... eh bien c'est un gaillard qui porte tout son prêt à cette fille de la douceur et pourquoi ? Pour que le caporal Gilieth se paie des ceinturons de fantaisie et des rafraîchissements pour la gueule. Car vous avez tous des grandes gueules, légionnaires. Toi, comme les autres, mon Fernando, tu as la gueule fendue et la pente bien faite... Quand je ne suis pas là, tu dois baiser la niña (c'était la bouteille d'anis) sur la bouche.

— Je ne bois pas...

— Tu ne bois pas ? Et pourquoi ne boirais-tu pas ? Si tu ne bois pas, c'est que tu n'es pas franc. C'est parce que tu gardes quelque chose de secret en toi-même et de si répugnant, sans doute, que tu n'oses pas taquiner les djinns bavards de la bouteille. Tiens, tu me rends malade... Voici cinq pesetas... Cours, ou plutôt descends en vol plané jusqu'à l'infernal paradis de Planche-à-Pain.

Fernando Lucas, la bouche fendue dans un large sourire se hâta d'empocher l'argent et de s'éclipser. Il était temps, car une botte lancée d'une main sûre vint s'aplatir contre la porte qu'il venait de refermer.

— Le vieux est à point, se dit Lucas... Il a retiré ses bottes... J'ai deux bonnes heures pour satisfaire aux exigences de ma profession.

Il passa en sifflotant devant la sentinelle méprisante. Il portait sous son bras sa guitare dans un étui de serge verte.

Quand il entra chez Kadidja, il fut salué par les acclamations enfantines de toutes les femmes qui battirent des mains.

Fernando Lucas s'inclina cérémonieusement. Il s'assit, sortit sa guitare de son étui et, la joue penchée amoureusement contre le manche de l'instrument, il se mit à l'accorder.

Les doigts galopaient avec habileté sur les cordes sonores. Il préluda, frappa le bois de l'instrument avec la paume de sa main droite et commença une copla de sa façon. En chantant, il regardait fixement la Slaoui. Pour cette raison, celle-ci l'appelait : la Culebra (le serpent).

> — *Ton baiser sur ma joue*
> *Fit un anneau de feu*
> *Et mon cœur se meurt de n'en point sortir...*

Les filles applaudirent, car elles comprenaient le canto flamenco.

— Attendez, attendez, fit Lucas.

Les doigts égrenèrent quelques accords. La voix puissante commença :

> — *Ay!...*
> *A la lumière de tes yeux, jeune fille,*
> *Il n'est plus de nuit possible,*
> *Plus de repos, plus de paisible attente...*

— Ah! pauvre homme, dit la Slaoui, mais ne connais-tu pas une autre chanson qui ne soit que pour moi, rien que pour moi.
— Écoute, senora, dit Lucas.
Il chercha un peu, la tête levée et lança le cri désespéré des chanteurs :

> — *Ay!...*
> *Ma chanson t'enveloppe ainsi qu'une chemise,*
> *Quand tu es nue, ô Slaoui,*
> *Ne la vends pas au Juif,*
> *Oh! jeune fille...*

— Viens, dit la Slaoui.
Lucas s'approcha et la Marocaine lui caressa la joue. Elle alluma une cigarette et la lui mit dans la bouche.
— Et te voici plus fier qu'un caïd à la fin du Ramadan, conclut Aïscha.
— Hamdoullah! Louange à Dieu! glapirent les femmes.
Fernando Lucas posa sa guitare sur une table. Il soupira :
— Ah! perle de mon cœur, je sais bien qui tu aimes. Ton novio porte le sac et le fusil sur une route pleine d'aspérités. C'est notre route à nous, pauvres légionnaires!...
— Il ne fallait pas te vendre au roi d'Espagne, répondit la Slaoui.
— Tu es dure, belle jeune fille.

Fernando Lucas examina sa conquête du coin de l'œil et changea de ton :

— Je vois qu'on peut causer avec la senora; elle connaît le monde et les usages.

Mais la Slaoui ne comprenait pas l'ironie. Elle se contenta de repousser la main de Lucas qui cherchait une ouverture dans le caftan couleur de blé en herbe.

— Sais-tu bien que je pourrai monter dans ta chambre quand je le voudrai. Les tarifs sont affichés ici.

— Quand tu voudras, mon chef. Je suis devant toi comme la gazelle en cage. Je n'ai pas peur des caresses de mon maître, mais je ne désire pas ses caresses. Donne à Moula Planche-à-Pain ce qu'elle te demandera et tu pourras comparer la saveur de mes baisers à d'autres... Et tu choisiras...

— Quand je voudrai, ricana Fernando.

— Quand tu voudras... certes. Mais ne te presse pas trop.

— Tu sais, Aïscha, que je suis bien avec un grand chef de Bou Jeloud ? Quand tu auras besoin d'une faveur, je pourrai parler pour toi... Mais tu aimes trop Gilieth.

— Gilieth ? Le caporal Gilieth ?... *Barak allahou fik !* C'est un homme qui m'aime comme tu m'aimes et qui paie à la patronne ce qu'il faut payer pour prendre le thé chez moi.

— Adieu !

Lucas se leva brusquement, prit sa guitare et ses deux bouteilles. Il remonta vers le fort en ruminant des projets qui ne s'accordaient point.

Il posa les bouteilles sur la table de son « patron » qui dormait profondément, couché sur le dos, le visage écarlate et la bouche ouverte en cornet.

Lucas ne jugea pas nécessaire de le réveiller. Il s'en alla furtivement sur la pointe de ses espadrilles et ferma la porte avec précaution.

Pendant l'absence de la colonne Weller, il couchait à l'infirmerie, en compagnie du sergent infirmier, le capitaine médecin ayant accompagné la colonne. On avait également élevé une cloison au milieu de la chambre de Furnyer pour y loger le « padre » qui ne voulait plus dormir dans l'infirmerie. Le « padre » jouait aux cartes avec le lieutenant Luis d'Ortega. Ce n'était qu'un pauvre homme qui affectait d'employer le langage des soldats. Il connaissait mal ces soldats qui le craignaient tout de même à cause de son extrême sévérité. Pour avoir la paix, Gilieth avait déclaré tout de suite qu'il appartenait à la religion réformée. Pour cette raison, le « padre » l'ignorait. En dehors des cartes, l'aumônier, un crayon à la main, méditait chaque soir sur les mots croisés que lui présentaient les journaux et les revues qu'il recevait de Tetouan.

Lucas se confessait au « padre » chaque dimanche au matin. C'est ainsi que l'homme d'Église fut le premier, bien malgré lui d'ailleurs, à pénétrer dans les projets les plus secrets du légionnaire Fernando Lucas. Celui-ci, ayant demandé le secret professionnel, l'aumônier garda pour soi ces confidences. En vérité, si le « padre » avait acquis des certitudes sur la qualité de Lucas, il se méfiait un peu de ses hypothèses qui lui paraissaient fragiles. Il lui donna, toutefois, l'absolution, en mettant ses péchés sur le compte du soleil.

Fernando Lucas descendait chaque jour à Bir Djedid et chaque jour il rendait visite à la Slaoui. Naturellement, il avait bu le thé dans sa chambre. Et, depuis ce jour, il s'irritait davantage devant les coquetteries de la Marocaine, bien plus rouée qu'il ne pouvait l'imaginer.

Lucas ne manquait pas de s'adresser de violents reproches. Il sentait le danger et se désespérait avec fureur de ne pouvoir le limiter à sa volonté.

Quand il se trouvait en présence de la Slaoui, bien qu'il eût étudié son attitude à l'avance — il en avait largement le temps pendant qu'il dégringolait le long de la colline — il se sentait, sinon décontenancé, du moins mal à l'aise. La crainte de Pierre Gilieth entretenait également cette inquiétude.

Tout d'abord, Lucas se crut libéré pour avoir partagé la couche inconfortable de la jeune femme publique. Il avait régulièrement payé ce qu'il devait à elle et à l'établissement. Mais, peut-être pour cette raison, cette étreinte ne le libérait point d'un désir dont il ne soupçonnait pas encore l'importance.

La Slaoui le recevait toujours avec gentillesse, une gentillesse professionnelle qui ne manquait pas de distinction.

Un soir que Lucas se dépitait discrètement de l'entendre rire avec d'autres hommes, mais des soldats comme lui, la Slaoui quitta la table où elle buvait pour venir s'asseoir à ses côtés. Il accusa trop vite le plaisir qu'il en ressentit. Il essaya de se reprendre, mais la fille ne put s'empêcher de montrer qu'elle avait reçu l'hommage.

Lucas essaya, selon sa manière, de tourner son attitude en bouffonnerie.

— Tu étais plus gentil, tout à l'heure, dit la Slaoui... reste comme tu étais. Il ne faut jamais piétiner son cœur.

— Tu as l'air triste, dit Lucas.

— Je suis triste, en effet, parce que la vie me mord cruellement quand elle est loin de mes yeux.

— Tu penses à Gilieth?
— A Gilieth! Mais que veux-tu donc que je fasse de Gilieth? Tu n'as toujours que ce nom dans la bouche. C'est Gilieth et Gilieth et toujours Gilieth. Je connais Gilieth, il ne m'aime pas... C'est un homme triste et solitaire. Quand il vient prendre le thé dans ma chambre, son esprit n'est pas avec lui. Il n'est pas non plus à la porte, ce que je comprendrais, mais il cherche très loin d'ici, sans doute dans son pays, une piste ancienne qui doit être celle d'une femme.
— C'est vrai, répondit Lucas. Je connais bien Gilieth. Nous nous sommes engagés ensemble à Barcelone. On ne peut pas devenir son ami. Il décourage toutes les amitiés. Je pense comme toi, qu'il est souvent vaincu par un mauvais souvenir. Peut-être celui d'une femme, comme tu le penses...

Il soupira et esquissa une moue dubitative :
— Mais peut-être n'est-ce pas le souvenir d'une femme. Nous n'en savons rien...
— Une fois, une nuit, et la Marocaine baissa la voix, Gilieth a parlé tout haut pendant son sommeil...

Lucas prit une cigarette et l'alluma tranquillement :
— C'est une chose qui arrive à tout le monde.
— Bien sûr... Je parle, peut-être, moi aussi, pendant mon sommeil. Mais ces paroles que l'on prononce en dormant, peux-tu me dire ce qu'elles valent, ô toi, Fernando, qui as étudié dans une medersa? Sont-elles les mauvaises paroles du génie du sommeil? Sont-elles les vraies paroles de celui qui dort et se confie?
— Les paroles prononcées pendant le sommeil ne sont parfois qu'une vengeance des mauvais génies... Il ne faut pas se nourrir de leur son.
— Je le pensais, soupira la Slaoui.

— Et Gilieth est un légionnaire comme nous tous. Les mauvais génies luttent contre lui, pendant que le sommeil le désarme.

Lucas dut se mordre les lèvres pour ne pas pousser plus loin cet interrogatoire.

— Ah! fit-il, comme un homme qui abat un pan de son passé et qui se dégage de la poussière... Je vais rentrer. Il est l'heure...

— Tu ne peux pas rester avec moi?

Lucas hésita.

— Je ne peux pas, répondit-il avec effort.

— Ah! oui, je comprends, service, toujours service.

Lucas fut tout de suite dehors, dans la nuit fraîche. Il entendit les premières notes de l'appel sonné par le clairon de garde. Il courut en serrant son ceinturon.

Tout essoufflé, il entra dans l'infirmerie et se jeta sur son lit. Il entendit les pas du sergent et du caporal qui traversaient la cour pour achever leur ronde. Alors Lucas ouvrit la porte et se montra.

Quand la ronde se fut perdue dans la nuit, Lucas referma sa porte et se mit à aller et venir dans sa chambre. Par la fenêtre, il entendait les éclats de voix des sous-officiers qui jouaient aux cartes chez le cantinier. Il entendit également les lieutenants et les sous-lieutenants qui descendaient en bandes vers Bir Djedid.

« Si le Vieux était là, pensa Fernando, ça ne se passerait pas ainsi. »

Il éprouvait de l'amertume et de la colère à la pensée que les lieutenants allaient s'installer comme des seigneurs dans la maison de Planche-à-Pain. Naturellement, la Slaoui serait de la fête. Lucas essaya d'écarter l'image de la Marocaine. Puis il pensa qu'il devait écrire à Cecchi.

Il s'assit devant la table du médecin, tira de sa poche du papier et un stylographe dont l'encre était sèche. Il dut le remplir, ce qu'il fit en montrant une maladresse fébrile.

Il s'assit devant la feuille de papier blanc. Les idées ne venaient pas. Soudain, il prit une résolution, écrivit quelques lignes, les relut et déchira la feuille de papier.

— C'est trop tôt, murmura-t-il.

Il ramassa les bouts de papier et les fit flamber à la flamme de son briquet. Il remit son stylo dans sa poche.

Comme il allait se déshabiller, il pensa subitement :
— Qui est-ce qui commande cette nuit ?

Il imagina le poste sans officier; une attaque contre le poste sans officier. Une peur stupide et irraisonnée s'empara de lui. Il ouvrit encore sa porte et, l'oreille au vent, il écouta les bruits de la nuit. Les voix des sergents à la cantine parvinrent à le rassurer. Lucas se coucha un peu humilié par cette nervosité qui lui paraissait tout de même indécente.

CHAPITRE XV

Quand Fernando Lucas faisait reluire avec passion les cuirs d'équipement du lieutenant d'Ortega, il pensait à la Slaoui. Quand il errait à travers le camp ainsi qu'un feu follet, sans but, l'image d'Aïscha l'obsédait. Quand il buvait chez Prosper, en compagnie de légionnaires maigres et musclés, la présence de « la fille de la douceur » l'empêchait de réussir, comme autrefois, ses pitreries les plus divertissantes.

— La tête n'y est pas, répondait-il à ceux qui lui disaient : « Tu baisses, Lucas, tu baisses... Un jour tu te feras siffler dans ton numéro. »

Le lieutenant, de son côté, lui adressait de vifs reproches :

— Tu n'es plus drôle, Fernando. Tu deviens sournois comme un écrivain qui a trouvé une idée. Je n'aime pas beaucoup cela. Autrefois, tu étais vif comme un clown et, ma foi, tes reparties ne me semblaient pas mauvaises. C'est l'humble avis d'un vieux militaire, un traîneur de sabre, comme disent les jeunes gens d'Université... Et tu ne bois pas! Si tu buvais je pourrais dire que tu as changé ton cheval aveugle contre un borgne, mais tu ne bois pas. Tu ne touches pas à mes bouteilles, tu les respectes, non pas parce qu'elles m'appartiennent, mais parce que tu n'aimes pas la saveur de leur contenu. Lucas, tu me désespères... Es-tu amoureux ? La mesure serait comble. Dans ton intérêt, je te le dis, ne sois pas amoureux, car tu seras cocu, comme je l'ai été, moi-même, il y a quelques années. Lorsque Quevedo enferma le démon de ses *Songes* dans un récipient, il l'enferma dans une bouteille. Il faut mettre en bouteille tout ce qui gêne le libre fonctionnement des boyaux de la tête.

Voici une bouteille... de quoi ? De Royal El Kébir, ma parole ! Elle est vide, en apparence, mais à l'intérieur gémit, réduite à l'impuissance, la forme spirituelle de celle qui fut la belle Pilar... Tu n'as pas connu ça, toi... Pilar qui chantait à Melilla pendant la guerre contre Abd-El-Krim. C'est, d'ailleurs, sans importance, mais c'est pour te prévenir que tu suis une mauvaise piste... Tiens... prends plutôt ta guitare et chante-moi des soleares ou invente-moi des coplas sur le vin...

Fernando Lucas prit sa guitare, il s'assit sur le lit du lieutenant. Celui-ci, étalé dans un fauteuil de toile, du type transatlantique, le ventre tendu, fumait et regardait par la fenêtre ouverte, les muletiers qui étrillaient leurs bêtes irritables.

Et Lucas chanta :

> *— Dans cette bouteille encore pleine,*
> *Peinent et gémissent les âmes*
> *D'Angela de Cordoue et de Pilar l'Aragonaise*
> *Et celle d'Aïscha la Mauresque.*
> *J'ai bu le mélange pour libérer mon cœur.*
> *Et maintenant, ces charognes d'enfer*
> *Se battent dans mon estomac.*

— Très bien dit, fit le lieutenant. Très bien dit. Mais je crois comprendre que tu es amoureux de la Mauresque de chez Planche-à-Pain... C'est une triste chose. Cette fille, je te le dis avec la sagesse que me confère ceci — il montra sa manche et ses deux étoiles —, mon cher Fernando, te fera cocu... Mais, je crois également que tu n'arriveras jamais à cet état vulgaire. Le légionnaire Gilieth te cassera la gueule bien avant.

— Oh! fit Lucas... ce n'est pas gagné, je le sais... Quant à Gilieth, je ne le crains pas...

— A tes souhaits, Fernando. Tu vas donc prendre ton bonnet de police et tu iras au Dar Saboun. Tu te vautreras dans ton péché. Tu te rouleras dans l'ordure et tu perfectionneras avec amour l'instrument de ta perte. Et moi, je te dirai : c'est bien fait... Tiens, voici une permission. Tu reviendras, naturellement, avec des provisions...

— La cave est pleine.

— La cave est pleine?... Que signifie cette phrase à double sens? hurla le lieutenant d'Ortega. Veux-tu te mettre au garde à vous, tout de suite... En voilà une façon d'adresser la parole à un lieutenant! La cave est pleine! La cave est pleine! Fais attention, Lucas... Tu manques de tact et moi je t'enverrai au « peloton » faire la parade « becif », avec un motif fignolé...

Lucas qui tenait sa permission pliée dans sa poche, fit un salut réglementaire et pivota sur ses talons. Vingt minutes plus tard, il était installé chez Kadidja devant le comptoir.

— Bonjour, Kadidja. La Slaoui est-elle levée?

— Tais-toi, mon chef... Ne fais pas de bruit. Elle ne peut descendre.

— Voici pour toi, Kadidja.

Lucas aligna sur la table une demi-douzaine de boîtes de conserves de poissons. La Marocaine les fit prestement disparaître.

— La Slaoui a-t-elle reçu des nouvelles de Gilieth ?
— Mais, comment donc, ô mon cœur ?... Comment veux-tu que Gilieth puisse envoyer de ses nouvelles ? Il est très loin dans les djebels...
— Oui, oui, je sais, ronchonna Lucas.
— Ne te nourris pas l'imagination de mauvais signes, et la langue de mauvais propos.
— Je veux voir Aïscha.
— Tu ne peux pas, ô mon cœur. Elle est chez un caïd. Celui-là donne cinq cents pesetas aux filles qui lui plaisent. Aïscha danse et chante chez lui. Il y a aussi des cheikkas, venues de très loin, au Sud de Marrakech... des filles de Taroudant dans le Souss. Tu ne peux pas connaître. Ce caïd est plus généreux que le soleil levant. Toutes les roses se tournent vers lui quand il se lève.

Dépité, Fernando Lucas remonta vers Bou Jeloud. Il se sentait profondément découragé. Son affaire, cependant, semblait progresser sur la bonne voie. Aïscha paraissait lasse de l'autorité de Gilieth qui lui prenait tous ses sous.

La veille n'avait-elle pas dit à Lucas :
— Ma volonté devant cet homme fuit comme de l'eau dans une passoire...

Il fallait agir vite et profiter de l'absence de Pierre Gilieth. Lucas jugeait bien que sous le regard de cet homme, la Slaoui ne parlerait jamais. Quand le nom et l'image de Gilieth s'emparaient de sa pensée, il semblait à Lucas qu'il se gonflait de fureur. La haine le pénétrait ainsi qu'un liquide dans une éponge. Il se sentait en quelque sorte imbibé de haine. Il haïssait Gilieth pour une seule raison, à cause de la Slaoui. Comme toujours, quand il était dominé par ces préoccupations et cette étonnante fureur secrète qui le cuisaient à petit feu, Lucas marchait en gesticulant. A grands coups de bâton, il frappait les agaves et les figuiers poudrés de blanc qui bordaient le sentier aussi abrupt que la route célèbre de la vertu.

Lucas n'avait pas d'amis. Son lieutenant était l'homme avec qui il s'entendait le mieux, parce qu'il amusait cet ivrogne bienveillant, philosophe et, naturellement, sceptique. Il savait éviter ses sautes d'humeur comme un torero sait écarter un taureau bluffeur. Un petit coup de cape assez adroit, et il laissait don Luis d'Ortega s'arrêter droit devant le burladero. Lui, Lucas, était déjà loin. Quand il revenait, la crise était calmée.

En entrant dans Bou Jeloud, Fernando Lucas tomba justement sur le sergent Muller qui le cherchait.

— Il y a une lettre pour vous.

Fernando Lucas, qui ne recevait jamais de lettres esquissa un sourire aimable qui se termina, cependant, par une sorte de grimace. Au bureau de la garnison, on lui remit cette lettre.

L'enveloppe était large et cossue. Lucas la regarda en tous sens. Puis il la fendit proprement avec son couteau. Sur une magnifique feuille de vélin blanc s'étalaient ces mots, écrits en gros caractères : « *Il faut vous dépêcher. Nous vous laissons encore quelques semaines. Nous vous ferons parvenir des ordres un peu plus tard.* »

Lucas lut cette lettre, la relut et la déchira. Tout de suite, il pensa à la Slaoui qu'il ne reverrait plus. Et il fut lui-même effrayé par le trouble que cette hypothèse brutalement émise produisait en lui.

Toute la journée, il erra dans le fort. Son exaltation

ne cessa de croître jusqu'au crépuscule de la nuit. Il demanda une permission au lieutenant d'Ortega, une permission qui lui brûlait la paume de la main. Et il descendit en courant chez les Marocaines.

Aïscha remarqua tout de suite qu'il n'était pas dans son état normal.

— Tu souffres, dit-elle à Lucas, en lui prenant la main.

— Je vais peut-être partir, répondit le légionnaire, en s'efforçant au calme.

— C'est votre destin, ô soldats... Aujourd'hui ici... demain de l'autre côté des djebels et peut-être de l'autre côté de la mer. On dit que les hommes se révoltent dans ton pays. Est-ce vrai?

— Je n'en sais rien, répondit Lucas. Mais écoute bien, Aïscha, si je pars, viendras-tu me retrouver?... Je te donnerai mon nom... Je te présenterai à ma mère, à ma sœur; ma maison sera la tienne et l'on te respectera... Je ne suis pas riche, mais tu ne seras pas malheureuse. Mon métier peut devenir un bon métier...

— Mais tu es soldat?... Peux-tu devenir sergent tout de suite?

Lucas ne répondit pas à cette question. Après un moment d'un silence dont il ne fut pas le maître, il reprit :

— Je te dis cela parce que je t'aime... Je suis fou. Je parle du jour de ma libération comme si ce jour entrouvrait déjà les portes de ma prison... Aïscha... je ne suis pas un soldat comme Gilieth.

— Quand Gilieth reviendra, dit la Slaoui, il n'y aura plus de soleil pour moi et pour toi. Son ombre couvrira la terre où nous vivons. J'ai peur quand je songe à son retour. Ses amis parleront et les femmes qui sont ici lui raconteront que j'ai bu dans ton verre et que tu as bu dans le mien. Le retour de Gilieth me rend plus tremblante qu'une enfant. Chaque nuit, je tourne et je remue ces mauvaises idées dans ma tête. Gilieth n'a pas peur du sang.

— Tu as raison. Gilieth est un homme terriblement dangereux. Tu peux croire que j'ai des yeux derrière la tête quand je marche devant lui. Mais je sais cependant un moyen de te débarrasser de sa présence. Je suis maître de Gilieth. Cet homme est puissant comme une catastrophe. Mais je sais les mots qui peuvent le faire rentrer sous terre; et j'emploie cette image à dessein... Il faut, toutefois, que tu m'aides afin que je parvienne à mes fins. Quand Gilieth ne sera plus, ô rose de Salé, je t'épouserai; tu deviendras une vraie señora. Car le jour où Gilieth abandonnera ce pays, je n'aurai plus besoin de ce costume... Comprends-tu?

— Tu en as trop dit, et tu n'en as pas assez dit, fit la Slaoui dont les yeux brillaient d'intelligence.

Elle prit une cigarette dans le paquet de Lucas. Elle regarda discrètement tout autour d'eux, puis elle alluma sa cigarette.

— Fais attention à Kadidja, murmura-t-elle.

Lucas haussa les épaules.

— Tu as tort, insista la Slaoui, Kadidja est de la police. Tous les mois elle va à Xauen, au centre des affaires indigènes. Elle connaissait bien, tu peux m'en croire, le « Lard d'Amérique ». Tu sais de qui je veux parler?

— Ne crains pas Kadidja, répondit Lucas, dont tous les espoirs refleurissaient... Kadidja deviendra une amie quand je le désirerai. Que m'importe qu'elle prévienne Gilieth. Si je suis bien renseigné, celui-ci rentrera ce soir ou demain. Dès qu'il sera rentré, j'engagerai la lutte. Il le faut bien.

Et Lucas aspira l'air profondément. Puis il souffla devant lui comme un phoque.

— L'ombre de Gilieth recouvre pour moi le soleil.

Alors, Lucas baissa la voix. Il regarda la fille bien en face :

— Je vais te donner un moyen assez facile de te débarrasser, de nous débarrasser, devrais-je dire, de Pierre Gilieth. Quand il sera de retour, dès la première nuit, tu lui demanderas : « Que faisais-tu à Rouen, il y a plus d'un an, rue Saint-Romain, au petit jour ? »

— Comment dis-tu... à Rou... à ?

— A Rouen. C'est une ville dans le pays de Gilieth. Une ville plus grande que Tetouan. Tu lui poseras cette question... au début de la nuit. Observe bien son visage. Il faut que tu puisses lire dans ses yeux, car Gilieth ne se trahira peut-être que par une expression anormale de son visage. Ne crains rien, je suis derrière toi et ma puissance est grande.

— Ne serais-tu pas un chef de la police ? demanda la Slaoui, d'une voix si basse et si imprévue que Lucas ne put réprimer un frisson.

Pour la première fois, depuis un an qu'il suivait la piste de Gilieth, il abattait ses cartes sur la table. Machinalement, il tâta le manche de son couteau dans sa poche, et tout de suite, la bataille s'organisa dans son esprit.

Il mit sa main sur la bouche de la jeune femme. En partant, il lui glissa un billet de cent pesetas.

— Je n'oserai jamais demander cela à Gilieth, fit la Slaoui.

— Le matin même où tu auras la réponse de Gilieth à cette question, que cette réponse ne soit qu'un frisson, qu'une lueur dans ses yeux, mais qui puisse le trahir, Gilieth sera arrêté. Et moi, je te sor-

tirai d'ici... Ne crains rien. Et souviens-toi de la chanson que j'ai chantée pour toi, un jour... Je ne dors plus... je ne vis plus... ton baiser brûle en moi comme un petit charbon ardent sous la cendre épaisse.
— Besslâma! Au revoir! fit Aïscha.
Elle vint accompagner Lucas jusqu'à la porte de la maison publique. Elle referma sur son caftan violet les plis de son haïk et se voila le visage jusqu'aux yeux comme les femmes honnêtes.

Le légionnaire Lucas traversa le méchouar dans sa plus grande largeur en plein soleil. Des Marocains en djellabas brunes, accroupis le long des murs, ressemblaient à des tas de fumier. Des enfants, la tête rasée jusqu'à la peau, à l'exception d'une petite houppette de cheveux disposée selon les lois d'une fantaisie raffinée, galopèrent derrière lui en tendant la main. Leurs regards équivoques et effrontés mendiaient une petite pièce de monnaie. Un Juif, haut et gras, qui marchandait une paire de perdrix à un Riffain, se débattait comme si l'enjeu de ce marché passionnant eût été sa propre vie. L'Arabe, découragé, le laissa partir... puis le rappela, quand il fut un peu loin. Le Juif revint sur ses pas et le marchandage recommença sur des bases nouvelles. Lucas était déjà dans la vallée, au bord de l'oued, où des légionnaires lavaient leur linge en le pressant avec les pieds, en le tapant avec des pierres plates, comme les moukères. Le sergent Muller surveillait la corvée. Il aperçut Fernando et l'interpella :
— Ne venez pas ici, pour empêcher les autres de travailler. Si vous n'avez rien à faire, allez repasser les liquettes de Planche-à-Pain.

Un rire approbateur donna au sergent Muller conscience de la qualité de son esprit. Il avala sa salive et s'apprêta à poursuivre son discours. Lucas ne lui en laissa pas le loisir. Il salua, exécuta un demi-tour rapide et remonta vers Bou Jeloud dont il apercevait le drapeau.

— Parle toujours, vieil imbécile! J'en aurai bientôt fini avec toutes ces niaiseries.

Assez satisfait par la perspective d'en avoir terminé, dès le retour de Gilieth, avec son rôle de légionnaire, Lucas choisit une place à l'ombre, à l'entrée d'une petite grotte percée dans les flancs de la colline. De là, il pouvait surveiller la vallée et une partie de Bir Djedid.

D'un côté, il apercevait la maison blanche où la Slaoui respirait, riait, minaudait et faisait l'amour et, de l'autre, les bords de l'oued, la route sèche, semée de cailloux agressifs qui, d'un moment à l'autre, laisserait apparaître la colonne Weller. On l'attendait vers la fin de ce jour. Le poste récepteur radiophonique et le poste émetteur avaient travaillé toute la nuit. L'opération s'était bien passée. La Légion rentrait après avoir installé quelques petits postes, le long de l'oued et à la sortie des défilés, de manière à prendre les crêtes sous le feu des mitrailleuses.

Fernando Lucas, tout en fumant, très vite, et tout en surveillant la vallée, mettait de l'ordre dans ses idées. La partie décisive allait se jouer. Immédiatement, dès la rentrée de la colonne, il irait trouver le commandant Weller. Il déclinerait son véritable état civil. Il ne put s'empêcher de sourire en pensant à l'émotion du vieux. Il ferait arrêter Gilieth tout de suite, sans attendre les ordres du colonel. On verrait par la suite. Lucas étudiait son scénario comme un metteur en scène. Rien ne devait clocher dans le détail. Le caporal Gilieth devait être arrêté sans scandale. Ce point paraissait important. Grâce à l'argent de la prime, Fernando Lucas espérait s'établir quelque part, au Maroc, du côté de Melilla. Il épouserait la Slaoui. Personne n'entendrait plus parler de Lucas et de sa femme. Le faux légionnaire n'aspirait qu'à vivre caché, c'est-à-dire à se reposer des aventures professionnelles dont son métier de policier n'était point chiche.

Lucas attendait avec impatience le retour de Gilieth. Un nuage de poussière s'éleva, devant lui, dans le campo. Ce n'était qu'une colonne de moutons qui rentrait au douar. Maintenant que la partie était engagée, il valait mieux jouer vite, abattre son jeu devant le commandant comme il l'avait étalé devant la Slaoui.

Il pensait à elle avec douceur. Plusieurs fois, il passa la main sur ses yeux comme pour effacer l'image charnelle de cet amour qui le rendait plus lamentable qu'un innocent. Le « padre » lui donnerait encore une fois l'absolution. En somme, il travaillait loyalement pour la société. Ce Gilieth n'était qu'une sombre crapule. Il envia le sang-froid et l'insensibilité de cet homme qui, à coup sûr, poursuivi pour un crime, se tourmentait moins que l'homme chargé de le capturer. Tout au moins, Lucas pensait ainsi. Et, à cause de cela, sa haine pour Gilieth s'enfonça en lui encore plus profondément. C'était comme un clou sur lequel il ne cessait de cogner.

« Demain soir, se dit Lucas presque à voix haute, le caporal couchera en prison et, dans un mois, j'aurai la femme et l'argent. »

Il ne parvint pas à se rassurer. Il payait ses préoccupations avec une monnaie qui sonnait faux.

Enfin, il aperçut au loin la colonne, précédée d'un peloton de partisans qui marchaient en tenant derrière eux leurs chevaux par la bride. Il se leva et son cœur battit si fort qu'il se comprima la poitrine des deux mains.

Un journal en abat-jour devant les yeux, il inspectait l'horizon... Il aperçut, derrière les partisans, les hommes de la Légion, précédés de leur fanion déployé. Ils ressemblaient de loin à une caravane de fourmis.

Lucas remonta vers Bou Jeloud. Il entendit le clairon de garde qui alertait le poste. Lucas n'osait plus rentrer dans le fort. Il n'osait pas se présenter devant les légionnaires en armes rangés à la porte du camp. Et il ne savait pas pourquoi. Il se sentait incapable de dire pour quelles raisons, lui, qui représentait la justice sociale, craignait le regard de ces soldats.

Il se faufila dans Bou Jeloud à la faveur du branle-bas provoqué par le retour du commandant Weller. Il se tint coi dans la chambre du lieutenant qui se promenait tout équipé, au milieu de la cour, avec les autres officiers. Dans les chambres, on entendait un brouhaha de voix, un fracas de crosses de fusil qui retombaient une à une sur le sol cimenté. Dans une demi-heure, Gilieth serait de retour et, dans vingt-quatre heures au plus, il saurait à quoi s'en tenir sur la personnalité de Fernando Lucas.

Lucas rangea vingt fois les jumelles du lieutenant d'Ortega. Il n'avait jamais ressenti, au cours de sa vie, une angoisse aussi stupide et aussi absolue. Quand il entendit les légionnaires s'aligner dans la cour, pour rendre les honneurs, sa pensée s'affola. Non, il ne fallait pas prévenir tout de suite le commandant. Il fallait pour cela obtenir une certitude. Il était indispensable d'attendre le rapport de la Slaoui. Attendre, attendre! Lucas ne cessait de répéter ce mot. Il tâtait toujours dans sa poche le manche de son couteau. Il se sentit prêt à défendre et son amour et son honneur professionnel.

« Demain, pensa Fernando, Gilieth descendra à Dar Saboun. Quand il en reviendra, nous aurons une explication. Alors..., alors..., j'opérerai ce qu'il est convenu d'appeler une arrestation difficile. »

CHAPITRE XVI

Lucas buvait, machinalement, dans la maison de Fatouma, à l'angle de la rue Asfar. Il était seul, à son habitude. Des filles vinrent à lui pour l'agacer et le mettre en humeur amoureuse. Il les repoussa. Son esprit n'était pas dans cette salle nue qui sentait la fraîcheur d'une cave, le vin lourd, la menthe et l'odeur des hommes, à cette heure accroupis tout autour du méchouar. Il guettait, à quelques mètres de là, dans le patio de la maison de Kadidja, la présence de Gilieth. Son plan était gravé dans sa mémoire. Tout d'abord, il laisserait à la Slaoui le temps de renouer connaissance avec son amant et de lui poser cette petite question insidieuse, entre deux baisers, cette petite question qui allait libérer Gilieth et Lucas, l'un de son passé, l'autre de son attitude.

Lucas n'était point très sûr de l'amour que la Marocaine lui portait, mais il était sûr, logiquement sûr, de son grand désir de se débarrasser d'un amant compromettant et autoritaire. Il comptait aussi sur la vénalité de la Slaoui qui savait, qu'après la disparition de Gilieth, Fernando Lucas entrerait en possession d'une grosse somme d'argent.

Lucas avait été averti par un affreux gosse de ce quartier où toutes les passions s'assouvissaient sans scandale. Il savait que Gilieth était monté dans la chambre de la Slaoui. Il regardait sa montre, pensait à la minute précise où la phrase effroyable partirait raide comme une balle pour toucher l'homme en un point vulnérable.

La présence de ce légionnaire silencieux chez les filles de Fatouma ne troublait personne. Une petite Marocaine, noire, à figure de guenon spirituelle, se toucha le front et fit une grimace.

Toutes connaissaient par expérience l'humeur mélancolique et méchante des légionnaires tourmentés par leur passé, souvent trop riche.

Lucas voyait à peu près exactement en pensée le film qui se déroulait dans la maison voisine. Aucun détail ne lui échappait. Il examina encore une fois sa montre, sans trop se rendre compte que l'objet qu'il tenait dans sa main était une montre. Et il se leva, tapa les plis de sa culotte et de sa vareuse ouverte sur la poitrine.

— Ah! fit-il tout haut.

Ce cri lui arracha la gorge.

Il marcha vers la porte comme un automate. Arrivé dans la rue, il arrosa le mur, avec l' « assentiment » des bougainvilliers écarlates qui le recouvraient.

En réfléchissant bien, il valait mieux entrer, tranquillement, chez Planche-à-Pain, la main dans la poche, près du couteau. Sa présence déconcerterait Gilieth qui, maintenant, devait savoir. Lucas pressentait justement que la bagarre n'éclaterait point chez Kadidja. Et puis, il savait se battre à l'occasion et la curiosité l'emportait sur sa prudence. Quelle serait la première expression qu'il pourrait lire sur le visage de Gilieth, tout de suite, en entrant.

— Je vais le savoir, se répondit-il, en boutonnant sa braguette.

Il entra chez Kadidja. Il se dandinait un peu, à la manière des rôdeurs dans le barrio chino de Barcelone. Le manche de corne de son couteau lui brûlait la paume de la main.

Tout d'abord, Fernando Lucas n'aperçut pas Gilieth. Le patio était plein de légionnaires entrevus comme des fantômes dans la fumée des pipes, des cigares et des cigarettes. On pouvait se croire dans une usine. Les conversations des soldats ronflaient comme un moteur. Parfois, une acclamation passait comme un coup de vent sur les têtes des buveurs. Le rire stupide des femmes déjà ivres perçait la fumée lourde, lourde comme cette vie que chaque soldat portait sur ses épaules à la manière d'un sac chargé réglementairement.

On entendit une guitare qui mêla son bourdonnement familier aux chansons naissantes.

— Hé! Lucas, cria quelqu'un, un coup de chasse au lapin et vivent les Catalans de Gerona et de Barcelonetta!

Fernando Lucas se faufila entre les tables. Il regardait de tous côtés comme un faucon debout sur l'extrémité d'un poteau télégraphique. Il aperçut enfin la Slaoui entre Gilieth et le caporal-clairon Mulot.

— Allons, fit-il.

Il serra sa ceinture d'un cran et se dirigea vers la table occupée par le trio fatal.

— Bonjour Gilieth, bonjour Mulot...

Il prit une chaise et s'assit. Gilieth n'avait pas sourcillé. Lucas n'avait pas tendu la main.

— Ce n'est pas la peine de t'asseoir, dit Gilieth. Nous t'attendions... Maintenant que tu es là... nous allons sortir... J'ai quelques explications à te demander...

— Tu peux parler ici...

— Non, si tu es un homme, tu sortiras seul avec moi... Tu n'as rien à craindre... pour le moment du moins. Mulot restera ici avec Aïscha.

Lucas regarda Aïscha. Celle-ci ne baissa pas les yeux sous le regard de Lucas. Le policier y découvrit une telle haine qu'il commença à regretter d'avoir provoqué cette explication. Mais il fallait tenir... Il sentait nettement qu'en effet Gilieth ne le tuerait pas... tout de suite.

Il dit d'une voix calme :

— Oui, Gilieth... je vais sortir avec toi... Mais fais bien attention à tes gestes, nous sommes surveillés... je ne suis pas venu ici me livrer comme un enfant.

— Dis adieu à la Slaoui, fit Gilieth en ricanant.

Lucas regarda la fille avec amour. Il lui tendit la main comme à une complice.

Aïscha ne la prit pas.

— Allons, fit Gilieth, d'une voix douce, il faut dire au revoir à monsieur...

— Je ne peux pas, répondit Aïscha.

— Alors, crache-lui sur la gueule!

La Slaoui avança son beau visage très près de Lucas et elle cracha...

Lucas ne put éviter l'insulte. Il s'essuya avec sa manche. Il serra dans sa poche la corne de son couteau. Il se contenta de répondre d'une voix trop calme pour n'être pas émue :

— Merci, Aïscha... Je sais maintenant ce que je voulais savoir.

Il se tourna vers Gilieth.

— Passe devant, dit celui-ci, et pas un mot ou je te butte, bourrique!

La rue Asfar grouillait de légionnaires qui, par bandes, comptaient leurs sous avant d'entrer chez les femmes. A l'entrée de Dar Saboun le poste de police se tenait sous les armes prêt à intervenir.

— Où va-t-on? demanda Lucas qui marchait le premier.

— Droit devant toi. Tu traverseras le méchouar et tu prendras le petit sentier qui conduit à l'agudal. A cette heure, il n'y a personne dans les orangers.

Ils atteignirent l'orangeraie. Lucas évoquait, entre autres images, un duel au couteau. Maintenant, il avait acquis la certitude de la culpabilité de Gilieth, mais à quel prix!

Quand les deux légionnaires se furent un peu éloignés du sentier qui traversait l'aguedal, ils s'arrêtèrent au bord d'un vieux bassin où des poules d'eau battirent de l'aile dans l'ombre.

— Alors, vieux, tu veux la prime de cinquante billets? Cinquante billets, c'est facile à trouver, à la condition que je ne te saigne pas ici, comme un goret.

Lucas sortit un couteau de sa poche, il fit claquer le ressort de la lame.

— Très bien, fit Gilieth... Mais tu peux rentrer ton canif. Je ne veux pas te tuer... car, moi aussi, je tiens à la vie... Quand la Slaoui me raconta tout à l'heure, au début de la nuit, sa petite histoire; quand elle me poussa le boniment que tu lui avais soufflé, j'ai pensé d'abord que depuis un certain temps, à peu près à partir du jour où j'ai mieux vu ta sale gueule à Dar Riffien sur une carte d'identité, j'avais résolu de ne pas me laisser prendre vivant. J'avais également établi un plan d'évasion. En principe, je me barrais dans la direction du Sud. Ce plan n'est pas bon, surtout maintenant. Je serais poissé par les mokhazenis français avant d'être arrivé à Taza. J'ai souvent pensé à toi, sale fumier que tu es... Je pressentais qu'une nuit où un jour quelconque, tu me lâcherais à la face les sales preuves que tu n'es qu'une bourrique. Cette nuit est arrivée maintenant. Je t'ai raconté tout ce que j'avais à te dire : c'est moi, moi, Gilieth, l'assassin de Lebœuf, à Rouen... Que vas-tu faire ?... Allez... parle !

Lucas se tenait immobile à quelques mètres de Pierre Gilieth. Quand celui-ci eut fini de parler, il se fit un grand silence. Les poules d'eau, craintives, bruissaient dans les roseaux. Au loin, vers Dar Saboun, on entendait les légionnaires qui chantaient en chœur : *Trianera, Trianera.*

— Il n'y a pas plus de dix minutes, je désirais te faire arrêter. D'abord parce que c'est mon métier... ensuite parce que je voulais toucher la prime... Mais maintenant je vois la Slaoui entre nous deux.

— Et alors ? murmura Gilieth.

— Alors... Je ne sais plus.

— Moi, j'ai réfléchi, dit Gilieth. Tu aimes la Slaoui... c'est ton affaire... (Il ricana.) Tu pourras toujours lui porter ton prêt en attendant la prime...

— Tu es encore plus bandit que je ne le pensais, fit Lucas.

— A tes souhaits... En réfléchissant, vieux... crois-moi, il vaut mieux laisser tomber cette affaire. Admettons que tu me fasses arrêter, et que cette arrestation réussisse, j'insiste sur ce petit détail : tu auras des félicitations et la prime... mais tu n'auras plus la Marocaine. Elle t'a craché au visage. Le jour où tu me feras arrêter, elle disparaîtra et toi, mon vieux, médite bien cette idée-là, tu ne coucheras plus jamais, jamais, jamais avec cette femme. Elle sera morte pour toi et tu resteras seul avec tes patrons, tes sous et ton cafard. Alors, mon vieux, qu'est-ce que tu prendras... Mais toi, tu ne pourras plus espérer de revoir un jour la Slaoui. C'est à quelques détails près les bénéfices que tu pourras retirer de mon arrestation. A ta place, et crois-moi, bourrique, je te dis tout cela en homme qui a fait le sacrifice de sa peau, je me tairais... Ainsi tu pourrais rester ici, près de la Marocaine... Je t'ignorerais et toi tu aurais tout le loisir de m'ignorer...

— Je ne sais pas, dit Fernando. Il se passa la main sur le front... En ce moment, tu peux faire de moi ce que tu veux. Tue-moi si tu le veux... Je ne peux pas te répondre.

— Allons débine-toi. Je t'en ai assez raconté, et je ne t'ai pas confié tous mes projets.

— Mais tu te sauveras avec la Slaoui.

— Non, bon Dieu, je ne peux pas. Je t'ai déjà dit que je ne pouvais pas. Tant que je serai vivant, et ici, à Bou Jeloud, la Marocaine demeurera chez Planche-à-Pain. Voilà tout ce que je peux t'apporter en échange de ton silence.

— J'aurais dû te faire arrêter tout de suite, soupira Lucas.

— D'accord! Mais tu n'étais pas certain de te trouver en présence de ce Pierre Gilieth, l'assassin de la rue Saint-Romain. Tu ne pouvais guère te permettre une erreur, car « le Chinois » ne t'aime pas beaucoup... Alors, tu as attendu pour réunir des preuves. Ces preuves, tu les as. Elles ne valent rien pour toi... Il est l'heure de rentrer au fort. C'est la paix?

— C'est une trêve, répondit Lucas.

Les deux hommes remontèrent à pas lents dans la direction du poste. Des deux, Lucas paraissait le plus ému.

Il eut hâte de se trouver dans la solitude de son lit.

Il se coucha à tâtons, n'essayant même pas d'allumer la lampe à acétylène. Il se sentait parfaitement incapable de prendre une décision, car l'image de la Slaoui s'interposait toujours sur l'écran entre sa volonté et cet amour veule dont elle jouait à son gré. Tout ce qu'il inventait ne pouvait aboutir qu'au mal. Le souvenir passionné des caresses de cette fille lui ôtait ses moyens de défense. Il ne pouvait rien contre ce damné gredin, à cause de cette fille qui lui était dévouée. Il n'espérait rien de la cruauté de la Marocaine, mais il voulait vivre près d'elle, dans le paradis charnel qu'elle avait su créer pour Lucas et pour d'autres, mais dont Lucas tout seul se sentait capable de comprendre l'infini. A ce moment même où il allait renier sa profession pour cette fille, il se surprit à rire de la vulgarité de son renoncement :

« Moi, comme les autres, les hommes valent moins que des chiens, quand le démon de la chair les tourmente. »

Il songea que Pierre Gilieth n'était point tourmenté par le démon de la chair. Il haïssait cet homme moins parce qu'il était un assassin que parce qu'il dominait la Marocaine. Lucas se tournait et se retournait sur son lit de camp. Il livrerait Gilieth à la garde civile. Demain, le poste émetteur ferait savoir à Tetouan la capture du dangereux bandit. La prime touchée, Lucas enlèverait la Slaoui... Cette perspective ne tarda pas à le désespérer par son impossibilité tenace, solidement établie. Il y avait Gilieth et, greffée sur Gilieth, entée sur l'arbre, la belle fille indéfinissable.

« Attendre », soupira encore une fois Fernando...

Les complications se dénoueraient d'elles-mêmes au fil des heures. Lucas pensa pour la première fois à la lettre envoyée par ses chefs de Madrid. Ceux-là ne semblaient pas disposés à lui faire crédit...

« Qu'ils attendent, comme moi », pensa-t-il.

Il se tourna sur le côté et roula bêtement dans le sommeil.

Quand Gilieth rentra dans la chambrée, tout le monde dormait. Il se coucha, et les mains croisées sous la nuque, il attendit lui aussi, le sommeil. Mais il ne parvenait pas à s'endormir. Vers dix heures, Marcel Mulot entra et vint s'asseoir sur le lit de son camarade.

— Tu dors?

— Non, je ne dors pas... Je ne peux pas dormir. Mais j'ai sonné à fond, du gauche et du droit, l'outil en question... Comme je le pensais bien, il appartient à la Sûreté. C'est un envoyé de Madrid.

— Alors?

— Alors? Il ne dira rien. Je le tiens comme il me tient. A cause de la Fathma. C'est la Slaoui qui m'a sauvé. Sans cela...

Gilieth esquissa une misérable grimace et se passa la main sur le cou.

Les deux hommes restèrent un bon moment sans parler.

— Que dit Aïscha? demanda Gilieth.

— Rien... Je l'ai remontée... Elle était malade de peur, à cause de toi. Je lui ai dit de ne pas s'en faire pour toi, que tu ne craignais pas le poulet de Barcelone.

— Assurément, répondit Gilieth. Il me semble, mon vieux, il me semble, vraiment, que je ne crains plus rien... Il faut laisser pisser Sidi Mérinos.

— Allah inoub! (Dieu y pourvoira!) soupira Mulot.

Et il alla se coucher.

Lucas garda le silence sur sa découverte; mais sa haine contre le caporal Gilieth atteignit au lyrisme. Un seul homme dans les deux compagnies qui tenaient garnison à Bou Jelòud pouvait à peu près comprendre l'attitude de Gilieth et de Lucas : c'était le cabo-clairon Marcel Mulot. Et Lucas suivait Gilieth comme son ombre; mais il ne s'asseyait plus à sa table. Quand Gilieth n'apercevait pas Lucas, son inquiétude renaissait, car il craignait toujours un acte de désespoir de la part de ce dernier. Le caporal Gilieth, qui se tenait correctement dans le service et qui se montrait brave avec lucidité, était estimé de ses chefs et, particulièrement, du commandant Luis Weller. Pour cette raison et parce qu'il était caporal d'ordinaire, il jouissait d'une certaine liberté. Lucas, en sa qualité d'ordonnance, se déplaçait assez facilement. Tous les matins, Gilieth, accompagné d'une corvée et d'une araba, descendait à Bir Djedid et tous les matins Lucas se rendait au méchouar ou dans les souks pour y acheter un objet quelconque au service du lieutenant Luis d'Ortega. Ils se rencontraient chez Kadidja.

Quand Gilieth apercevait Lucas en compagnie de la Slaoui, il se retirait pour revenir tout de suite après son départ. La fille lui racontait tout.

— Tu n'as plus rien à craindre de cet homme, lui disait-elle. Ce n'est plus un homme, c'est un enfant... Où faut-il le conduire ?

Gilieth ne tenait pas à compliquer les choses. Il venait d'échapper à un grand danger, mais il se demandait de quelle manière se terminerait cette sorte de trêve qui ne pouvait se prolonger indéfiniment. Gilieth se posait souvent des questions très précises qui étaient également celles qui troublaient les jours et les nuits de Lucas. Qu'adviendrait-il quand les chefs de Madrid enverraient à leur agent l'ordre formel de rentrer en Espagne? Pierre Gilieth redoutait l'arrivée de cet ordre tout autant que Lucas. Quelle serait donc l'attitude de ce dernier devant l'obligation brutale d'abandonner la Marocaine au pouvoir absolu de Gilieth.

Lucas avait expédié un rapport détaillé sur l'affaire Gilieth. Il exposait les difficultés réelles d'une enquête menée dans des conditions qui ne le favorisaient point. Il se plaignait de la résistance sournoise des officiers et des soldats. Lui-même ne pouvait guère se démasquer. C'eût été perdre définitivement la partie. Il espérait aboutir par le truchement d'une femme. Comme le légionnaire Klems avait été livré par une femme, Gilieth, il l'espérait, serait livré par une femme. Lui, Lucas, se portait garant du succès de l'entreprise, mais il suppliait qu'on lui laissât du temps. Il proposait même qu'on le mît en disponibilité. Il suivrait la piste en utilisant ses seules ressources. Il ne demandait à ses chefs que de la patience. Quelques mois lui semblaient encore nécessaires pour démasquer un terrible bandit et le livrer à la justice. Cette enquête ne pouvait qu'honorer la police espagnole. On serait bien forcé de lui rendre justice un jour et de reconnaître la qualité de ses efforts. Plusieurs fois, disait-il dans sa lettre, il avait risqué sa vie. Mais, de ceci, il ne se plaignait point, car il considérait le danger comme une des obligations les plus vulgaires de son métier.

Pendant plus d'une semaine, Lucas attendit la réponse dans un état d'anxiété insupportable. Il appréhendait et désirait tout à la fois la venue de cette lettre qui lui permettrait de vivre pendant quelques mois. C'est-à-dire qui lui permettrait d'exister, sans âme et sans volonté, dans le sillage déprimant de la Slaoui, de plus en plus insolente.

Cette fille, savamment instruite par Gilieth, devenait infernale. Lucas lui tenait lieu de bouffon, de souffre-douleur et d'esclave. Sa bouche l'insultait et ses yeux l'éclairaient d'une caresse. A ce régime, le malheureux dépérissait. Gilieth suivait avec plaisir la marche lente, mais décisive de cette décomposition. Quand il rencontrait le misérable en tête-à-tête, sans témoin, il lui disait d'une méchante voix doucereuse :

— Hé bien! poulet, tu crèves un peu?

Lucas ne répondait pas.

Quelquefois, c'était Lucas qui se ranimait et poursuivait son ennemi plus sombre qu'à l'ordinaire. Il tâchait alors de l'acculer dans un coin et la voix sifflante perçait le cœur de Gilieth :

— Quand je serai las, parfaitement las de cette sacrée louve, ce qui ne saurait tarder, j'irai trouver le commandant et je lui montrerai ma plaque d'identité.

— Je te tuerai ce jour-là.

— Quand tu le sauras, il sera trop tard. Tu ferais mieux de me tuer tout de suite, si tu le peux.

Un soir, Gilieth dit à la Slaoui.

— Ranime-le, ne le laisse pas dépérir. Il ne faut pas que ce cochon meure, car avant de mourir, il serait capable de me « donner ».

— Ah! mon chef, disait la Marocaine. Que faut-il donc inventer pour que tu ne puisses pas traîner ce boulet à ton pied, toute ta vie.

— Toute ma vie! Bon Dieu! Toute ma vie! hurlait le caporal Gilieth en mordant de rage les étoffes à raies multicolores qui recouvraient le lit de la « fille de la douceur ».

CHAPITRE XVII

La neige avait cessé de tomber. Le caporal Pierre Gilieth, debout sur le petit mur du poste perdu dans la montagne, inspectait un piton suspect avec les jumelles du lieutenant d'Ortega, mortellement blessé. L'officier râlait dans un cube de pierre qui ressemblait déjà à un tombeau et qui lui tenait lieu de chambre. Entre deux pierres plates, la mitrailleuse était installée. Elle pointait son petit tube actif et luisant dans la direction des crêtes qui paraissaient mortes sous la neige. Çà et là, quelques tristes buissons blancs abritaient, sans doute, des yeux qui observaient patiemment la vie ralentie du poste de la Légion perdu dans le djebel.

Le caporal Gilieth commandait le poste. Le lieutenant Luis d'Ortega, presque mort, râlait, la bouche ouverte, dans son tombeau. Le sous-lieutenant Galvet, qui devait installer un poste de T.S.F., avait été tué d'une balle dans la tête, ainsi que le sergent Muller, à dix mètres du poste, comme ils surveillaient la pose d'une antenne. Cinq légionnaires avaient été blessés par cette fusillade inattendue et précise qui avait fait crépiter la crête la plus voisine du poste, à cinq cents mètres, de l'autre côté d'une étroite vallée encombrée d'éclats de roches recouverts de neige.

Gilieth, drapé dans son manteau, provoquait le destin. Il prit tout son temps pour essayer d'apercevoir, quelque part devant ses yeux, une présence humaine, ou le simulacre d'une présence humaine. Mais rien ne bougeait. Le silence de la montagne paraissait éternel. La toux d'un mitrailleur à ses pieds, le fit tressaillir; le charme homicide était rompu. Pierre Gilieth sauta doucement du mur, sans se presser, comme un chef.

— Je ne vois rien... Mais je sens que le danger est encore plus grand que ce matin, à l'aube. Toute la montagne est pleine d'yeux que je n'aperçois pas. Tout à l'heure, ajouta-t-il, je partirai en reconnaissance avec six hommes... Il faut pourtant retrouver le corps du caporal Mulot.

Les légionnaires gelés, le visage raide, le nez rouge et les yeux embrumés par des larmes de froid se groupaient autour de Gilieth. Ils étaient seize simples soldats sur vingt. Parmi les blessés, le caporal Jaime Coelho, un Portugais, pouvait prendre le commandement du petit poste en attendant le retour de Gilieth.

— Les salopards possèdent une mitrailleuse... Si nous pouvons tenir quatre ou cinq jours, nous serons sauvés, à moins que le poste Weller qui est le plus proche n'ait été soufflé par ces vaches.

— Ça? dit un vieux soldat qui avait chargé à Targuist en 1924, ça? c'est tout pareil à ce que j'ai vu il y a dix ans... Un beau jour, ils nous sont tombés dessus sans crier gare. Ils s'infiltrent entre nos lignes... Va donc courir après.

— Je pense que nous n'avons pas de grandes

forces devant nous... Peut-être une centaine d'hommes isolés... sans autre but que de piller, prendre nos armes, et se retirer ensuite dans la direction classique du Tonnerre de Dieu... Mais ne seraient-ils que cinquante, ils possèdent la maîtrise du terrain.

Gilieth s'accroupit tout contre le mur. Il rabattit sur sa tête le capuchon de son manteau. La moitié des légionnaires veillait aux créneaux.

Depuis trois semaines qu'il tenait garnison dans ce poste sous les ordres du lieutenant d'Ortega, il éprouvait une inquiétude qui n'était pas son inquiétude familière. C'était encore le sentiment d'un danger, mais un sentiment d'une qualité tout autre. Était-ce le paysage désolé qui décuplait la puissance de sa vie intérieure? Pierre Gilieth se sentait si loin de ce qu'il avait été qu'il ne prenait plus la peine de se méfier de Lucas.

Le paysage où il vivait lui semblait digne de quelque chose d'anormal et de grand. Il ne pensait plus ni à la Slaoui, ni à Bou Jeloud, ni à Dar Riffien, ni à Barcelone, ni à Rouen. Il pensait à son enfance, quand lycéen, il jouait au rugby pour animer les joues fraîches des jeunes spectatrices de la touche. Il revivait son enfance et son adolescence sans amertume. La tête enfouie sous le capuchon, il apercevait nettement tous les détails de son film, celui dont il était le héros photogénique. Comme cette histoire puérile, attendrissante, tragique et, par certains aspects, honteuse, lui importait peu maintenant! Il pensa à tous les hommes qu'il avait connus et à ceux qu'il ne connaissait pas et qu'il ne voulait pas connaître. Il les associa tous dans une même nausée, simulée, et il ricana sous son capuchon. Les jarrets raides, il se détendit en s'appuyant sur son fusil.

— Alors ? fit-il laconiquement en s'adressant à un manteau surmonté d'un capuchon qui s'avançait vers lui.

Le légionnaire releva son capuchon : c'était Fernando Lucas.

— Le lieutenant Luis d'Ortega est mort, dit-il. Le sang lui est ressorti par la bouche et l'a étouffé. Il est plein de sang, il y a du sang partout dans sa case... Je n'ai pas d'eau pour laver le sang du lieutenant.

Gilieth suivit Fernando Lucas jusqu'à la petite cabane de pierres recouverte de tôle ondulée. Le lieutenant Ortega gisait sur le dos. La doublure de flanelle blanche de son manteau était rouge de sang. Les légionnaires marchaient sur la pointe des pieds afin de ne pas écraser le sang rouge de l'officier. Gilieth retira son bonnet.

— Il faut rendre les honneurs, dit-il.

Aidé de Lucas, il souleva le corps pour le déposer dehors sur la neige, à côté de ceux de Galvet et de Muller enveloppés dans des toiles de tente. Puis il siffla dans ses doigts. Les légionnaires accoururent. Ils s'alignèrent avant même que Gilieth en eût donné l'ordre. Il y eut un rapide maniement d'armes et chacun rejoignit son poste; seuls, le mitrailleur et son aide pour passer les bandes de la Hotchkiss, n'avaient pas interrompu leur surveillance.

Alors, Lucas fit fondre de la neige pour nettoyer la cellule du lieutenant.

Quand il eut terminé, il endossa son manteau et prit son fusil. Il chercha Gilieth qui aidait ses hommes à soulever des pierres glacées pour surélever le mur écroulé par places. A côté de lui, le caporal Jaime Coelho reniflait à cause du froid. Son nez coulait. Il tenait avec précaution son bras droit soutenu par une écharpe en toile de tente. A son ceinturon, pendait le pistolet d'Ortega. Coelho pouvait tirer de la main gauche.

— Quand tu rentreras, disait-il, à cent mètres du fort, tu crieras : « Christ et la Vierge! » Il faut se méfier de tout... Vous pouvez y rester et les cochons n'hésiteraient pas à revêtir vos vêtements pour s'approcher du fort. Christ et la Vierge... c'est convenu?

— C'est convenu, répondit Gilieth. Je vais prendre six hommes avec moi. J'ai tout de même bon espoir, les gars. Le poste Weller a dû s'apercevoir que la ligne téléphonique vient d'être balayée par la tourmente de neige. Bou Jeloud enverra des équipes pour la réparer... Pour moi, je vais essayer d'atteindre la crête... Mulot a dû tomber là en essayant d'établir la liaison avec Fort Weller. C'est ce que nous a dit Serra, celui qui l'accompagnait... A propos, comment va Serra?

Coelho haussa les épaules.

— Il est foutu... Tous nos blessés sont foutus... Le froid et la gangrène, c'est comme un mariage d'amour. On ne voit pas l'un sans l'autre.

— Il me faut six hommes, commanda Gilieth, six hommes pour aller dégager la crête là-bas.

Six légionnaires se présentèrent et, parmi ces six, se trouvait Fernando Lucas.

— Tu viens avec nous? dit simplement Pierre Gilieth... Tu marcheras à côté de moi...

— Tu peux avoir confiance, Gilieth...

Le caporal hésita un peu. Sa surprise n'était pas simulée. Il répondit :

— Mais pourquoi n'aurais-je pas confiance?...

Les sept hommes enjambèrent le petit mur et le maigre réseau de barbelés. Le vent soulevait la neige en tourbillons de poudre fine...

— En tirailleurs... à dix pas, commanda Gilieth.
Les hommes, courbés en deux, offrant le crâne à la rafale, ne s'apercevaient plus.

— Revenez sur moi, commanda Gilieth. Ne nous perdons pas de vue. Marchons en groupe pour rejoindre le fond de la vallée. Nous prendrons la formation de combat quand la rafale se sera calmée. En colonne par un, derrière moi, et suivez.

Gilieth fonça dans la poussière de neige qui tourbillonnait autour de lui dans une danse joyeuse et malfaisante. Il reconnut tout d'un coup, à ses pieds, une grosse touffe de doum qui annonçait la pente qu'il fallait escalader, l'arme à la main.

« Quand cette bourrasque se sera apaisée, pensa Gilieth, nous nous trouverons sous la protection de la mitrailleuse du poste. L'essentiel est de ne pas se faire prendre. »

A ce moment, le vent tomba et le paysage blanc apparut nettement détaillé tout autour des légionnaires qui se trouvaient à une centaine de mètres de la crête qu'ils voulaient atteindre.

— En tirailleurs à dix pas, mettez la baïonnette! commanda Gilieth.

Il regarda derrière lui, pendant que ses hommes s'égaillaient, courbés contre le sol. Il aperçut au loin, sur l'autre crête, le petit fort, le mur qui ne se distinguait pas de la neige. Mais il fut réconforté, car il savait que la mitrailleuse pointait son canon luisant de graisse sur l'arête de la crête mystérieuse.

Gilieth, que l'énervement gagnait, lança son bras en avant et partit lui-même au pas de course. Les autres le suivirent en se resserrant sur lui.

Cent mètres à courir, sur la neige qui alourdissait le pas, mais feutrait le bruit de leur course. Un homme glissa, s'allongea dans un bruit de bidon heurtant fusil et baïonnette qui fit à tous l'effet d'un formidable coup de tonnerre.

Pierre Gilieth parvint le premier sur la crête, les mâchoires serrées, les poings crispés sur son fusil. Son cœur battait dans sa poitrine et ses tempes menaçaient d'éclater. Il n'y avait rien devant ses yeux, rien que la neige, tachée à contrepente par de maigres arbustes et des rochers qui apparaissaient parce que la neige commençait à fondre sur les arêtes aiguës.

Les six légionnaires avaient rejoint le caporal. Ils se couchèrent à plat ventre dans la neige. La buée de leur haleine oppressée les enveloppait comme un nuage. Les cuirs de leur équipement crissaient sous l'effort de leurs poumons. Gilieth, toujours debout dans son large manteau, qui lui donnait la silhouette d'un berger au milieu de son troupeau, tentait de provoquer la fusillade... Il ne fallait pas songer à escalader l'autre crête avec six hommes, d'autant plus que le tir de la mitrailleuse du poste ne la commandait pas. Un silence funèbre cernait la patrouille. Pierre Gilieth s'allongea sur le sol, à côté de Lucas.

— Tu ne vois rien ?

— Je cherche Mulot..., mais je ne vois rien. Peut-être a-t-il été enseveli sous la neige.

— Sans doute, répondit Gilieth... Nous allons nous replier sur le poste.

Les légionnaires, toujours déployés en tirailleurs, redescendirent la pente. Ils avançaient à grands pas. Gilieth suivait sa troupe un peu en arrière. Lucas se tenait à ses côtés. Tous les dix mètres, le caporal se retournait.

— J'aurais voulu retrouver Mulot, dit-il. Cette

idée me pousse dans le crâne comme une mauvaise herbe avec des racines de dent gâtée. Tant que je n'aurai pas retrouvé le corps de Mulot, je ne pourrai pas l'extirper.

— Il est sous la neige... Quand la colonne de secours sera venue, nous le retrouverons.

— Ah! oui, fit Gilieth, il y a évidemment la colonne de secours.

Il regarda Lucas bien dans les yeux.

— Ça va mal, vieux... Ça sent mauvais! Enfin, je souhaite de me tromper. Et si nous rentrons... continua Gilieth qui semblait arracher les mots un à un de sa gorge... Si nous rentrons... c'est possible après tout, devrai-je encore me méfier de toi?

— Non, répondit Lucas.

— Cela vaut mieux ainsi... Nous ne sommes ici que quelques soldats, quelques soldats qui se foutent bien de ce que le monde peut penser d'eux. Nous allons mourir... mais, vieux, il ne faut pas mourir en vaches. Donne-moi la main. Lucas sortit de l'ample manche de son manteau une main rude et tiède. Gilieth la prit, la serra dans la sienne et ne dit plus rien.

Soudain, il entendit derrière lui un appel. Il se retourna et aperçut un légionnaire qui lui faisait signe de venir avec de grands gestes.

— Halte! cria Gilieth.

Puis il revint sur ses pas.

— Regardez ici... j'ai buté dedans sans le voir!

Gilieth aperçut, toute noire sur la neige, une chose décharnée et sans tête, le corps de Mulot atrocement torturé par les Riffains.

— Ah! m...! le pauvre vieux!

Mulot était là. On retrouva sa tête aux cheveux roux, à moitié écrasée un peu plus loin. Le corps avait été comme dépecé. Les fémurs et les tibias étaient à nu.

Les sept légionnaires, groupés autour du cadavre découvert par Palma, contemplaient, muets d'horreur, la dépouille de leur camarade.

— J'ai mis une balle en réserve, fit Gahito, elle sera pour moi.

Il résuma dans cette phrase la pensée de tous.

Gilieth étendit son manteau sur la neige et les légionnaires y rangèrent à peu près décemment la tête et le corps de Marcel Mulot.

Ils reprirent le chemin du fort. Des canons de fusils brillèrent au-dessus du petit mur. Lucas, qui marchait en tête, cria, par acquit de conscience et parce qu'il avait besoin de crier n'importe quoi :

— El Cristo y la Virgen!

Une tête, puis deux, puis trois, puis toutes les têtes de la garnison se montrèrent au-dessus du mur.

— Ouvrez la porte, cria Gilieth, nous ramenons Mulot avec nous... là... dans le manteau.

Les patrouilleurs pénétrèrent dans l'enceinte et déposèrent leur fardeau, à côté des corps du lieutenant, du sous-lieutenant, de Muller et de deux blessés qui venaient de mourir.

— Voilà ce qu'ils en ont fait, dit Gilieth. Tenez... mettez-le à côté de Muller, sous une toile de tente, ça me fait mal de le regarder. Et rendez-moi mon manteau; je crève de froid.

Deux blessés sur les cinq, moururent encore dans la nuit. Le caporal Jaime Coelho, par contre, allait mieux. Sa blessure n'était point grave. Il léchait sa plaie comme un chien pour la cicatriser plus vite.

L'ennemi semblait loin. Sans doute, son coup réussi, avait-il jugé plus prudent de regagner la montagne et de se disperser dans les douars complices.

La plupart des soldats qui occupaient ce poste isolé connaissaient assez bien les habitudes de leurs adversaires. Trois d'entre eux avaient fait la guerre de 1924.

Pierre Gilieth, qui était le plus ancien des deux caporaux, prit ses dispositions de défense pour la nuit. Les légionnaires appréhendaient l'obscurité. Le réseau de barbelés n'était guère puissant. A la faveur de l'obscurité, l'ennemi pouvait s'approcher sans être vu et assaillir le poste de tous les côtés. Et il fallait dormir. Gilieth partagea sa garnison de seize hommes en deux équipes qui veilleraient à tour de rôle. Huit hommes dans l'abri, huit hommes au mur. Deux hommes sur chaque face du petit quadrilatère. Coelho commandait une équipe et Gilieth commandait l'autre. Lucas vint se ranger spontanément sous les ordres de Gilieth.

— Demain, dit Coelho, si le renfort ne vient pas, nous nous replierons sur le poste des réguliers.

— Nous resterons ici, dit Gilieth... Quelle gueule feras-tu en arrivant chez les réguliers ?... Nous devons tenir pour une seule raison, c'est que nous sommes des légionnaires. Ah ! si je n'étais pas cabo à la Légion, il y a longtemps que j'aurais laissé le poste se défendre seul... pour ce qu'il y a à piller dans cette baraque... Mais, tout de même ! on ne peut pas. Qu'est-ce que vous en pensez, vous autres ?

— Non, on ne peut pas, dit Palma, de quoi aurait-on l'air devant les réguliers ? Ça se tassera... Les autres ne tarderont pas à venir. Il ont dû constater que le téléphone ne fonctionnait pas.

— Bien sûr, bien sûr, dit Coelho. Vous avez raison... Moi, ce que je disais, c'était dans l'intérêt des autres.

Et la nuit « se déroula comme un parchemin ».

A cause de la neige, on voyait à cinq cents mètres devant le poste. Gilieth fut heureux de le constater.

Les deux caporaux tirèrent au sort pour savoir qui prendrait la première garde. Ce fut Pierre Gilieth qui gagna avec son équipe. A lui incombait la garde du fort jusqu'à minuit. A cette heure, Jaime Coelho viendrait le relever.

Gilieth plaça ses sentinelles : deux sur chaque côté du carré qui formait l'enceinte du poste. Lui, devait surveiller ses hommes. Il allait de l'un à l'autre, soucieux surtout d'éviter les hallucinations.

Il épaulait sa ligne de défense, le fusil à la bretelle. Un silence inimaginable semblait retrancher le fort du monde des vivants. Des apparences silencieuses rôdaient dans l'obscurité qui entourait les soldats de Gilieth. Il y avait là : Mulot-le-Supplicié, Ortega et sa bouteille, le petit Galvet aux cheveux frisés, Muller et son harmonica, et les autres légionnaires venus d'un peu partout pour disparaître selon les lois de la tradition. Tous ces hommes étaient morts. C'est tout ce que l'on pouvait savoir de précis sur eux. Ils étaient des légionnaires morts; des anonymes restitués aux destinées anonymes du monde. Gilieth pensait à leurs visages, qui ne laisseraient aucune trace. Maintenant qu'ils étaient tués, ils n'étaient ni mauvais, ni bons. Ils demeuraient encore, pour quelques heures, des légionnaires parce que leurs corps congelés se durcissaient sous l'uniforme. Mais bientôt ils ne seraient plus rien. Gilieth essaya de penser à son crime, mais cette idée lui sembla vraiment trop puérile. Son imagination ne pouvait se dégager du spectacle de Mulot dépecé sur la neige et du lieutenant d'Ortega noyé dans le sang.

Souvent il prêtait l'oreille et retenait son souffle. Une sentinelle toussait, un canon de fusil grinçait contre une pierre. Gilieth pensa à la Slaoui. Il comprit nettement que sa route ne se prolongeait pas dans cette direction. Il contempla la silhouette trapue de Fernando Lucas qui épiait l'ombre inconnue. Il alla vers lui, dans l'intention de lui dire deux mots au sujet de la Slaoui, mais une sorte de pudeur le retint. Il appuya son fusil contre le bourrelet de neige sur le faîte du mur et il observa, essayant de déchiffrer le mystère de la nuit.

Les minutes s'écoulaient lentement, mais les heures passaient vite. Il fut tout surpris, en se retournant, d'apercevoir une ombre qui se dirigeait vers lui.

— Rien à signaler? lui demanda le caporal Coelho.

— Rien à signaler...

Pierre Gilieth regarda l'heure à sa montre-bracelet. Il était minuit. Il siffla doucement entre ses dents pour prévenir ses hommes et la relève s'accomplit silencieusement. Gilieth, brisé par la fatigue, s'adossa contre le mur de l'abri et s'enveloppa dans son manteau. Il sentit la tête de Lucas qui roulait sur son épaule. Il ne s'éloigna pas et s'endormit. Au petit jour, un légionnaire vint le réveiller et lui apporter un quart de café chaud.

— Ça fait du bien, dit-il.

Il but d'un trait le liquide bouillant.

Le soleil se levait dans les montagnes où la neige étincelait. Les crêtes semblaient recouvertes de papier d'étain.

— Rien à signaler? demanda Gilieth.

— Rien, répondit Coelho... Avec ce soleil, le renfort ne tardera pas... Mon bras m'élance et saute comme un diable dans l'enfer... Tout ce que je demande, c'est qu'on ne me coupe pas le bras.

Gilieth leva la tête au-dessus du mur. Il aspira profondément devant le soleil, reprit confiance et s'étira. La vie était belle.

C'est à ce moment qu'un piton, à l'Est, crépita comme une motocyclette lointaine. Pierre Gilieth n'eut pas le temps de se baisser. Il tomba à genoux les mains cramponnées au mur. La balle lui était entrée dans la tempe et avait traversé le visage qui n'était plus qu'un masque rouge, rose et blanc.

Un autre légionnaire touché, s'étala silencieusement contre la porte de l'abri et glissa mollement sur le sol.

Alors la mitrailleuse claqua à son tour. L'air léger semblait trembler autour d'elle. Un essaim de balles chantantes et miaulantes vint ricocher sur les cailloux du piton qui redevient silencieux.

Un légionnaire hurla : « Hé, camarades! Voici la relève! »

CHAPITRE XVIII

Le lieutenant Luis d'Ortega, le sous-lieutenant Galvet, Muller, Gilieth, Mulot et les autres furent enterrés, non loin de Bir Djedid, à mi-flanc d'une colline qui surplombait Dar Saboun. Ils inaugurèrent le petit cimetière militaire de Bou Jeloud. Les corps enfermés dans des cercueils de bois blanc, fabriqués avec des caisses d'emballage, étaient placés sur des arabas. Le « padre » précédait le cortège derrière les clairons et les deux tambours de la garnison. Une compagnie rendait les honneurs. La neige ne tombait plus; mais le froid desséchait la peau des visages et gerçait les lèvres. Les légionnaires enveloppés dans leurs amples manteaux de bergers andalous, qui recouvraient l'équipement, ressemblaient à des moines. En traversant le méchouar, les cinq clairons se mirent à sonner la marche funèbre. Ils gémissaient et se lamentaient comme les cornets qui accompagnent les chanteurs de *saetas*, les jours de procession. Le cortège avançait lentement au rythme monotone des deux tambours qui soutenaient les clairons désespérés. On entendit la forte voix du prêtre et les paroles latines distinctement prononcées dans l'espace sonore, libre, les clairons s'étant tus.

Lucas se retourna. Il aperçut Dar Saboun, ses deux rues blanches et bleues et il vit toutes les femmes de Kadidja et d'Arkaïa, rangées, contre les murs gris et couleur de terre. Elles avaient revêtu leurs plus beaux caftans, recouverts de mousseline. Leur visage était voilé par le haïk blanc. Plusieurs agitaient un mouchoir en signe d'adieu.

Toutes les vieilles et les jeunes copines de la Légion étaient là. Lucas comprit vaguement la grandeur intime de ce spectacle. Ses yeux s'emplirent de larmes. Il renifla et, se tournant vers son camarade de file, il dit :

— Ça pince !

Les tombes avaient été creusées la veille par une corvée. Le commandant Weller prononça les traditionnelles paroles d'adieu. Et puis, en quelques pelletées de terre, ce fut la fin de l'histoire de don Luis d'Ortega, de Galvet, de Gilieth, du petit Marcel Mulot et du vieux Muller qui savait jodler. Une ordonnance amena le cheval du commandant qui sauta en selle.

— Il faudra faire entourer l'enclos. Vous y penserez, Buriau, je vous charge de ce travail. Vous prendrez une section.

Puis il fit tourner son cheval et d'un geste commanda le défilé.

Les manteaux gênèrent le maniement d'armes. Enfin les clairons, suivis des deux gros tambours dont la caisse était peinte en bleu, se placèrent en tête, devant le commandant. Les clairons exécutèrent avec leurs instruments les mouvements réglementaires du salut, et le refrain allègre de la Légion s'envola loin vers la montagne :

Legionarios a luchar,
Legionarios a morir.

La colonne s'ébranla au rythme de la fanfare éclatante.

Des enfants couraient et se bousculaient au-devant des soldats. Toutes les femmes de Kadidja et d'Arkaïa rentrèrent dans leurs quartiers.

Dans sa chambre, la Slaoui se roulait sur son lit et se mordait les poings. Tantôt, elle gémissait et se lamentait à la mode arabe, tantôt elle se frappait la poitrine et lacérait ses vêtements.

Ses camarades mêlaient leurs cris aigus à ces plaintes de bête blessée à mort.

— Calme-toi, ma gazelle, disait Planche-à-Pain, calme-toi. La vie est ainsi faite, les roses que l'on croit cueillir ne sont que des apparences. Tout ce qui est beau, tout ce qui sent bon, tout ce qui flatte la chair et le cœur, n'est qu'apparences. Les génies seuls, connaissent les lois de la solidité.

Alors, la Slaoui chantait, frappait dans ses mains. La mort est une délivrance, la mort doit se saluer joyeusement chez les vrais croyants...

Le visage de la fille publique s'illuminait. Dans sa poitrine, il lui semblait que son cœur brillait comme une lampe et qu'elle devenait sainte parmi les saintes : Lalla Aïscha, fille de la douceur. Elle songea qu'il lui faudrait entreprendre le voyage de La Mecque.

Elle s'apaisa à cette idée et se laissa tomber sur son lit, en se plaignant doucement, molle et lourde.

Ses compagnes hochèrent la tête gravement et la laissèrent.

La petite « señora Flouss », une Ouled-Naïl, **tira** doucement les rideaux de mousseline qui fermaient l'alcôve.

Les pertes, assez sensibles, subies par la garnison de Bou Jeloud exigeaient des représailles. Une opération fut décidée. Un groupe de réguliers, de légionnaires et de partisans battit l'estrade pendant un mois. Deux douars furent rasés. On les soupçonnait d'avoir donné asile aux contrebandiers. Un vague et maigre Riffain, qui insulta avec véhémence ceux qui l'arrêtèrent, reçut une douzaine de balles, dans un bled quelconque, du côté d'Azila. Les Français, de leur côté, firent une opération de police sur la frontière.

Le commandant du bataillon de tirailleurs marocains qui opérait dans cette région fut invité au « mechoui » par les officiers de la Légion espagnole. Il vint dans sa voiture escortée par une auto-mitrailleuse. Ce fut comme une démonstration que la sécurité était désormais rétablie dans la montagne.

Au poste de Bou Jeloud, la vie de garnison reprit son rythme monotone. Le mauvais temps cédait devant le soleil. La neige fondait, les oueds charriaient des torrents de boue couleur kaki. Il parut urgent de reprendre les travaux et de mener la route un peu plus loin, vers le Sud. Les lourds camions de Xauen débarquèrent, à nouveau, leur matériel et l'on entendit, sur le chantier, les sergents accoupler leurs hommes en commandant :

— Une pelle, une pioche, une pelle, une pioche.

Fernando Lucas, depuis la mort du lieutenant d'Ortega, était rentré dans le rang avec les autres.

Son humeur n'était plus celle d'autrefois. Il travaillait à la route comme une brute et ne répondait pas quand on lui parlait.

Depuis dix jours que Pierre Gilieth avait été enterré dans le petit enclos de Bir Djedid, il n'était pas descendu chez les Marocaines, par pudeur... Il pensait, jour et nuit, à la Slaoui, mais il n'osait pas encore se présenter devant elle. Des hommes lui avaient raconté l'affreux chagrin d'Aïscha quand elle avait appris la mort de Gilieth. Et Lucas, désemparé, ne parvenait pas à trouver les mots qu'il lui dirait pour l'aborder et tenter, cette fois, de nouer la chaîne. Il attendit encore quelques jours et, pour vaincre son tourment qui le rongeait comme un ver au cœur d'une amande, il piocha la terre, la pelleta, la lissa, l'égalisa et pataugea dans l'eau boueuse qui s'étalait comme une crème sous le rouleau asthmatique. Il faisait équipe avec Martini, le paysan lombard, et celui-ci lui parlait intarissablement de son pays, des choses de son pays, beaucoup plus que des hommes. Il disait :

— On parle des moustiques au bord de l'oued, mais qu'est-ce que des moustiques à côté des zingarelles. Connais-tu les zingarelles ?

— Non.

— Et toi, Dominique, connais-tu les zingarelles ?

— Eh non !... Qu'est-ce que tu veux que ça me foute les zingarelles ?

— Hé bien, mon vieux, les zingarelles, et Martini s'animait fort, c'est un animal tout en pattes, sans os, ni rien, sans tête et sans raison... Ce n'est qu'un calibre. Ça n'a pas de graisse, pas de lard. Ça vous pompe le sang et ça s'en gonfle. Ça n'a aucune valeur.

— Dis donc, insinuait Dominique, tu ne pourrais pas en entreprendre un autre avec tes zingarelles ?

Vexé, Martini se taisait, donnait un coup de rein, lançait sa pelletée de terre qui s'étalait avec grâce.

Lucas maigrissait. Son visage était devenu semblable à ceux que peignit le Greccho. Quand il s'appuyait sur le manche de sa pioche pour se reposer un peu, il pensait tout de suite à la Slaoui. Tantôt il espérait, tantôt il désespérait. Les raisons qu'il se donnait étaient aussi bonnes dans un sens que dans l'autre.

Gilieth, Mulot et les autres étaient déjà oubliés et aussi la sinistre aventure du tragique fortin. Les légionnaires, quand ils le pouvaient, descendaient par bandes à Dar Saboun. Un nouveau lieutenant avait pris la place du père Luis d'Ortega.

Un soir, Fernando Lucas, qui avait atteint la limite de ses forces de résistance, descendit à Bir Djedid. Il se dirigea vers la maison de Kadidja, car il voulait obtenir une réponse de la Slaoui. Il voulait l'épouser. Il lui semblait que le mot : épouse rayonnait en pleine lumière. Il imaginait ce mot comme un cœur flamboyant au centre d'une belle gravure sur bois comme il en avait acheté à Barcelone quand il était enfant.

En parlant de sa mère, autrefois, à la Slaoui, il avait menti, mais il espérait que ce mot la toucherait et lui dicterait sa conduite. La maison de Lucas n'existait nulle part. Personne ne s'intéressait à lui. Sa mère était morte. Il ne savait même pas la date exacte de sa mort. C'était dans la période, assez triste d'ailleurs, de sa toute petite enfance, dans une baraque de La Prosperidad, à Madrid. Un serin en cage chantait devant la porte et, derrière la maison, Lucas se souvenait d'un terrain vague que toute la rue utilisait comme dépotoir.

Que pouvait-il offrir à la Slaoui, maintenant

que Pierre Gilieth était mort? Pas de maison et pas de prime pour s'établir. Lucas fut lui-même surpris de constater qu'il ne regrettait pas cette prime qu'il était venu gagner avec persévérance et courage. Il fallait bien l'avouer. Lucas se revoyait dans le bureau de police de Barcelone. Bardon lui donnait le signalement d'un homme grand et fort. C'était vague et puéril.

Sur cette donnée ridicule, il était parti au hasard, humant l'air comme un chien de chasse qui prend le vent. Par hasard, il avait entendu parler d'un Français dans le Barrio Chino. C'était une fille nommée Maria, indicatrice de la police, qui lui avait donné le renseignement et montré Pierre Gilieth. Lucas avait tout naturellement pris ce dernier en filature. Il l'avait suivi jusqu'au jour de sa mort. Et maintenant, quand il pensait à Gilieth, les larmes embuaient ses yeux. Le grand espoir de Lucas s'associait à la mort du légionnaire.

Devant ce fait, la Slaoui désemparée pouvait céder et le suivre. Son traitement devait suffire...

Lucas contempla sa vareuse et son bonnet de police posée sur le lit. Il fit une grimace de dégoût et tourna le dos. Son irrésolution l'immobilisait dans cette triste chambrée vide qui sentait la chaux et, à cause des fenêtres grandes ouvertes, l'odeur marocaine de la montagne. Le vaguemestre, en lui remettant une lettre, vint dissiper d'un seul coup cette incertitude abrutissante.

— Tiens... Il y a un mandat pour toi, au bureau. Tu pourras le toucher quand j'aurai distribué le courrier.

— Ça vient de Madrid?

— Je n'en sais rien.

Fernando Lucas reconnut à l'enveloppe l'auteur

de cette lettre. Il ne se pressa pas de la décacheter. Il en connaissait le contenu, qui ne pouvait manquer d'être laconique. Enfin, il déchira l'enveloppe et lut :

Rentrez immédiatement. Votre mission n'a plus d'objet. Vous recevrez des fonds pour le voyage par ce même courrier.

— J'ai compris, fit Lucas.

Puis il se dirigea vers le bureau. Il toucha trois cents pesetas. Assez pour voyager depuis Algésiras usqu'à Madrid.

Pour plus de sûreté, le légionnaire Lucas confia cet argent au sergent en premier :

— Ce soir, dit-il, j'ai l'intention de descendre chez les « lobas ». Je ne veux pas dépenser cet argent. Je viendrai le reprendre demain.

A cinq heures, tout de suite après la soupe, il se mit en tenue, baïonnette au côté et descendit à Dar Saboun. Pour la première fois depuis la mort de Pierre Gilieth, il se trouvait en présence de la Slaoui. Elle lui apparut encore plus belle, plus somptueuse.

« Elle ressemble à la Reine de Saba », pensa-t-il.

La Slaoui buvait, au milieu d'un groupe de légionnaires et de soukiers espagnols qui venaient d'obtenir l'autorisation d'installer un débit-bazar à Bir Djedid.

— Que viens-tu faire ici? demanda la Marocaine en se levant.

— Je suis venu... tu le sais bien, Aïscha... Tu sais pourquoi je suis venu...

— Ah! firent les légionnaires et les soukiers qui se levèrent... Nous allons rentrer... Au revoir, Aïscha.

Ils prévoyaient une explication intime et, par discrétion, ils s'éloignaient, car le visage angoissé du soldat ne prêtait pas à rire.

— Tu sais pourquoi je suis venu, Aïscha... Écoute-moi... Je vais partir... Maintenant que Pierre Gilieth n'est plus là, veux-tu devenir ma femme ?

— Cochon! cochon! hurla la Marocaine. C'est à cause de toi que Gilieth est mort... Cochon, je t'ai déjà craché au visage parce que Gilieth me le commandait, aujourd'hui, je te crache encore à la figure et personne ne me commande.

Elle cracha. Lucas pencha la tête et leva le bras pour frapper.

— Et quoi! Et quoi, glapit Planche-à-Pain. Tu veux tout martyriser chez moi... Veux-tu laisser Aïscha tranquille, maudit brutal. Si tu veux monter chez elle, regarde le tarif, paie et tiens-toi tranquille. Ou j'appelle le poste, moi!

— Viens, répéta Lucas avec une obstination d'enfant.

La Slaoui le toisa avec mépris et se réfugia derrière le comptoir. Toutes les femmes se groupèrent autour d'elle.

— Jamais, cria la Marocaine par-dessus les têtes de ses compagnes. Jamais, et si je dois coucher avec toi, à cause de tes sous, je préfère m'enfuir avec un Juif...

— Tu vois, dit Planche-à-Pain... Tu vois, n'embête pas cette petite. Fouti-moi le camp dans ta kasba.

Fernando Lucas tourna sur lui-même, comme frappé d'imbécillité. Il marcha vers la porte et sortit comme chassé, poussé en avant par l'extraordinaire silence qui pétrifiait, maintenant, toutes les amoureuses de la maison Kadidja.

Il remonta vers le poste, sans même se rendre compte du chemin qu'il suivait. Il alla droit au bureau et dit au sergent en premier :

— Je désire parler au commandant. C'est pour quelque chose de très urgent.

— Tu désires, tu désires...

Le sous-officier leva les yeux et aperçut le visage de Lucas, qu'une pensée déchirante défigurait.

— Je vais voir, fit-il en se levant. Le commandant est dans sa chambre. Je ne sais pas s'il pourra te recevoir.

Demeuré seul, Lucas tortilla son bonnet et tourna sa langue sèche dans sa bouche. Sa pomme d'Adam montait et descendait comme un piston dans un cylindre.

— Vas-y, dit le sous-officier, en rentrant.

Le commandant Luis Weller était assis à califourchon sur l'unique chaise qui meublait sa cellule avec un lit de camp, une table et une armoire en bois blanc qui ressemblait à un buffet de cuisine. Sur une étagère, au-dessus de la table, des livres aux reliures fatiguées s'appuyaient les uns contre les autres.

Lucas salua, les talons joints; puis il fouilla dans la poche intérieure de sa vareuse et prit dans son portefeuille une carte qu'il déposa sur la table, devant le commandant.

Celui-ci la prit, l'examina à l'endroit et à l'envers et la rendit à Lucas.

— Alors? fit-il.

Et Lucas raconta son histoire. Comment il avait pris Gilieth en filature, comment il l'avait suivi à la Légion.

— Le colonel est-il au courant?

Le colonel était au courant. Il connaissait la véritable identité de Lucas.

— A votre avis, Gilieth était-il coupable?

Le policier hésita. Il devint subitement très rouge... Il balbutiait de confuses explications... A vrai dire, il ne savait pas... Il ne possédait pas de preuves.

La mort de Pierre Gilieth arrêtait brusquement l'enquête.

— Enfin, vous ne savez rien, dit le commandant. Que voulez-vous ? Vous partirez demain pour Tetouan avec le convoi qui ravitaille la route. De Tetouan, vous irez trouver le colonel à Dar Riffien. Lui seul décidera de votre cas... étrange, inutile et dangereux pour la discipline. Les hommes connaissent-ils votre véritable profession ?

Lucas fit un signe de tête négatif.

— Tant mieux pour vous. Tant mieux pour tout le monde ! Faites venir le sergent en premier, je veux lui donner des ordres au sujet de votre départ. D'ici là, tenez-vous tranquille. Vous comprenez ce que je veux dire ?... Passez inaperçu... Et pas d'histoires chez les moukères, ou je vous colle en cellule jusqu'à votre départ. Allez.

Lucas rentra dans son baraquement. A cette heure, les légionnaires flânaient aux abords du poste ou buvaient à Dar Saboun. Le nouveau débit tenu par un cousin du Segoviano attirait les soldats, avides d'entrer en contact avec un élément nouveau dont tout le monde parlait à Bou Jeloud

Fernando Lucas monta son sac et examina son fusil avec soin. On le désarmerait à Dar Riffien. Puis il s'étendit sur son lit. Il ferma les yeux pour mieux revoir l'image de la Slaoui. Sous ses paupières brûlantes elle lui apparut peinte en couleurs. Il fut sur le point de se lever et de descendre encore une fois à Bir Djedid. A quoi bon ? Les paroles du commandant sonnèrent à ses oreilles. Il se leva et se dirigea vers l'infirmerie.

Van Coppen, le cabo infirmier, s'occupait à peindre sur une serviette un légionnaire entouré de fleurs et de devises sanguinaires.

— Cop, donne-moi quelque chose pour dormir.
— Nous avons, dit Van Coppen, dé la bonne « opioum », dé la bonne chloroforme, dé la bonne éther, dé la bonne véronal... avec tout ça, sommeil bécif.

Lucas prit un cachet de véronal.

A six heures du matin, au petit jour, le clairon de garde, après avoir bu un coup de rhum, lança le réveil aux quatre coins de la cour du poste, puis il rentra en courant à petits pas se chauffer près du poêle bourré de charbon et de détritus.

Fernando Lucas sauta à bas de son lit et commença à s'habiller.

— Tu ne descends pas avec nous, lui demanda le Flamenco qui venait d'être nommé caporal-clairon à la place de Mulot.

— Non, je dois me tenir à la disposition du « sardouno ».

Il resta seul dans la chambrée, assis sur son lit entre son sac et son fusil.

— Hé, Lucas, vous dormez? cria le sergent à la porte du baraquement.

Lucas se dirigea vers la voix.

— Ah! vous voilà enfin... Voici votre ordre de transport jusqu'à Dar Riffien. A Xauen, vous changerez de camion; vous gagnerez Tetouan et, sans vous arrêter, vous prendrez le train pour Dar Riffien. A Xauen, le lieutenant qui commande le convoi annoncera au dépôt votre arrivée par un coup de téléphone. N'essayez donc pas de faire la foire en cours de route. Alors, au revoir et bonne chance. A votre place, je me réjouirais.

Fernando Lucas boucla les courroies de son sac et se couvrit de son manteau. Le fusil à la bretelle, il traversa le poste silencieux, serra les mains des hommes de garde et prit le petit sentier qui conduisait à la piste. Dans un terrain vague défoncé, les camions tournaient déjà. Deux autos-mitrailleuses assuraient la sécurité. Lucas fut obligé de courir. Il n'eut pas le temps de regarder une dernière fois le village endormi et la maison de Kadidja, couleur de poussière.

— Allons, allons, pressez! lui cria le lieutenant qui se trouvait dans la première auto-mitrailleuse.

Lucas escalada l'arrière d'un camion déjà plein de « régulars » terriblement bavards. Il se fit une place, à l'arrière, se débarrassa de son sac, et laissa pendre ses jambes au-dessus de la route qui fuyait tout d'un coup.

Il ne voyait devant lui que le troisième camion du convoi, qui roulait à vide dans un grand bruit de ferraille. Fernando regretta de n'être point monté dans celui-là. Mais il se promit de changer de voiture au premier arrêt.

Il ne reconnaissait déjà plus le paysage qui l'entourait. La piste fuyait et s'étirait entre les montagnes peintes en teintes plates. Le passé s'évanouissait derrière lui. Lucas ne parvenait pas à se situer nettement dans le temps et dans le paysage.

Il comprit qu'il allait terriblement s'attendrir. Alors, il rabattit sur son visage le capuchon de son manteau. Et il ne vit plus que ses guêtres et ses souliers blancs de poussière qui pendaient au-dessus de la route.

CHAPITRE XIX

Fernando Lucas, vêtu d'un complet bleu tout neuf, coiffé d'un feutre neuf qu'il venait d'acheter boulevard Pulido, et chaussé de souliers également neufs, descendait la rampe qui conduit au quai d'embarquement pour l'Espagne. Il marchait avec une légèreté surprenante. Ces habits civils lui semblaient tissés en toile d'araignée et ses souliers pouvaient se comparer à des ailes. Le plaisir d'être ainsi habillé dispersait les souvenirs de la Marocaine et du campo. Fernando Lucas s'émerveillait de constater que cette longue année d'aventures violentes et sentimentales laissait peu de traces dans sa mémoire. Il ne pouvait pas encore soupçonner la sournoise et patiente offensive du passé. Pour le moment, il dégustait comme un plat fin cette liberté spécieuse qu'il venait de retrouver après une conversation laconique et blessante avec le colonel « El Chino ». En vérité, de ce quart d'heure, il gardait une impression qui le glaçait encore. Il haussa les épaules. Cet officier n'était pas son chef. Fernando Lucas pensa à « ces messieurs » de la Sûreté... mais sans plaisir.

Il voyait, par anticipation, le grand bureau, au

deuxième étage de cette haute maison sans apparence, dans une petite rue calme, et la silhouette terrifiante de son chef, découpée en noir dans le jour gris de la fenêtre. La lutte promettait d'être sérieuse... Et il s'agissait de son gagne-pain! Certes, l'affaire avait été mauvaise... Mais chacun pouvait se tromper. Fernando Lucas pensa à la Marocaine et il craignit, tout d'un coup, de retrouver l'apparence d'Aïscha entre lui et le chef habilement renseigné. Il pesa longuement tous les éléments de cette nouvelle infortune qui venait de frapper son imagination. Il n'était guère admissible qu'on eût entendu parler à Madrid de la pensionnaire de Kadidja.

Comme il avait devant lui trois heures à flâner avant de prendre le bateau, il abandonna le port et prit la route qui monte, en suivant le chemin de fer de Tetouan, vers l'hôpital, le quartier bleu et blanc habité par les veuves de partisans et que l'on domine de la route. Il savait qu'il trouverait là des guinguettes andalouses décorées d'une vigne au-dessus de la porte. Il sentait à ses narines l'odeur du vin frais enfermé dans des outres à quatre embryons de pattes. Fernando Lucas fréquentait ce coin avec Pierre Gilieth, quand il était légionnaire. Il alla droit vers le cabaret andalou tenu par un très brave homme qui aimait les légionnaires et qui les servait avec admiration. Ce détail constituait une exception sentimentale de l'opinion des commerçants de Ceuta, qui se méfiaient toujours de ces soldats querelleurs et dont le passé leur semblait trop secret.

Il faisait bon. La presqu'île s'étendait aux pieds de Lucas. Une grande douceur de fin d'hiver se mêlait au parfum des orangers qui étourdit les femmes et les rend molles et faciles.

Fernando Lucas huma la senteur d'un petit bois

de bergamotes qui dominait l'odeur des chevaux et de la poussière laissée par un escadron de cavalerie qui rentrait de promenade. Il pénétra dans l'auberge fraîche et gaie. Des terrassiers cassaient la croûte, devant la porte, à l'ombre de la vigne légère et frissonnante.

Lucas s'installa devant un guéridon. Il reconnut le vieil Andalou.

— Bonjour, oncle... Je suis content de te revoir... Te rappelles-tu les légionnaires Lucas et Gilieth, le grand Gilieth, qui était fort et mince et qui déchirait un jeu de cartes avec ses mains ?

— Ah ! oui, mon petit... Oui, il y a plus de sept ans... C'était au moment de la guerre là-bas, du côté de Tetouan et d'Ajdir ?

— Mais non... mais non. Ce n'est pas si vieux. Nous sommes venus chez toi, au début de l'été, l'année dernière.

— Oui, fit le vieux, ma mémoire aime à me berner.

— Gilieth est mort, dit Fernando Lucas. Il a été tué près de Fort Weller, dans le Sud, à côté de Bou Jeloud.

— Ah ! oui. Je ne connais pas... Mais des morts j'en ai vu pendant la guerre : des mille et des cents. Ils étaient rangés devant mes yeux, comme des dattes dans une boîte.

Il hocha la tête et prit la commande de Fernando Lucas qui se mit à mastiquer son pain et son jambon de cochon noir tout en contemplant, machinalement, l'agitation des veuves devant leurs petites maisons d'un blanc éblouissant ou d'un joli bleu lavande. La présence de ces femmes arabes à Ceuta paraissait paradoxale. D'ailleurs, elles ne descendaient jamais en ville. Elles vivaient là, dans cette petite médina neuve, d'une propreté extérieure purement administrative.

Fernando Lucas eut bientôt terminé son frugal déjeuner. Il alluma une cigarette, régla son addition et redescendit vers le môle.

Le printemps l'amollissait. Il n'essayait même pas de penser. Une grande béatitude naturelle enveloppait ses jambes légères, inconsistantes. Depuis sa sortie du camp de Dar Riffien, où il avait troqué son uniforme contre des vêtements civils, Fernando Lucas éprouvait des surprises continuelles devant la légèreté des objets. Quand il était soldat, tout lui paraissait plus lourd. A cette heure, le pain ne pesait pas dans ses doigts; ses souliers semblaient effleurer à peine la route poudreuse; ses pensées elles-mêmes, quand il voulait les cerner, les prendre méthodiquement une à une, devenaient impondérables.

Sur le quai d'embarquement, une centaine de soldats permissionnaires mangeaient des oranges et buvaient du vin. Ils appartenaient, pour la plupart, au bataillon de chasseurs à pied de montagne dont le camp est situé sur la route de Tetouan à Tanger. Ils échangeaient des rigolades avec des colons robustes coiffés de grands chapeaux de feutre noir. Fernando Lucas s'éloigna des soldats. Il grimpa le premier sur le bateau dès que la barrière qui fermait la passerelle fut ouverte.

Il n'éprouva aucune émotion quand le bateau se mit à danser. Il appréhendait seulement les signes non équivoques du mal de mer. Était-ce si facile d'arracher de soi-même une année encore toute vive, toute palpitante? Il dut s'avouer qu'il ne regrettait rien, pas même la Slaoui. Par une étrange perversité de sa raison, il tentait de la ramener au premier plan de ses souvenirs. Il avait perdu, à cause de cette femme, une occasion d'être relativement riche et d'être récompensé administrativement. La Slaoui lui parut si lointaine qu'il n'essaya plus de reconstituer son image élégante et vindicative.

Le passé s'évanouissait... C'était comme le fading dans un récepteur radiophonique... Quand le bateau fut au milieu du détroit et qu'il commença à danser sérieusement, tout cela disparut pour laisser place à cette abominable sueur froide qui précédait l'écroulement physique de Lucas, victime négligeable du mal de mer.

Lucas se traîna le long de la coursive qui sentait l'huile chaude, pour gagner le pont des « deuxièmes ». Il s'écroula comme une marionnette, la tête appuyée sur un rouleau de manœuvres qui lui écorchèrent le front.

Fernando Lucas descendit en gare de Madrid à l'aube. Il se fit conduire dans un hôtel modeste de la calle de Fuencarral, près d'un petit théâtre où il allait souvent voir jouer des revues gaies et bruyantes. Il put dormir quelques heures. Vers dix heures, il s'éveilla. Mais il ne voulut pas ouvrir les yeux tout de suite pour ne pas dissiper cette bonne torpeur qui l'isolait encore des événements de la journée. Tout doucement cependant, l'image familière de la Chefferie de la police se dressa devant ses yeux. Il fréquentait peu cet endroit. Pour l'ordinaire, quand il ne suivait pas une piste, Lucas attendait les manifestations du hasard quotidien, dans l'annexe de la Sûreté, calle de la Reina, où l'on visait les passeports avec beaucoup de soin. La situation politique de l'Espagne rendait les policiers méfiants, discourtois et prétentieux. Fernando Lucas désira connaître le plus vite possible l'opinion de ses chefs sur l'affaire Gilieth. Il s'habilla donc à la hâte et s'en alla se faire raser et peigner chez son coiffeur qui le reconnut.

— Hé, par exemple, señor!... Quelle bonne surprise! (Il cligna de l'œil d'un air entendu.) Il y a de la besogne ici. Mais, señor, que vous êtes maigre et recuit... Vous arrivez sans doute de Jaca? Il y a plus d'un an que vous êtes parti...

— Oui, il y a plus d'un an, fit Lucas qui avait repris sa mine austère et rogue de policier respecté.

On lui appliqua une serviette chaude sur le visage. Il paya, salua sans dire un mot, et sauta dans un taxi afin d'atteindre plus vite la calle de las Infantas, déjà encombrée par des gardes-civils à cheval et en sidecars.

Il tombait mal. On prévoyait des émeutes sanglantes et toute la police était sur les dents.

— Tiens? Te voilà, Juan Moratin?

De s'entendre appeler par son nom, son vrai nom, celui de son père, Juan Moratin se retourna. Le légionnaire Fernando Lucas fut effacé comme un trait de crayon d'un coup de gomme.

Un garde-civil se pencha sur son cheval et lui tendit la main contre sa botte.

— Bonjour Pablo... A ce que je vois, ça va mal? dit Juan Moratin.

— Nous avons chargé hier, toute la matinée, sur la Puerta del Sol. Le service est dur en ce moment. Je n'ai pas dormi trois heures depuis hier matin. Dis donc, j'ai entendu parler de toi là-haut. On t'attendait hier. D'où viens-tu?

— Du Maroc... Au revoir.

Juan Moratin dit Fernando Lucas se hâta de

gravir un étage. Il se dirigea en habitué dans le long couloir au bout duquel il rencontra un huissier à triple menton qui suçait un crayon en chantonnant.

— Je désirerais parler à don José Almado.

L'huissier tendit une fiche et le crayon d'un air désabusé.

Moratin écrivit son nom. Il n'attendit pas cinq minutes. Un coup de sonnette étouffé par la porte capitonnée du cabinet lui indiqua que son tour était venu.

L'huissier, qui venait de revenir, ouvrit la porte et s'effaça pour le laisser passer.

Il aperçut tout de suite son chef direct : un visage gras, orné de deux yeux d'oiseau de proie, ronds et cruels. Le buste émergeait à peine au-dessus de la table couverte de paperasses.

— Ah! vous voilà?

Juan Moratin s'inclina. Il s'attendait à cette exclamation.

— Vous voilà. J'ai lu votre rapport... Vous vous êtes conduit, dans toute cette affaire, de même qu'un triste imbécile. Gilieth était coupable et vous n'avez pas été fichu de l'arrêter...

Juan Moratin esquissa un geste timide de protestation.

— Je possède, là, un autre rapport. Il est signé de M. Cecchi. Vous connaissez M. Cecchi que vous appeliez, si gentiment : « Le Lard d'Amérique? » Ce qu'il m'écrit ne peut être mis en doute. C'est à la suite de ce rapport, c'est à la suite de vos sales histoires avec une Marocaine du quartier réservé que nous avons décidé de vous remercier. Nous n'avons plus besoin de vos étincelants services, monsieur Juan Moratin. Vous pouvez poursuivre, désormais, d'autres buts plus conformes à vos aptitudes peu banales pour l'éducation des filles soumises. Voici un bon pour trois mois d'appointements. Estimez-vous très heureux de vous en tirer à si bon compte et, surtout, évitez, dans l'avenir, d'attirer notre attention. C'est-à-dire, évitez vous-même de croire un seul instant que vous avez appartenu à la police secrète. Vous connaissez assez le terrain pour estimer les dangers qui vous menaceraient à leur valeur exacte. Même sans exagérer...

— Monsieur... le rapport de Cecchi n'est peut-être pas juste... Lui-même...

— Laissez-moi tranquille... Vous savez très bien que vous n'avez pas travaillé avec décision et intelligence... Vous savez très bien que vous avez laissé échapper la proie... pour des raisons sentimentales, qu'il vaut mieux que nous n'approfondissions point, dans votre intérêt.

Juan Moratin essaya de se disculper. Il ânonna, d'une voix déférente et pleurnicharde, le récit de ses aventures depuis le jour où, pour la première fois, sur les Ramblas de Barcelone, il avait pris en filature Pierre Gilieth.

L'officier de police l'écoutait en tambourinant une marche sur une boîte à cigarettes en cuivre nickelé. Quand Juan Moratin eut terminé sa plaidoirie, il se contenta de lui tendre un morceau de papier.

C'était le reçu des trois mois d'appointements qu'on lui versait à titre d'indemnité.

— Tenez, signez, dit le chef. Nous ne sommes pas inhumains... A la rigueur, nous pourrons vous donner un certificat de bonne conduite. Je vous tiens pour un imbécile, mais je ne vous crois pas malhonnête.

Juan Moratin signa le reçu et il empocha les deux mille sept cents pesetas, ce qui représentait ses appointements pour trois mois.

Cette somme en poche, Juan Moratin, qui n'avait jamais possédé tant d'argent, s'inclina devant don José Almado.

Il ne se hâta pas de rentrer à son hôtel. L'air de Madrid lui semblait balsamique. Il s'associait parfaitement à la présence de ces quelques billets de banque dans le portefeuille de l'ex-policier. Cette combinaison inattendue cicatrisa comme par enchantement la mauvaise humeur de Moratin. Ce n'est qu'un peu plus tard, quand il se trouva seul dans un restaurant tapi au fond d'une vieille cour où l'on fabriquait des outres, que l'ancien légionnaire commença à deviner, entre sa personne et les apparences qui l'entouraient, le fantôme de la Marocaine : un fantôme parfaitement pourvu de ce qui caractérise les fantômes. L'obsession commença avec un disque de phonographe. Une flûte arabe, des castagnettes de fer, un misérable violon et de sourds tambours martelés du poing, renouèrent tout doucement autour du nouveau libéré, les liens qui s'étaient un peu relâchés devant quelques événements parfaitement vulgaires et logiques.

Pendant plusieurs jours, Juan Moratin vécut comme un homme qui a de l'argent à sa disposition. Il prit plusieurs repas, chez Botin et chez Achuri. Il se régala de morue. Il s'acheta deux chemises de soie, ce qu'il désirait depuis la fin de son adolescence. Le soir, il entendit Guerrita chanter des coplas dont l'élan sombre et passionné le ravissait.

Quand il rentrait chez Mme Pilar Caretto, sa logeuse, il comptait ce qui lui restait d'argent en poche. Il s'aperçut très vite qu'il pourrait encore se loger et se nourrir pendant six semaines tout au plus. Il commença alors à s'intéresser aux annonces des journaux et à mettre à l'épreuve la bonne volonté de quelques anciens camarades de la police qui pourraient lui procurer une place.

Quelquefois, Juan Moratin, redevenu Fernando Lucas, revêtait pendant son sommeil l'uniforme de la Légion. Il buvait avec Pierre Gilieth, avec Marcel Mulot, avec Aïscha, la « fille de la douceur ». Juan Moratin rêvait aussi qu'il revenait au Maroc, mais cette fois par la grande porte. Il devenait tantôt un gros commerçant silencieux et autoritaire; tantôt un fonctionnaire des Postes et Télégraphes, affairé et irritable. Cette attitude le remplissait d'aise, car il admirait particulièrement les fonctionnaires des Postes et des Télégraphes. Juan Moratin se réveillait dans un enchantement qui s'évanouissait avec une rapidité fulgurante.

Alors, il se levait, s'habillait, descendait chez le coiffeur qui le rasait, puis il prenait un café à la terrasse d'un petit bar de l'avenue Pi y Margall, devant un gratte-ciel aux innombrables appartements qui paraissaient vides. Il en profitait pour confier ses pieds chaussés de neuf à un cireur d'une virtuosité étourdissante.

Après quoi, il consultait son carnet d'adresses et il commençait sa tournée, à la recherche d'une fonction quelconque.

Les temps étaient durs. Le chômage en résultait. On le lui disait un peu partout. Et il finissait par le croire. Sans se décourager, il quêtait dans tous les buissons. Le soir, il rentrait fourbu et les pieds gonflés dans ses chaussures. Alors, il s'asseyait dans un fauteuil devant la fenêtre ouverte et fumait en regardant les fenêtres de ses voisins. On y entendait au crépuscule de la nuit un diffuseur de T. S. F. qui mêlait ses éclats intermittents au bruit de la vaisselle remuée sur une table familiale.

Un vulgaire charleston hurlé avec enthousiasme par une bande de « girls » délurées qu'un disque tentait d'immortaliser, lui permit de reprendre contact, par association d'idées, avec la Slaoui de Bir Djedid. La Bavara, qui chantait le même air sur les planches du *Triana*, à Tetouan, servit, cette fois, d'intermédiaire. Le souvenir pénétra dans le cœur de Juan Moratin comme un vulgaire coup de couteau, adroitement placé. Juan Moratin ne se rappela pas les humiliations et les attitudes ridicules que sa jalousie lui imposait. Il se rappela l'étrange visage triangulaire, ce visage de fellah, et les beaux yeux bridés de la Slaoui. Il se reprocha avec amertume de n'avoir pas su prononcer les paroles merveilleuses qui, maintenant, lui venaient aux lèvres, naturellement, comme le souffle de sa respiration.

Il n'en voulait pas à Pierre Gilieth dont le fantôme lui apparaissait aujourd'hui comme celui d'un soldat qui, avant d'être soldat, n'aurait jamais pu exister. Il se rappelait, dans la nuit, aux environs de Fort Weller, la haute silhouette attentive et résolue de cet assassin vulgaire qui ne cherchait même pas sa réhabilitation. Mais Gilieth, tel qu'il était, inspirait confiance, car il se montrait comme une force égale aux forces qui combattaient contre lui.

Juan Moratin tenta d'imaginer l'existence de la Slaoui, à cette heure, dans le quartier réservé de Bir Djedid. Il était sept heures du soir. Les légionnaires occupaient déjà tous les bancs, toutes les tables. Le « peleon » coulait à pleins verres. Derrière le rideau de mousseline où les clients de passage s'asseyaient pour prendre le thé à la menthe, les trois horloges d'Aïscha rythmaient la nuit africaine comme des pendules inexorables, Moratin crut entendre le chuchotement de sa propre voix. Il fumait paisiblement et la fille s'amusait à essayer de tracer une raie dans ses cheveux ras de légionnaire en campagne. L'odeur de la menthe fraîche lui montait aux narines. Il se leva, ferma la fenêtre afin de garder en lui cette odeur.

Mais il avait suffi d'un geste pour que les éléments subtils de cette vision se dispersassent.

Juan ouvrit son carnet de notes; il en feuilleta les premières pages de son pouce mouillé. Il lut : « *Demain à 10 heures, rendez-vous calle Mayor, pour une place de surveillant dans un magasin de nouveautés.* »

Il referma son carnet et descendit dîner de deux ou trois gâteaux. Il se réservait comme un plaisir de déguster son café-crème dans un café de la Puerta del Sol, joyeusement animée par une foule qui piétinait, se morcelait en groupes sur les trottoirs, près des kiosques de journaux. Tout en regardant les réclames lumineuses qui remplissaient d'orgueil la rue tout entière, Juan Moratin se mêla à cette foule paisible. Il aimait Madrid, sans en comprendre le charme infiniment mélancolique et délicat. Madrid, c'était la grande ville du Nord, mais une ville du Nord dont les machines se seraient tues depuis longtemps. Barcelone, que Moratin associait en ce moment à ses comparaisons, c'était bien, malgré sa position géographique, la grande ville du Sud, plus proche de Marseille que de Gênes, à cause d'une certaine poésie commerciale dont ses belles dactylos donnaient le rythme sur leurs machines à distribuer des ordres de Bourse.

Immobile devant la vitrine d'un marchand de tabac, Juan Moratin regardait défiler les petites Madrilènes. Et il admirait leur distinction, qui se confondait si bien avec celle des mélancoliques maisons patriciennes, dont les hautes fenêtres laissaient, parfois, entrevoir un visage féminin d'une pâleur traditionnelle, incomparable.

Toutes ces petites filles du peuple, chaussées avec soin, émurent Juan Moratin. Il prit, pour rentrer chez lui, la calle de la Montera. Près du bureau du tramway, il s'arrêta car une femme lui avait fait signe.

Il la suivit discrètement et il s'aperçut qu'elle était gentille. C'était une brune potelée au visage rond, avec un drôle de petit chapeau bien enfoncé sur ses cheveux courts.

Moratin résolut de sacrifier une dizaine de pesetas pour le plaisir normal qu'il prendrait avec cette petite. Mais il pensait également qu'il pourrait causer avec elle, dire n'importe quoi, jusqu'au moment où il lui plairait, peut-être, de parler de tout ce qui accablait sa mémoire comme une charge trop lourde.

C'est ainsi qu'il fit la connaissance de cette jeune Conception dont il ne sut jamais le nom de famille. Sa résignation et sa complaisance étaient exemplaires.

Moratin pensa à Gilieth, à Gilieth et à Mulot quand ils parlaient des femmes, avec une sorte de tendresse méprisante. Entre cette petite fille publique, populaire et curieusement racée, et lui, en ce moment assis derrière elle qui se peignait devant la toilette, les images des deux légionnaires s'intercalaient tout naturellement. Moratin eût bien donné ce qui lui restait sur son indemnité pour les revoir devant lui : Gilieth avec son allure de boxeur poids lourd et Mulot qui parlait toujours des filles de Montmartre. Mais ce n'était pas le Montmartre que ses camarades imaginaient.

— Je suis content de t'avoir connue avant de partir, dit Juan.

— Tu pars donc? demanda la fille, sans indifférence.

— Oui... pour le Maroc.

Juan Moratin avait lancé ce mot au hasard, comme une balle. Il lui était venu aux lèvres tout naturellement, à cause de ses méditations quotidiennes sur ce pays.

— Ah! par ma mère! la pauvre femme! Si je connais le Maroc! J'étais à Ceuta, il n'y a pas plus de six mois. On m'avait engagée comme femme de chambre, je ne te dis pas le nom de l'hôtel. Mais ce n'était pas très loin de Notre-Dame de los Remedios.

— Je vois l'endroit. Je me suis assez traîné dans la rue José Luis de Torrès.

— Que faisais-tu à Ceuta? Marchand? Garçon de café, je suis sûre?

— Non, j'étais légionnaire.

— Ah! fit la fille un peu déçue. Des légionnaires, je n'en ai pas connus. Tu comprends, on se méfiait d'eux. Ce qu'on peut être bête quand on ne sait pas.

Sur le trottoir, devant l'hôtel, ils se dirent adieu. Juan Moratin garda un peu dans sa main celle de cette jeune femme qui avait vécu à Ceuta et qui, en quelques secondes, allait rejoindre dans la nuit tous ces souvenirs qu'un nom de ville venait de ranimer.

— Je voudrais te revoir? dit Juan.

— Tous les soirs... tu me trouveras dans la Montera, près du bureau des tramways. Mais tu ne me dis pas ton nom...

— Je m'appelle Gilieth, répondit Moratin.

Il lâcha la main de la fille. Maintenant, il ne savait plus quoi dire.

CHAPITRE XX

Juan Moratin appartenait bien au petit peuple de Madrid. Son père et sa mère — qu'il avait à peine connus — possédaient un éventaire sur le Rastro où ils vendaient de tout. Les misérables et extra-ordinaires objets qui garnissaient une natte posée sur le sol pouvaient également séduire l'humble ménagère qui venait y choisir une poêle à frire les œufs, ou le lettré sensible qui pouvait découvrir là un détail charmant de la sensibilité populaire. La place du Rastro, chaque jeudi, rayonnait entre Ramon Gomez de la Serna et le moins pauvre de tous les pauvres, celui qui possédait encore de quoi s'acheter une fourchette édentée ou une tasse sans anse. C'est dans cette extraordinaire foire aux débris intimes que Juan Moratin avait acquis une certaine connaissance de la vie. Cette pénétration poétique des petits faits divers du jour et de la nuit, il savait l'interpréter, soit en composant des coplas, soit en racontant des histoires comiques dont la gaieté était amère, parce qu'il savait observer les hommes en les pénétrant jusqu'à la moelle.

— Quand on regarde quelqu'un, disait Moratin,

il faut s'arrêter poliment en route. Un coup d'œil doit s'arrêter à la peau et ne pas l'entamer. Un jour, j'ai posé un regard doux comme un baiser sur la bouche d'une femme belle et noble! C'était en passant dans la calle de Toledo. Mon regard a pénétré dans cette bouche fleurie. Il s'est perdu, hélas! dans une machinerie de tuyaux interminables, de poches, de cavités. Il roula comme une bille dans toute cette tuyauterie en suivant bien le sens unique de la circulation. Je désespérais de ne plus revoir ce regard d'amour, auquel je tenais, à cause de l'été, du ciel et des chansons. Il me revint, enfin, après une longue absence, mais dans quel état! oh! jeune fille!

Depuis deux années que Juan Moratin n'était plus agent de police, des déchéances successives avaient, chaque fois qu'elles se confirmaient, posé comme une couche de peinture sur sa sensibilité qui s'imperméabilisait devant les émotions venues de l'extérieur.

Il vivait grâce à la combustion d'un feu central qu'il alimentait par des souvenirs, mais des souvenirs qui appartenaient à une période bien délimitée de son existence.

Il n'avait plus jamais rencontré sur son chemin la jeune femme qui avait vécu à Ceuta. Il ne comprenait pas lui-même pour quelles raisons il lui avait donné ce nom de Gilieth comme étant le sien. Ce n'était qu'un mauvais tour de sa nature de pitre et de poète, curieusement servie par les passions vulgaires d'un homme de la rue et d'un policier bien assoupli.

Les patrons qui employaient Juan Moratin ne tardèrent pas à le remercier de ses services. Ils disaient tous :

— Mais, mon pauvre ami, à quoi pensez-vous?

Je ne peux plus vous garder dans ces conditions. Vous me coûtez trop cher.

Moratin souriait servilement, hochait la tête. Il avait l'air de dire :

— Je comprends, je comprends. A votre place, il y a déjà longtemps que je me serais fichu à la porte.

Il ne buvait pas beaucoup. Il fréquentait parfois les hommes louches de la rue, parce que, les affaires n'allant pas très bien, cette attitude devenait logique. Il essayait parfois de les faire rire. Mais le cœur n'y était pas, ses facéties sonnaient faux. Il rôdait dans le voisinage des gares ou sur la Place de l'Oriente. Très souvent, il se proposait comme guide aux étrangers qui venaient contempler la relève de la garde sur la Place d'Armes. Il gagnait ainsi de quoi vivre et pouvait se tenir propre de linge et de vêtements.

Il fréquentait chez un petit marchand de vin, au fond d'une cour pleine d'ombre et qui sentait le chais, non loin de la place de la Cebada. Il rencontrait là des serenos mal réveillés, des maraîchers qui vendaient au marché voisin et des oisifs qui lisaient toute la journée des journaux sportifs dont ils commentaient les articles avec passion.

On ne connaissait Moratin que sous le nom de Gilieth. Quand un portier d'hôtel venait chercher Moratin qui connaissait toutes les filles de Madrid, il demandait :

— Est-ce que Juan Moratin, dit Gilieth, se trouve par ici ?

On l'appelait « El Tercio ». Quand il avait bu un peu, Moratin parlait de la Légion avec un certain enthousiasme.

— Mais, enfin ? disait le Chulo de Carmona, qui

chantait dans un petit concert du voisinage, qu'est-ce que tu foutais là-bas, au Maroc?... Tu ne pouvais donc pas laisser ces gens-là tranquilles, Mujer! Mais j'oubliais les femmes! Qu'est-ce que notre ami don Juan Moratin-Gilieth a dû se taper là-bas!... Regardez-moi ce vicieux insinuant! Les Mauresques devaient se baisser devant lui comme des poules devant un coq. Voyez ce conquérant de gourbis!... Claro!...

Juan Moratin souriait, buvait son vin rouge qui sentait le goudron, en claquant la langue contre son palais.

— D'abord, disait un autre, vêtu d'une courte blouse de paysan qui ne lui descendait qu'aux reins... D'abord... Vaudrait-il pas mieux donner le Maroc à l'Angleterre en échange de Gibraltar. Pour eux, ce serait plus avantageux et pour nous aussi... Avec l'Angleterre au Maroc, nous serions tranquilles... Ainsi moi, je peux en parler savamment. En 1924, j'ai eu un cousin qui a été tué là-bas. Il faisait partie du bataillon de Ortensa. Ils l'ont tué après mille indignités antichrétiennes.

— Et de caractère lubrique, dit « El Poncho del Ovido », un vieil artiste ivrogne qui peignait des fresques de cauchemar sur des murs de cabarets fréquentés par les paysans de la banlieue.

— C'est le pays de la « dégoûtation », fit le Chulo de Carmona...

— Et moi, dit Juan Moratin, je te dis que tu n'es qu'un maricon, un fils de putain et que tu parles de choses que tu ne connais pas...

— Veux-tu que je te tire les oreilles, rat de bordel?

Moratin se leva. Le Chilo, d'un coup de pouce, ouvrit la lame de son couteau.

— Êtes-vous fous? glapirent les témoins de cette

scène, le patron en tête... Toi, le Chulo, rentre ton couteau. Et toi, Moratin, pourquoi insultes-tu le Chulo ?

— Parce qu'il est bête, bête comme un verre de lampe en bois tourné. Entends-tu, Chulo, si tu veux que nous demeurions amis, ne dis pas de mal des légionnaires !

— Tiens, attrape ça sur ta gueule réglementaire, hé ! mitrailleur à fesses de chulapas !

Juan Moratin détourna le verre de sa figure. Mais le choc fut rude. Il lui sembla que son poignet était brisé. Il bondit, cependant, sur son adversaire et lui pocha un œil, surpris lui-même de la violence du coup. Mais son poing était parti comme une balle de plomb lancée par une fronde.

La mêlée devint générale. Les coups pleuvaient au hasard. Le vieux peintre roula sous une table en hurlant des imprécations abominables. Il entraîna Juan dans sa chute. Mais celui-ci se releva d'une détente de tout le corps, pas assez vite, cependant, pour éviter un soulier qui l'atteignit à la jambe gauche. Alors, il cria :

— A moi la Légion !

Il reçut encore un violent coup de pied.

Mais à la porte du cabaret, un homme apparut qui était long, triste et voûté. Il contempla la bagarre et demanda tranquillement :

— Quel est celui qui a crié : A moi la Légion ?

— Par ici, c'est moi, cria Juan d'une voix étouffée, car il servait de matelas à deux énergumènes qui s'étreignaient à la gorge.

— Ah bon ! fit l'homme qui avait répondu à l'appel.

Il souleva tristement et facilement le patron de l'hôtel qui s'en alla en titubant se caler dans son comptoir. Il arracha le Chulo du corps de Moratin en le tirant comme un élastique.

Moratin put se relever. Devant lui, le Chulo de Carmona bavait de fureur. Il était solidement maintenu par le sauveteur taciturne et par le garçon de l'auberge. Ses yeux fulguraient. Soudain, il fit un effort terrible, se libéra des mains qui le maintenaient et, les mâchoires contractées, les poings serrés, il s'avança vers Juan Moratin. Son visage prit subitement une expression douloureuse et amère et il chanta :

> *N'ouvre pas les yeux!*
> *Laisse le flot rugissant se retirer vers le soleil,*
> *N'ouvre pas les yeux, avant que ma colère*
> *Ne se soit retirée de mon cœur, comme la mer...*

Tout le monde approuva en battant des mains. Il y eut quelques « ollé » discrets. Et le Chulo se retira avec dignité vers une table où il s'assit en compagnie du vieux peintre et de deux ou trois clients qui le félicitaient.

De son côté, Juan Moratin s'assit en face de son sauveteur et il commanda un pichet de vin pour donner de la valeur à ses remerciements.

— Tu étais légionnaire? demanda Juan.

— Oui, j'étais à *La Valenzuela*, 7ᵉ bandera. J'ai fait Melilla, Targuist, Souk-es-Sebt-d'Aïn-Amar, Dar Mizzian, Syah et le camp de Dar Driouch, pendant la grande guerre. Et toi, où étais-tu?

— 4ᵉ bandera « El Cristo y la Virgen... » J'étais au combat de Fort Weller, il y a trois ans; tous les journaux ont parlé de cette mauvaise nuit. Mes meilleurs amis ont été tués là. Deux Français. On les appelait Gilieth et Mulot, Pierre Gilieth et Marcel

Mulot, tous les deux cabos à la 4ᵉ bandera. Comment t'appelles-tu?

— Ramon Breva. Je suis machiniste aux *Novedades*. Quand tu voudras me revoir, tu n'auras qu'à demander Breva, en passant par la petite porte de service. Adieu, ami, je dois rentrer, car ma sœur qui habite dans cette cour, m'attend pour installer une prise de courant dans sa cuisine.

Pendant six mois, Juan Moratin s'abandonna à son démon familier. Il faisait bon ménage avec tous ses souvenirs. Quand il les appelait, ils accouraient tous à sa voix comme des oiseaux fidèles. Il y avait là, Gilieth, la Slaoui, Mulot et Cecchi, dont certains jours, Juan Moratin voulait manger le cœur.

Ils apparaissaient sans se faire prier. Une nuit qu'il dormait raisonnablement, sans gémissement et sans secousse, Juan Moratin vit en rêve l'apparence de Gilieth.

Le légionnaire avançait, grand, large d'épaule et mince à la taille. Il avait revêtu son ample manteau et son bonnet de police était bien enfoncé sur sa tête. Mais le visage n'était qu'une bouillie rose et blanche éclairée par deux yeux bleus, cruels et cependant rieurs. La vision fut si parfaite que Juan sentit l'odeur du lourd manteau du légionnaire, une odeur de magasin arabe. Alors, il se réveilla et le fantôme se fondit dans le ciel devant la fenêtre ouverte.

C'est à cette époque que Juan Moratin se maria. Il épousa, sans qu'il sût lui-même comment la chose s'était faite, une dame d'un certain âge qui travaillait chez elle à des travaux de confection pour un grand magasin de la calle de Alcala.

Juan Moratin, qui avait étudié les collections du Prado et de l'Armeria, gagnait bien sa vie. Sa réputation de guide, quelquefois amusant, lui attirait la clientèle des grands hôtels. Il n'avait plus besoin d'arpenter, en hiver, sous la bise et sous la neige la Place de l'Oriente, au son aigre des fifres des hallebardiers en cape blanche qui défilaient pour la parade. Les portiers d'hôtels l'envoyaient chercher à domicile. En attendant la clientèle, Juan Moratin collectionnait des timbres. Son album le ravissait machinalement. Quand il collait un timbre sur les belles pages blanches il oubliait la présence de sa femme, une accorte quadragénaire bien coiffée. A cette époque mémorable Juan Moratin venait d'atteindre sa trente-neuvième année. Sa femme lui offrit à cette occasion un briquet à essence, émaillé jaune et noir. Il perdit ce briquet quelques jours plus tard, ce qui lui valut des injures débitées d'une belle voix chaude dont la sonorité lui plaisait.

Juan Moratin représentait à peu près le type classique et populaire du bon mari. Chez lui il n'élevait pas la voix et rapportait intégralement ce qu'il gagnait. Sa femme, doña Encarnita, réglait les affaires de la maison. Elle accompagnait Juan dans les magasins quand il devait s'acheter du linge ou des vêtements. Le dimanche, ils allaient prendre une tasse de café sur la Puerta del Sol. Quand l'été madrilène chassait l'aigre bise de la Sierra, le Parc constituait un but de promenade parfaitement correct. L'hiver qui suivit l'anniversaire des trente-neuf ans de Juan fut particulièrement dur. Les flocons de neige étaient plus piquants que des cravaches. Et tous les vents du ciel se poursuivaient en rond autour de la place d'Armes, cependant que la musique d'un régiment d'infanterie, en capote bleue et en pantalon rouge, jouait des paso-doble sous la galerie qui borde la place du côté de la calle de Bailen. Juan Moratin assistait souvent à cette cérémonie assez longue, à cause des étrangers qui se montraient curieux de parades militaires. Il donnait des explications sur la tenue des hommes et des officiers, des appréciations sur le maniement d'armes et, quand l'auditeur en valait la peine, il racontait ses campagnes d'Afrique et la nuit fameuse du fortin dans les neiges. Sa qualité d'ancien légionnaire lui attirait souvent de bons pourboires de la part des touristes français et allemands. Quelquefois, il allait boire un pichet de vin, les jours où il savait rencontrer Ramon Breva. Ils racontaient les mêmes histoires qu'ils écoutaient sans se lasser.

C'est à peu près vers la fin de l'hiver, une fin d'hiver dans le vent glacial et la neige fondue, que doña Encarnita pénétra dans ce jour marqué d'une pierre noire sur son propre calendrier. Elle avait préparé un excellent ragoût de tripes qui mijotait à feux doux sur un poêle à charbon de bois. Elle aimait particulièrement cette viande intime et succulente et elle se délectait par avance, car son mari, qui était parti depuis le matin, devait rapporter une très bonne bouteille de vin catalan qui provenait de la cave d'un hôtel de la Via Pi y Margall. Le cadeau d'un portier tout-puissant.

Quand il fut dix heures, elle se décida à manger seule et se coucha en pensant à ce qu'elle raconterait à Juan dès qu'il rentrerait, probablement au cours de la nuit. Juan ne rentra pas. Il ne devait plus jamais rentrer à son domicile.

Quand Juan Moratin débarqua à Ceuta, il regarda tout autour de lui en connaisseur. Il éprouvait le besoin de crier à tous ceux qui s'affairaient sur le quai, dans le tumulte de l'arrivée, qu'il connaissait la ville; que cette ville ne pouvait rien lui cacher. Il remarqua près des voitures d'hôtels un sergent de la Légion qui attendait le détachement. Moratin s'éclipsa tranquillement et monta vers les jardins. Il avait hâte de tout revoir. Pour un peu il eût touché du doigt les pavés de la rue. Il s'installa à la terrasse d'un bar, prit un café au lait et lut, sur un journal, que la République était proclamée en Espagne.

A côté de lui un grand garçon qui portait l'uniforme de la Légion lisait également un journal de Carthagène.

— Bonjour, camarade!

Le légionnaire leva la tête et ébaucha le geste de salut.

— Alors, quoi de nouveau à Dar Riffien? Le « Chinois » est-il toujours là?

— Le « Chinois »... Vous voulez dire l'ancien colonel? Non, il n'est plus là. Il a été nommé général, il y a plus de six mois.

— Ah!... Et à Dar Riffien... La deuxième bandera est-elle toujours en réserve?

— Non... Mais il y a, en ce moment, deux compagnies de la quatrième qui doivent relever les deux autres compagnies qui tiennent garnison dans le camp.

— A Bir Djedid, dit Juan Moratin.

— Oui, mais vous êtes bien renseigné.

— Je le serai bien mieux dans une demi-heure, car je viens d'en reprendre pour trois ans. Autrefois... j'appartenais à la quatrième. J'étais à Fort Weller. A propos, qu'est devenu le commandant Weller?

— Le commandant Weller est passé colonel. Il est rentré à l'intérieur. Il commande un régiment à Murcie, je crois...

— Merci vieux, à demain à Dar Riffien, chez le Segoviano, s'il n'est pas mort.

— Il n'est pas mort. Mais il a fait fortune. Il est rentré chez lui. Sa fille est mariée à un sergent de la garde civile qui commande un poste avec téléphone sur la route de Tetouan à Tanger.

— Et le cabo clairon : El Flamenco ?

— Je ne le connais pas, répondit le légionnaire.

Juan Moratin se dirigea vers le petit dépôt. Il se présenta au sergent de garde qui, tout de suite, reconnut un habitué. Les nouvelles recrues contemplaient avec admiration cet homme déjà initié.

L'entrevue avec la commission fut rapide. Les officiers étaient préoccupés par la révolution triomphante. Juan Moratin avait déjà servi à la Légion. Il raconta son histoire en omettant quelques détails trop personnels.

— Vous partirez demain pour Dar Riffien, dit le capitaine. Vous ne tarderez pas à être versé dans une compagnie de marche. Votre premier engagement ne me paraît pas régulier, il sera difficile d'en tenir compte pour votre solde.

A Dar Riffien, Juan Moratin retrouva le fanion du Christ et de la Vierge. Il fut affecté à la 3e compagnie, où il ne connaissait personne.

Deux mois plus tard, il fut à même de constater que la vieille route, où Gilieth avait travaillé, était à peu près terminée. Elle s'enroulait autour des montagnes et franchissait la fameuse vallée de la Mort. Le fort Weller n'existait plus que sous la forme d'un tas de cailloux abandonné.

Mais avant d'en arriver à ce point, Juan Moratin

descendit tout d'abord avec un camarade, — il ne voulait pas demeurer seul pour cette circonstance, — dans Bir Djedid singulièrement amélioré. Un peu en dehors de la médina s'élevait, au milieu des chantiers en construction, un quartier européen déjà habité. Par contre, Dar Saboun paraissait avoir résisté à toutes les offensives d'un urbanisme nouveau. Juan s'arrêta devant la porte avant d'entrer pour permettre à son cœur de s'apaiser... « Attends, attends », disait-il à son compagnon. Enfin, il suivit l'autre, et reconnut le patio, tel qu'il était quand Pierre Gilieth et Mulot buvaient là, en appelant les femmes « souris ! »

Mais Planche-à-Pain ne se tenait plus dans le comptoir. Une autre patronne surveillait les bouteilles et baisait les sous-offs, à la saignée du bras.

Enfin, après avoir bien regardé ce qu'il était venu voir, Moratin leva la tête et aperçut la Slaoui qui descendait. Elle était très grasse et très lourde, des poches sous les yeux lui donnaient l'air d'avoir sommeil. Le beau visage d'adolescente était déformé par la graisse.

Juan se leva. Il marcha au-devant de la Marocaine et lui dit : « Bonjour, Aïscha ! C'est moi, Fernando Lucas... celui qui te chantait des coplas... »

— Ah oui, oui, fit la Slaoui.

— Rappelle-toi, Aïscha ? Èt Gilieth ? te souviens-tu de Pierre Gilieth ?

— Gilieth ?... Gilieth ?... Oui, un « sardouno » de la 4e B. Il a été tué dans la montagne.

Juan Moratin ne demanda pas de nouvelles de Mulot. La Slaoui voulut s'asseoir sur ses genoux. Il la repoussa doucement.

La fille remarqua alors le visage du soldat et dit, comme pour s'excuser :

— Il en passe tellement ici en un an.

Juan ne répondit pas. Il but et commença à trouver de la saveur à ce qu'il buvait.

Dans un coin du patio, les sergents accaparaient les filles. A l'exception de la Slaoui, Juan n'apercevait que des visages nouveaux.

— Ah! quand même, dit son camarade, on se plaît chez les Marocaines!... Ah! je ne regrette pas d'être ici... Elles sont grasses et belles...

Juan remonta vers le poste de Bou Jeloud qui ressemblait maintenant à une caserne. Il se mit en tenue, car il devait prendre la garde à la nuit devant les magasins d'approvisionnement où l'on cousait un nouveau drapeau. Il prépara son fourbi en sifflotant et quand le clairon rappela « la garde en bas », il traversa la cour en tendant la bretelle de son fusil.

Une heure plus tard, il entra en contact avec la nuit criblée d'étoiles. Elles clignotaient par milliers au-dessus de sa tête. Juan Moratin croisa ses mains sur son fusil et regarda devant lui les petites lumières du quartier réservé. Il entendit un clairon lointain donner les premières notes du refrain... *Legionarios a luchar*... Le clairon de Bou Jeloud lui répondit.

Juan Moratin comprit parfaitement que sa vie s'écoulerait, désormais, dans le rayonnement de ce refrain jusqu'au jour inexorable où les légionnaires sont atteints par la limite d'âge. Il passa la bretelle de son fusil à son épaule et se mit à faire les cent pas devant le mur.

Mars 1931.

DU MÊME AUTEUR

Aux Éditions Gallimard

LA MAISON DU RETOUR ÉCŒURANT, roman.

LE RIRE JAUNE *suivi de* LA BÊTE CONQUÉRANTE, roman.

LE CHANT DE L'ÉQUIPAGE, roman.

LA CLIQUE DU CAFÉ BREBIS, roman, *suivi de* PETIT MANUEL DU PARFAIT AVENTURIER, essai.

LE BATAILLONNAIRE, roman.

À BORD DE L'ÉTOILE MATUTINE, roman.

LE NÈGRE LÉONARD ET MAÎTRE JEAN MULLIN, roman.

LA CAVALIÈRE ELSA, roman.

MALICE, roman.

LA VÉNUS INTERNATIONALE *suivi de* DINAH MIAMI (édition définitive, 1966), roman.

CHRONIQUE DES JOURS DÉSESPÉRÉS, nouvelles.

SOUS LA LUMIÈRE FROIDE, nouvelles.

LE QUAI DES BRUMES, roman.

VILLES (édition définitive, 1996), mémoires.

LES DÉS PIPÉS OU LES AVENTURES DE MISS FANNY HILL, roman.

LA TRADITION DE MINUIT, roman.

LE PRINTEMPS, essai.

LA BANDERA, roman.

QUARTIER RÉSERVÉ, *roman.*

LE BAL DU PONT DU NORD, *roman.*

RUES SECRÈTES, *reportage.*

LE TUEUR N° 2, *roman.*

LE CAMP DOMINEAU, *roman.*

MASQUES SUR MESURE (édition définitive, 1965), *essai.*

BABET DE PICARDIE, *roman.*

MADEMOISELLE BAMBŪ (Filles, Ports d'Europe et Père Barbançon), *roman.*

LA LANTERNE SOURDE (édition augmentée, 1982), *essais.*

CHANSONS POUR ACCORDÉON.

POÉSIES DOCUMENTAIRES COMPLÈTES (édition augmentée, 1982).

LE MÉMORIAL DU PETIT JOUR, *souvenirs.*

LA PETITE CLOCHE DE SORBONNE, *essais.*

MÉMOIRES EN CHANSONS.

L'ANCRE DE MISÉRICORDE (collection 1 000 Soleils et Folio Junior), *roman.*

LES CLIENTS DU BON CHIEN JAUNE (collection Folio Junior), *roman.*

MANON LA SOURCIÈRE, *contes et nouvelles.*

LA CROIX, L'ANCRE ET LA GRENADE, *nouvelles.*

CAPITAINE ALCINDOR, *contes et nouvelles.*

Chez d'autres éditeurs

LE MYSTÈRE DE LA MALLE N° 1 (collection 10/18).

LA SEMAINE SECRÈTE DE VÉNUS (Arléa).

LES CONTES DE LA PIPE EN TERRE (Éditions d'Aujourd'hui).

U-713 OU LES GENTILSHOMMES D'AVENTURE (Éditions d'Aujourd'hui).

MARGUERITE DE LA NUIT (Grasset).

BELLEVILLE ET MÉNILMONTANT, photos de Willy Ronis (Arthaud).

FÊTES FORAINES, photos de Marcel Bovis (Hœbeke).

LA SEINE, photos de René-Jacques (Le Castor Astral).

LA DANSE MACABRE (Le Dilettante).

CAHIERS P. MAC ORLAN N°s 1 à 6 (Prima Linea).

*Impression Bussière Camedan Imprimeries
à Saint-Amand (Cher),
le 5 septembre 1997.
Dépôt légal : septembre 1997.
1er dépôt légal dans la collection : octobre 1972.
Numéro d'imprimeur : 1/2134.*
ISBN 2-07-036244-2./Imprimé en France.

83627